Christine Bütterlin

TATORT SCHULE IN S-KALTENTAL

Schwabenkrimi

Oertel+Spörer

Für die »Mädelsrunde«

Sie würde tatsächlich zu spät kommen, da half auch kein entschiedener Tritt aufs Gaspedal mehr. Barbara Sommersberg schob ihre Handtasche auf dem Beifahrersitz schon mal in Richtung Tür. Fertig machen zum Ausstieg! Jetzt aber los – und Tempo! Blöd, dass es am Anna-Scheufele-Gymnasium in Kaltental keinen direkten Zugang vom Parkplatz zum Hauptgebäude gab, um noch halbwegs rechtzeitig und ungesehen von der Schulleitung zu den Klassenzimmern zu gelangen. Echt blöd, ärgerte sie sich. Also los!

Sie warf sich den Riemen der Handtasche um den Hals, schnappte sich ihre Schultasche und marschierte auf den vierstöckigen Betonbau des Gymnasiums zu. Nur nicht zu hastig gehen! Nein, ganz natürlich musste es aussehen, damit sich keine Blicke auf sie hefteten.

Das Schulgebäude, mittelgrau und durchschnittlich wie ein Industriegebäude, ragte aus dem Grün von Wald und Schrebergärten in den Morgendunst des Sommerhimmels. Der Efeubewuchs, der immerhin schon das erste Stockwerk erreicht hatte, milderte den nüchternen Eindruck. Rotkehlchen, Amseln und Spatzen schwirrten umher und zwitscherten lebhaft, wie wenige Minuten zuvor noch die zuletzt angekommenen Kinder und Jugendlichen mit ihren Erzählungen vom Wochenende.

Lehrerin Sommersberg hatte das Hauptgebäude erreicht. Ein Rettungswagen mit blinkendem Blaulicht stand neben dem Eingang. Was war denn hier passiert? Vermutlich mal wieder ein Kreislaufkollaps eines Schülers. Schultasche umhängen und hoch die zwei langen Treppen!

Glück gehabt. Niemand sichtbar! Jetzt würde sie, ganz Profi, – schließlich unterrichtete sie schon seit unzähligen

Jahren – betont ruhig auf die Klassenzimmertür der 7c zugehen. Halt! Was war denn das? Ein Riesenschild auf der hellen Holztür »*Wegen Unfalls bleibt Raum 205 vorübergehend geschlossen. 7c in Zeichensaal II*«. Na fein! Das hatte gerade noch gefehlt.

Sachte öffnete sie die Tür zum Zeichensaal II. Aha, der Vertretungskollege, der »Frühdienst«, saß schon hinter dem Lehrerpult. Die 31 Siebtklässler vor sich.

»Guten Morgen!«, sagte sie.

Ein uneinheitliches Echo »Guten Morgen« war aus der Klasse zu vernehmen. »Hallo, Herr Scheitel. Danke, dass Sie die Stellung gehalten haben! Was ist denn los?« »Ja, Frau Sommersberg, kommen Sie«, äußerte diensteifrig und erleichtert über die Ablösung der junge blonde Fachkollege mit dem schmalen Gesicht, »ich erkläre es Ihnen kurz draußen. Bleibt ihr mal einen Moment ruhig, ja?«

Eindrucksvoll seine übergenaue Aussprache! Das surrend ausgesprochene »s« in »Sommersberg« klang in schwäbischen Ohren etwas theatralisch. Ob er diesen Sprechstil wohl durchhielt, wenn er mal fluchte? Der stets auf Perfektion bedachte Junglehrer schien heute etwas durcheinander zu sein. Frau Sommersberg stellte ihre Mappe am Lehrerpult ab und hängte ihre Jacke über den Stuhl. Ihr war heiß von dem Treppenspurt. Sie ging nach draußen.

»Es hat einen Unfall gegeben. Im Klassenzimmer der 7c, vorne neben der Tafel, auf dem Boden, lag – oder liegt noch – unsere Kollegin Hartig. Zuerst sah es so aus, als ob sie zusammengebrochen wäre und bewusstlos daliege. Aber es ist viel schlimmer. Anscheinend ist sie tot. Der Notarzt ist gerufen worden und die Polizei. Die ersten Schüler, die ins Klassenzimmer drängten, haben sie entdeckt. Herr Launinger hatte ihnen, als er im Treppenhaus dem ärgsten Lärm von Klassen nachging, den Raum aufgeschlossen. Und schon waren die ersten Kinder entsetzt wieder herausgestürmt: »Herr Launinger, Herr Launinger, kommen Sie schnell! Da liegt Frau Hartig. Die ist bewusstlos, oder?« Daraufhin hat er die völlig verstörten Schülerinnen und Schüler in den Zeichensaal beordert und mich dorthin geschickt. Sie sollen mit der Klasse reden, meint Herr Launinger, und die Kinder beruhigen. Den Kollegen und mir kommt das alles sehr merkwürdig vor. Frau Hartig war doch nie krank! Einfach so, tot im Klassenzimmer! Am Montagfrüh! Und am Samstag war sie doch noch auf dem Abifest gewesen und hatte unermüdlich getanzt! Seltsam, echt seltsam!«

Der junge, beängstigend hagere Kollege eilte jetzt mit so großen Schritten der Treppe zu, als könne er mit seinen langen Beinen umso mehr Abstand vom Geschehenen bekommen. Barbara Sommersberg wandte sich zurück zu ihrer Klasse, die sie beruhigen sollte. So muss sich wohl ein Regierungssprecher fühlen, dachte sie, wenn er dem Volk eine Katastrophe in geschickt abwiegelnden Worten mitzuteilen hat. Wie in Trance gelang es ihr, die Mädchen und Jungen einigermaßen zur Ruhe zu bringen und zu beschäftigen. Stille war nun eingetreten.

Sie selbst ging zum Fenster und blickte hinaus. Patrizia war eine so gute Kollegin und Freundin gewesen. Wie hatte das passieren können? Am Samstag beim Abifest schien sie jedenfalls nicht krank gewesen zu sein. Ihre Gedanken verselbstständigten sich: Es ist Sommer. In einer Stunde schon werden ein unglaublich blauer Himmel und die immer stärker brennende Sonne über den Talkessel Stuttgarts einen Hauch von strahlender Leichtigkeit und Heiterkeit zaubern, so als ob nichts Schlimmes geschehen sein könnte. Einfach unwirklich, was an diesem Morgen geschehen ist! Die Wirklichkeit ist: Bis zu den Sommerferien sind es nur noch wenige Wochen. Das Abitur ist geschafft, für Schüler wie für Lehrer, oder genauer gesagt, alle Beteiligten sind geschafft, den Rest besorgen die Zeugnisse, zuerst bei den Lehrern, dann bei den Schülern.

Es klingelte zur Fünfminutenpause. Auf allen Stockwerken regte sich Leben. Fünftklässler rasten wie immer pfeilschnell aus ihrem Klassenzimmer und jagten einander im Treppenhaus. Sie schubsten und rangelten wie immer. Aber anders als sonst hörte man in manchen Ecken ein Raunen und Murmeln. Grüppchenweise standen Jugendliche beieinander. Lehrer eilten mit besorgter Miene die Treppe herunter und wieselten dann, im ersten Stock angekommen, auf das Lehrerzimmer zu. Wie ein Ameisenhaufen, in den jemand hineingestochert hat, wirkte die Schule.

Der Schulleiter, Oberstudiendirektor Strack, ein stämmig gebauter Mann mit grau-blondem kurz getrimmten Haar, schritt gewohnt forsch zwar auf die Lehrerzimmertür zu, doch heute nicht mit seinem üblichen Berufslächeln, das dem Kollegium vermitteln sollte, »ich bin immer für sie da, ich bin für alle da«; er stellte auch niemandem, wie sonst, seine Standardfrage »Wie geht's Ihnen?«, gesprochen mit sonorer Bassstimme. Nein, ganz untypisch für ihn, strebte er einfach dem Lehrerzimmer zu. Dort begann er – allerdings nun doch dynamisch wie stets – mit kräftiger Stimme die Situation zu erläutern. Er wiederholte die Informationen, die Barbara Sommersberg schon bekannt waren. Mehr könne er im Moment noch nicht sagen, doch erwarte er die gesamte Lehrerschaft zur großen Pause hier zu einer Dienstbesprechung. Er hoffe, er werde dann mehr mitteilen können. Bis dahin bitte er, dass alle sich mit Verdächtigungen und Vermutungen zurückhielten und – wenn überhaupt – von einem »Unfall« sprächen.

Traubenweise schwirrten nun Lehrerinnen und Lehrer aus dem Lehrerzimmer heraus zu den Klassen, betrübt über den »Unfall«. Die Kollegin Hartig, erst seit wenigen Jahren fest angestellt und nur kaum über dreißig Jahre alt, wurde im

Kollegium geachtet. Die weiblichen Kollegen schätzten sie wegen ihres Könnens und ihrer Verlässlichkeit, die männlichen Kollegen beachteten sie wegen ihres Äußeren. Wie ein »Covergirl« erschien sie ihnen, eine höchst erfreuliche Erscheinung, erst recht in einem so langweiligen Lehrerzimmer. Langes schwarzes, leicht gelocktes Haar, das sie leider manchmal streng zusammengefasst in einem Pferdeschwanz trug. Nur beim letzten Sporttag hatte sie es im Wind locker wehen lassen. Ach, und die ganze Figur. Einfach toll! Warum wurde so jemand überhaupt Lehrerin? Das hätte sie doch gar nicht nötig. Und nun sollte ihr so etwas Schlimmes passiert sein! Eine Katastrophe auch für die Schule! Das fiel wie ein grauenvoller Schatten auf das renommierte Privatgymnasium, das mitten im Grünen zwischen dem Walderholungsgebiet von Heslach und einigen Schrebergärten auf der Höhe lag, die sich bis zum Ortsteil Kaltental erstreckte. Unten im Tal eingeschnitten zog die Straße ihre von oben besehen eingekerbte Spur hoch nach Vaihingen.

»Individuelle Förderung von Kindern und Jugendlichen« verhieß die Hochglanzbroschüre des Anna-Scheufele-Gymnasiums interessierten Eltern. »Lernen in naturbelassener Umgebung«, und das in Stuttgart, der »Stadt zwischen Wald und Reben« – wie die offizielle Fremdenverkehrswerbung lautete. »Die Schüler erfahren Förderung ihrer individuellen Begabung« und dergleichen verhieß der Werbetext.

Bärbeißige ältere Mitglieder des Lehrerkollegiums hätten – allerdings außer Hörweite der Schulleitung – gemurmelt: »Kuschelpädagogik«, »Wohlfühlschule«, »der Traum besorgter Helikoptermütter« – und einander vielsagend angeschaut. Gut, dass es eben auch Lehrer wie sie gab, die auf

Leistung allergrößten Wert legten. Sonst würden die Schüler ja nicht einmal einen mittleren Abschluss schaffen! Oder nur diejenigen, die von sich aus fleißig arbeiteten, um sich das Schulstipendium für sozial schwächer gestellte Familien zu sichern! Und dann waren ja noch all diejenigen, die in Musik, bildender Kunst und Theaterspiel glänzten und daher besondere Förderung erfuhren. Ja, dieses Privatgymnasium konnte sich schon sehen lassen!

Nicht ganz zu dem besonderen Bild, das die Schule vermitteln wollte, passte das Schulgebäude und die etwas weiter entfernte Sporthalle, die auch als Festhalle genutzt wurde. Beide Gebäude stammten aus der Zeit, als nüchterne Betonbauten angesagt waren. Aber – kein Problem! Die meiste Zeit des Jahres ließ sich der leicht triste Eindruck, den diese klotzigen Bauwerke vermittelten, ja leicht durch das Grün der inzwischen stattlichen Bäume mildern.

Unter einem dieser schmucken Ahornbäume hatte sich inzwischen das Spurensicherungsteam der Kriminalpolizei Stuttgart eingefunden. Wer nur hatte den Vorderreifen dieses roten Opel Astra so zugerichtet? War es derselbe Täter, auf dessen Konto der Tod der Lehrerin ging? Immerhin war dies ihr Fahrzeug, das einen Plattfuß aufwies. Reifenpanne schied aus! Einer der Spezialisten, der am Boden kniete, rief gerade:

»Kommst du mal, Gero! Ganz klar zerstochen. Da! Mehrere Einstiche – könnten von einem sehr scharfen Messer herrühren.«

Kriminalhauptkommissar Gero Wolfer, ein Mann mittleren Alters von kräftiger Statur, kam mit langen Schritten herbei und bückte sich.

»Hm! Da scheint sich jemand so richtig ausgetobt zu haben. Ihr bekommt doch sicher noch ein paar Details heraus, oder?«

Während seiner letzten Worte tönte laut sein Mobiltelefon dazwischen.

»Wir tun, was wir können«, hörte er seine Mitarbeiter antworten, dann nahm er das Telefongespräch an. Eine Weile hörte er schweigend zu, dann entfernte er sich von der Gruppe, indem er prüfend zurückblickte. Offenbar sollten sie nicht mitbekommen, was er antwortete.

»Nein Sabine, das kann ich nicht tun! Du hast einen Fehler gemacht und musst dafür geradestehen. Okay…« Die Anruferin unterbrach ihn ganz offenkundig.

»Ich bin im Dienst, ruf mich später an!«, warf er ein. Doch bevor er das Gespräch wirklich beendete, schien die Anruferin seine Aufmerksamkeit erneut erkämpft zu haben.

»Sabinchen! Jetzt hör' aber auf! Na gut, ich zahle dir die achtzig Euro Strafe, wenn du jetzt im Moment kein Geld hast. Aber Protest gegen die Polizei…? Schlag' dir das aus dem Kopf! Die haben nur ihre Pflicht getan. Was musst du auch mit dem Rad vor ihren Augen über den Fußgängerweg preschen, noch dazu, wenn die Fußgänger Grün haben!«

Sie hatte ihn wieder unterbrochen.

»Ja, ja, vielleicht hätte es mir auch mal passieren können«, er seufzte und sagte in entschiedenem Ton:

»Aber, du zahlst jetzt und damit basta.« Erneut hörte er eine Weile zu.

»Ja gut, wenn dein Konto überzogen ist, überweise ich dir noch was dazu, wie viel fehlt denn jetzt schon wieder?«

Er seufzte noch ausgiebiger, schüttelte den Kopf und beendete das Gespräch mit den Worten »Du hast es bis morgen. Und jetzt Schluss, keine Diskussion mehr, ich bin im Dienst – ja, an einem Tatort!«

»Stress gehabt?«

Felicitas Ulmer, seine rothaarige, zierliche junge Kollegin, kam ihm entgegen.

Ihm wäre es lieber gewesen, die Kollegin hätte sein privates Gespräch oder dessen Wirkung auf ihn, sein Kopfschütteln und seine genervte Miene, nicht mitbekommen. Aber immer noch besser sie, als die männlichen Kollegen. Deren

Bild von ihm, als dem immer besonnen handelnden, erfahrenen, Privates weitestgehend ausklammernden Kriminalhauptkommissar, sollte erhalten bleiben. Sie, der Neuling, war ganz anders als die männlichen Kollegen, die ihn bisher bei der Arbeit begleitet hatten. Sie plauderte mitunter ganz unverkrampft von ihrer Familie, sie fragte ihn auch mal Außerdienstliches über andere Kollegen, ja sogar ganz locker über sein eigenes Leben. Respektlos konnte man es nicht nennen. Eher offen, erstaunlich offen. Hoffentlich würde ihr das nie zum Nachteil gereichen in diesem Beruf! Er hatte sich selbst erst daran gewöhnen müssen und ihr anfangs nicht viel oder eher zynisch geantwortet.

»Soll ich raten?«, fragte sie jetzt.

»Tochter oder Freundin?« Sie schaute ihn an. Er antwortete nicht.

»Ich tippe auf Tochter. Das Geld ist aus. Bei Schülern und Studenten kein seltenes Vorkommnis, oder?«

»Trifft ins Schwarze. Aber, dass sie meint, ich würde sie gegen zwei Verkehrspolizisten, die ihre Pflicht tun, in Schutz nehmen, oder sie selbst könnte da protestieren – das ist einfach zu blöd! Wann wird dieser Querkopf endlich erwachsen!«

Die Kollegin sagte nichts. Sie schmunzelte, als er sie darum bat, im Auto zu warten und von dort aus die Schule zu beobachten, während er die Lage im Schulgebäude sondierte. Er werde ihr Bescheid geben, wann und wohin sie dann kommen möge.

Der Schule näherte sich eine Radfahrerin in zügigem Tempo. Sie stellte ihr Rad ab, schloss es ab und schaute auf ihre Uhr. Doch dann blieb sie unschlüssig stehen. Felizitas Ulmer stieg aus und ging langsam auf sie zu. »Was ist denn hier passiert?«, fragte die junge Frau.

»Ich weiß es auch nicht«, entgegnete die junge Kommissarin.

»Hm! Mein Markus hat schon wieder seinen Turnbeutel vergessen. Den will ich ihm gleich zur zweiten Stunde hochbringen. Jetzt habe ich mich so beeilt – und bin ein bisschen zu früh dran.«

»Dann könnten Sie mir vielleicht erzählen, wer Anna Scheufele war. Muss man die kennen? Wenn doch die Schule nach ihr heißt?«

»Ja so genau weiß ich es aber auch nicht. Sie war anscheinend früher so was wie ein Kaltentaler Original, glaube ich. Jedenfalls findet jedes Jahr im Juni ein Straßenfest statt, das Anna-Scheufele-Fest. Das ist nett, ein Sommerfest, ein echtes Event hier. Aber – ich geh jetzt doch sicherheitshalber hoch zum Klassenzimmer von meinem Markus.«

Im Erdgeschoss der Schule kam gerade eine sehr rundlich und gemütlich aussehende blonde Frau zur Tür weit links vom Haupteingang heraus. Sie trug einen großen Korb voll Brötchen über dem Arm, schloss die benachbarte Tür auf, ging dort hinein und ließ einen großen Fensterrollladen hoch. Die breite Fensterfront gab ein Schiebefenster frei. Im Raum dahinter konnte die junge Kommissarin eine Art Verkaufstisch erkennen. Die Frau schickte sich an, Brötchen aufzuschneiden, um sie dann mit Butter und mit Wurstscheiben zu versehen.

»Wissen Sie vielleicht, was hier los ist?«, fragte Felizitas Ulmer.

»Irgendein Unglücksfall hat's geheißen, hat mir mein Mann vorhin gesagt. Er ist der Hausmeister und ist vom Chef gerufen worden.«

»Hm. Sie wissen sicher, was es mit dem Namen Anna Scheufele auf sich hat …«

»Ach, ganz genau weiß ich es auch nicht. Das geht wohl auf ein Gedicht zurück, ein Gedicht ganz auf Schwäbisch. Na ja, es ist ziemlich deftig aber einigermaßen witzig. Gehören Sie zu dem Rettungswagenteam?«

»Ja, ehem, kann man so sagen. Ich warte noch auf genauere Anweisungen und vertrete mir hier draußen die Beine.«

Sie entfernte sich von dem massiven Schulgebäude, sah zum x-ten Mal zum Himmel und überlegte, was das für eine Melodie war, die ihr schon eine Weile im Kopf herumging. Ja, das war es – plötzlich wurde es ihr klar: »Oh, Anna Scheufele von Kaltental, Tochter vom Bürstenbinder« … Ja, das musste es sein! Das war es, was sie vor wirklich langer Zeit im Radio gehört hatte und was sich ihr damals wie ein Ohrwurm eingeprägt hatte. Und warum nur? Ihr längst verstorbener Onkel Peter kam ihr dabei in den Sinn, wie er bei Familiengeburtstagen humoristische Gedichte vorgetragen hatte, darunter auch den Text des Lieds von der immer und immer wieder angeschwärmten Anna Scheufele. Wie ging der Text noch mal? Ihr waren nur noch Fetzen im Gedächtnis: »Du bisch mei Schtern, mei Ideal …«, und hieß es dann nicht auch »Mach mich zum Vadder deiner Kinder«. Es war immer zum Kugeln lustig gewesen, wenn ihr Onkel das Gedicht mit Inbrunst vorgetragen hatte. Der urschwäbische Text und die Schilderung von heftiger Verliebtheit und von brutaler Enttäuschung – man musste einfach lachen. Sie würde Melodie und Text zu Hause in Ruhe recherchieren. Jetzt aber schnarrte endlich ihr Mobiltelefon. Kollege Wolfer bat sie, in den ersten Stock, in die sogenannte Direktion. Er hatte das Wort so komisch und nachdrücklich betont. Die »Direktion« wie sich das anhörte! Als ob es zur Chefetage eines börsennotierten Unternehmens ginge. Oder hatte der Kollege vielleicht ungute Schulerinnerungen? Hatte er vielleicht früher beim Direktor antanzen müssen, wenn er wieder mal was ausgefressen hatte?

Fast Viertel nach zehn Uhr: Die Stimme der Sekretärin tönte aus den Lautsprechern des Schulhauses:

»Achtung, eine Durchsage! Folgende Schüler und Schülerinnen werden ins Sekretariat gebeten: Tanja Klein, Martin Specht und Corinna Leber. Entschuldigung! Corinna Weber. Heute Kuchenverkauf der 8c im Erdgeschoss. – Alle Lehrer werden zu einer Dienstbesprechung ins Lehrerzimmer gebeten. Danke!«

Der erlösende Pausengong ertönte.

Jetzt kam vollends Leben ins Haus. Schüler strömten die breiten Treppen hinunter, Pausenbrote essend, schubsend, lärmend, drängelnd, lachend – Lehrer, bepackt mit CD-Playern, Büchern, Heftstößen und manche mit Mappen, ja eine Erdkundelehrerin mit dem Modell eines Gebirgsreliefs und die jüngste Physiklehrerin mit einer Art selbst gebasteltem Mobile, folgten ihnen. Sportlehrer Resch im Jogginganzug eilte dagegen forsch je drei Stufen auf einmal nehmend nach oben, von wo ihm gerade die dienstälteste Lehrerin entgegenkam, ächzend, so als trüge sie selbst ihre breite schwere Mappe und den alten Kassettenrekorder, und nicht die zwei schmächtigen Unterstufenschüler an ihrer Seite. Wie ein Hochseeschiff aus Kaiser Wilhelms Zeiten lief sie in das überfüllte Lehrerzimmer ein. Die beiden zart gebauten Fünftklässler stellten das Zubehör an den angewiesenen Platz und entfernten sich schleunigst.

»Die Direktion« – will heißen, der Schulleiter und sein Stellvertreter, ein Mittfünfziger mit glänzender Glatze, die ein kräuseliger grauer Haarkranz u-förmig umsäumte, blickten schon ungeduldig auf die sich hereinschiebende Lehrerschar. Der Stellvertreter, Herr Launinger, klatschte in die Hände und rief: »Darf ich Sie um Ruhe bitten! Bitte! Sie wissen, wir haben wenig Zeit!« Missvergnügt schaute er durch seine altmodisch dicken randlosen Brillengläser auf die letzten Ankömmlinge an der Tür.

Neben ihm – und wie im Kontrast zu ihm – blickte auffällig ruhig ein großer, kräftig gebauter Neuling im Lehrerzimmer in die Runde und ließ seine Augen von einem zum anderen wandern, schweigend, und so, als lege er innerlich von jedem eine Akte an, in die er alle gewonnenen Einzeleindrücke einspeicherte. Seine dicke schwarze Lederweste über den grau-schwarzen Jeans ließ ihn noch kräftiger erscheinen. Vielleicht war es auch sein entschieden hervorragendes Kinn oder der prüfende Blick aus blaugrauen Augen, die ihn so auffällig von der Lehrerschar abhoben.

»Ich möchte Ihnen Kriminalhauptkommissar Gero Wolfer vorstellen«, ertönte der Bass des Schulleiters.

»Er ermittelt im Fall unserer Kollegin Hartig. Aber bitte, Herr Wolfer, schildern Sie am besten selbst, wie sich die Sachlage derzeit darstellt!«

Kriminalhauptkommissar Wolfer ergriff das Wort.

»Ja, meine Damen und Herren«, der Kommissar machte eine bedeutungsvolle Pause, »… leider ist Ihre Kollegin zu Tode gebracht worden. Tod, vermutlich durch Fremdeinwirkung, so wurde von ärztlicher Seite festgestellt. Spekulationen sind derzeit aber noch nicht angebracht, der Obduktionsbericht liegt noch nicht vor. Äußerlich waren keine Verletzungen sichtbar. Hinweise auf einen Täter haben wir noch nicht. Der Tod Ihrer Kollegin muss schon vor Sonntagmittag eingetreten sein. Die Kriminalpolizei Stuttgart-Mitte wird noch Genaueres zur Todesursache und etwaiger Spuren am Tatort, möglicherweise das Klassenzimmer der 7c, feststellen. Wir können aber derzeit auch das noch nicht mit letzter Sicherheit sagen. Ich bin mit den Ermittlungen beauftragt worden und bitte Sie, mich dabei zu unterstützen. Ich habe an jeden von Ihnen als Einzelpersonen eine Menge Fragen. Bitte sagen Sie mir alles, was uns in der Sache weiterbringen kann, und verschweigen Sie nichts! Sie würden sich strafbar machen. Die Tat steht allem Anschein nach im Zusammenhang mit dem Abitur-Abschlussfest am Samstagabend in Ihrem Festsaal. Ihrer Schulleitung ist sehr daran gelegen, dass bis zum Beweis des eben Geschilderten nach außen und Dritten gegenüber weiterhin von einem ›Unfall‹ gesprochen wird. Es würde zu viel Unruhe in die ›Schulgemeinschaft‹ bringen, wurde mir gesagt, wenn die Kinder, die Jugendlichen und vor allem die Eltern von einem Totschlag oder gar ›Mord‹ in der Schule hören müssten, in einem Stadium, in dem noch nichts feststeht. Sie wissen aus der Presse, dass es nach Bekanntwerden solcher Geschehnisse oft zu Nachahmertaten kommt, gerade auch von Jugendlichen. Also, kommen Sie auf mich zu, wenn Ihnen etwas Besonderes aufgefallen ist.« Er machte eine Pause und verteilte seine Karte mit seiner Handynummer. »Das wäre es im Moment. Ich danke für Ihre Aufmerksamkeit.«

Hauptkommissar Wolfer wandte sich wieder der Schulleitung zu. Die drei tuschelten kurz miteinander und verließen dann mit großen Schritten das gedrängt volle Lehrerzimmer. Es roch nach Kaffee und verbrauchter Luft. Sportlehrer Lachmann hechtete zum Fenster und riss den großen Flügel auf. Den zweiten Flügel verwehrte ihm die neue Englischkollegin aus Sorge, ihr privater CD-Player könnte dabei von der Fensterbank gefegt werden. Um die Kaffeemaschine scharten sich die drei Kolleginnen, die normalerweise immer am meisten zu schwatzen hatten und sonst dabei des Öfteren in schallendes Gelächter ausbrachen. Die männlichen Kollegen schreckten in solchen Fällen immer hoch und schauten dann irritiert zu den drei Schnattertanten. Heute aber waren die drei nicht zum Lachen aufgelegt.

»Sag mal, weißt du etwas?«

»Mensch, die Patrizia! Das ist ja furchtbar!«

»Kanntest du sie näher?«

Die Gesprächsfetzen flogen hin und her. »Dass so etwas bei uns passiert! Unglaublich! Echt! Die Welt wird immer verrückter. Wer macht denn so etwas!«

»Warst du am Samstag beim Abifest?«

»Ja, klar! Aber du hast nicht viel versäumt. Nun ja, die Patrizia tanzte mit dem Frank die meiste Zeit. Aber was will das schon sagen! Er sieht halt gut aus.«

»Frank – das ist doch der neue Sportreferendar, der Blonde?«

»Ja der. Der ist ja auch echt nett!«

»Ein bisschen jung für unsere Patrizia. Das sind doch wohl schon fast zehn Jahre Unterschied. Aber recht so, wenn auch mal Frauen das locker sehen. Warum soll sie nicht mit ihm tanzen?«

»Schon! Fragt sich nur, wie …«

»Aber glücklich sah sie trotzdem nicht aus, irgendwie ist das doch komisch, oder?«

»Ich kannte sie zu wenig, aber wenn du in Trennung und bald Scheidung gelebt hast, wie sie derzeit, ist das wohl nicht verwunderlich.«

»Hat es schon geläutet?«

»Klar, wenn du fragst, immer. Schau, unsere Streber sind schon im Treppenhaus. Wo ist denn mein Buch? Das lag doch gerade noch hier!«

Inzwischen hatte Gero Wolfer seine junge Kollegin per Handy über die Lage informiert und gebeten, ins Schulleiterzimmer zu kommen, nachdem man mit der Direktion übereingekommen war, sie quasi als verdeckte Ermittlerin in die Schule einzuschleusen.

»Frau Sommersberg in die Direktion bitte!«, schnarrte es aus der Lautsprecheranlage. Die Genannte, mittelgroß und von gepflegter Erscheinung, steuerte pflichtgemäß das Sekretariat an, neugierig, was jetzt wohl wieder zu tun oder was für nicht richtig befunden worden sei. Sie hatte das Lebensalter, in welchem laut Volksmund der Schwabe gescheit wird, das »Schwabenalter« also, schon vor geraumer Zeit erreicht und war damit auch in einem Stadium relativer

Gelassenheit angekommen. Das und ihr Blick für die humorvollen Seiten des Lebens ermöglichten es ihr, den Lehrerberuf unbeschadet auszuüben.

»Bitte, Frau Sommersberg«, sagte die Sekretärin in verbindlicherem Ton als sonst, »Herr Strack wartet schon.« Am Besprechungstisch des Chefs erhob sich Kommissar Wolfer andeutungsweise und der Chef wies ihr mit einer lässigen Handbewegung einen der grau gepolsterten Stühle in seinem schlicht möblierten Schulleiterzimmer an.

»Frau Sommersberg, was ich Ihnen jetzt sage, erfordert absolute Diskretion. Die Kriminalpolizei möchte Frau Kommissarin Felicitas Ulmer bei uns als Referendarin einführen«, sagte der Chef, »damit die Ermittlungen unauffälliger anlaufen können.« Der Chef wies mit dem extra-breiten Lächeln, das er sich üblicherweise für Gespräche mit wohlgelittenen Damen aufsparte, auf eine frisch und sehr jung aussehende Kollegin des Kommissars, die mit grau-grünen wachen Augen aufschaute. Felicitas Ulmer – warum nicht Pippi Langstrumpf, schoss es Oberstudienrätin Sommersberg durch den Kopf. Die Haarfarbe der Kommissarin war grell rot; das Haar war allerdings einem modischen Kurzhaarschnitt unterworfen worden und die Kleidung ähnelte der ihres Kollegen, unauffällig, sportlich. Aha, so also sah das Outfit einer Kriminalkommissarin unserer Tage aus! Was sie da wohl alles zu hören bekam von ihren sicher rauen Kollegen! Der Schulleiter riss sie aus ihren Betrachtungen: »Wir möchten Sie, Frau Sommersberg, bitten, Frau Ulmer gleich morgen den Schülern als unsere neue Referendarin in Gemeinschaftskunde, Psychologie und Deutsch vorzustellen.

Oberstudienrätin Sommersberg schaute ungläubig in die Runde.

»Ja geht denn das?«, fragte sie. »Ich meine, sollten die Kinder und die Jugendlichen nicht lieber offen von der Polizei befragt werden?«

»Das Problem haben wir eingehend erörtert«, schaltete sich der Kriminalkommissar ein. »Die jüngeren Kinder lassen wir ganz außen vor. Bei den ab 16-Jährigen, besonders den Oberstufenschülern, möchten wir, dass es nicht zu unnötig viel Unruhe und Gerüchten und vor allem nicht zu Abwehrreaktionen in Polizeibefragungen kommt. Frau Ulmer wird nur vorsichtig sondieren, ob und wenn ja, wo eine Spur zu finden ist. Wir sollen dem dringenden Wunsch der Schule und der Schulbehörde, so weit es geht, Rechnung tragen. Der ›Schulfriede‹ soll zunächst, wenn irgend möglich, gewahrt werden, gerade mit Blick auf die Kinder und Jugendlichen.«

Der Schulleiter fügte zu Frau Sommersberg gewendet hinzu: »Günstig wäre, wenn Sie Frau Ulmer als neue Referendarin, via Diskussion zum Beispiel gleich in den Unterricht integrieren könnten. Ich denke, das bewältigen Sie mit Ihrer Erfahrung unauffällig. Frau Ulmer möchte sondieren, inwieweit die Schülerschaft und die Lehrerschaft zur Klärung des Falles von Frau Hartig beitragen können«, so die Worte des Chefs, der hinzufügte: »Frau Ulmer möchte möglichst viele verschiedene Kolleginnen und Kollegen in den Unterricht begleiten und mit den Schülern sprechen. Bitte lassen Sie sich etwas Plausibles einfallen und organisieren Sie das! Die Stundenpläne der Klassen hat Frau Ulmer bereits. Morgen in der großen Pause werde ich Frau Ulmer dem Kollegium vorstellen. Es darf niemand etwas über ihren eigentlichen Beruf erfahren. Sie ist einfach Referendarin ab jetzt. Sie verstehen mich?« Barbara Sommersberg nickte. »Also, viel Erfolg die Damen!«

Und schon fand sich die Lehrerin wieder hinauskomplimentiert. Sie schüttelte fast unmerklich den Kopf und zog die Stirn hoch. Ja, ja, mit schwierigen Missionen betraute die Schulleitung sie gern! Wenn es aber um eine höher dotierte Stelle im Schulbetrieb ging, hatte die Schulleitung bisher immer schnell einen anderen Kollegen gefunden, auch wenn der älter als sie war und den Ruhestand in Sicht hatte. Aber sei es, wie es will, sie hatte beschlossen, sich nicht mehr zu ärgern. Ich bin nicht mehr »ärgerbar«, so hatte sie es vom ehemaligen Stuttgarter Bürgermeister Rommel in seinen humorigen Sprüchen gelesen. Das gefiel ihr. Die neue Aufgabe jetzt versprach ja durchaus interessant zu werden und ernsthaft wichtig war sie auch.

Mit diesen Gedanken wandte sie sich der frischgebackenen jungen »Kollegin« zu, gab ihr einige Hinweise, wie sie auf eventuelle Fragen seitens der Kollegen antworten solle und welche Fragen sie ihrerseits stellen könne, und geleitete sie ins Lehrerzimmer. Dort hefteten sich wie magisch angezogen die Blicke dreier ergrauter Pädagogen an den »Frischling«. Der Älteste von ihnen, erst vor Kurzem befördert, hielt es für seine Pflicht, quasi als Repräsentant der Schule, sie seinerseits mit Handschlag zu begrüßen und eine ganze Batterie von Fragen auf sie loszuschießen. Er verlieh seinem Gesicht dabei den Ausdruck höchsten Interesses. Barbara Sommersberg nutzte die Zeit, um zum Fotokopierer zu huschen. Selbst wenn sie dort in der Schlange warten müsste, wusste sie doch, dass Kollege Katschenfeld die Beschnupperung der Neuen ad infinitum fortsetzen würde. Frühestens also, wenn seine Freistunde beendet sein würde, würde er von ihr ablassen.

Kommen Sie, Herr Kommissar! Ich führe Sie in die Turnhalle zu unserem Sportreferendar, Herrn Schellfuß. Die Damen nennen ihn den ›schönen Frank‹, hat man mir erzählt. Seinen Mentor, Herrn Maier, habe ich schon verständigt, den Unterricht für ihn weiterzuführen.« Auf dem Schulhof waren vier Unterstufenschüler damit beschäftigt, Überbleibsel vom Abifest, Tüten, Dosen, Papier und dergleichen mit langen Greifzangen aufzupicken und in Eimer zu befördern, sie ließen sich Zeit dabei. Religion, Musik, Geschichte – wo fehlten sie jetzt wohl und würden nach getaner Arbeit dann im Lauf der Unterrichtsstunde eintrudeln? Rechts vom Haupteingang sprinteten zwei Mittelstufenschüler – Raucher wahrscheinlich – in langen Sätzen auf das Schulgebäude zu. Sie hatten den Schulleiter erblickt. Zum Unterricht würden auch sie zu spät kommen. Der Schulleiter ließ sie unbeachtet und schritt mit seinem Begleiter zielstrebig über den Schulhof zur Sporthalle und auf die Turnhallentür zu.

Über ihnen hatte sich der Himmel bewölkt. Am Horizont im Westen schob sich eine bleigraue Wolkenformation höher. Schwüle lag über den bewaldeten Hängen und dem Talkessel der Stadt. Ein verdächtiger Wind kam auf. Laut zwitschernd jagten sich zwei Amseln und landeten auf dem Rasen des Sportplatzes.

Drinnen roch es nach Turnschuhen, Schweiß und Duschgel, vor allem, als sie die Umkleideräume und den Zugang zur Sporthalle durchquerten. Hier gab es keine Spuren mehr vom Abifest. Die Abiturienten hatten den Sonntag damit zugebracht, die Festhalle zu reinigen. Laute Rufe »Eh, Olli«, »Zu mir!« und weitere Namensrufe oder eher Schreie übertönten den intensiven Grundlärm. Ähnlich wie in einem überfüllten Freibad, dachte Gero Wolfer. Ein schriller Pfiff riss ihn aus seinen Gedanken. Ein weiterer, noch längerer Pfiff übertönte den Lärm, der sich kurz legte. Mit langen wiegenden Schritten kam ein junger Mann im Sportanzug – groß, blond, bestaussehend – auf die beiden Besucher zu. Er grüßte artig und nannte seinen Namen: »Frank Schellfuß.« Typ »der sympathische Trainer«, könnte locker in einer Fernsehserie mitspielen – ging es dem Kommissar durch den Kopf. »Herr Schellfuß, das ist Hauptkommissar Wolfer. Sie wissen Bescheid. Ich lasse Sie jetzt allein«, sagte der Schulleiter und entfernte sich stracks.

Der »schöne Frank« wies Gero Wolfer gewandt in das Sportlehrerzimmer hinter dem großen Glasfenster und schloss die Tür. Nach der Schilderung, wie das Abifest verlaufen war, kam die Rede schnell auf Patrizia Hartig. Zwischen neun und zehn Uhr habe er sie im Festsaal getroffen und mit ihr ein Glas Sekt getrunken und dann getanzt. Es habe Spaß gemacht, mit ihr zu tanzen, aber so ganz bei der Sache sei sie innerlich wohl nicht gewesen. Sie habe sich zwar heiter gezeigt, aber er habe den Eindruck gehabt, dass irgendetwas sie bedrücke oder ablenke. Öfter habe sie sich im Saal wie suchend umgesehen und mehrmals zur Tür geblickt.

Um circa 23 Uhr oder kurz danach habe sie gesagt, sie wolle jetzt gehen. Sie habe Kopfweh und müsse am Wochenende noch eine Menge für den Unterricht vorbereiten. Ein Film für die Stunden mit den Oberstufenschülern gleich am Montagfrüh fehle ihr. Sie werde zur Schule hinübergehen und nachsehen, ob sie ihn vielleicht im DVD-Player im Lehrerzimmer, oder im Klassenzimmer der 7c, vergessen habe.

Leider habe er sie nicht dazu bewegen können, noch zu bleiben. So habe er sich dann eben an den Tisch mit den anderen Referendaren in der Nähe des Büfetts gesetzt. Jetzt im Nachhinein mache er sich Vorwürfe, dass er sie nicht ins Schulgebäude begleitet habe. Aber am Samstagabend habe er sich nicht viel gedacht, als sie das Fest verließ. Er habe ja nicht aufdringlich sein wollen, zumal bekannt war, dass sie sehr pflichtbewusst ihren Unterricht immer gründlich vorbereite.

Gero Wolfer fragte sich, was er selbst wohl an der Stelle des smarten Sportlehrers getan hätte: vielleicht sie an das Büfett gelockt oder zu einem Glas Bier oder Wein überredet oder zu mehr. Oh diese verbissenen Lehrerinnen! Endlich mal ein Fest, und dann schon um elf Uhr nach Hause! Das konnte doch nicht wahr sein! Er ließ sich die Gerüchte über Patrizias Eheprobleme, die ihm zu Ohren gekommen waren, durch den Kopf gehen. Wahrscheinlich steckten der Ehemann und der beidseitige Trennungszoff hinter ihrem merkwürdigen Verhalten. Eifersucht, Geld, der ganze Trennungs- und Scheidungsschlamassel eben. Vermutlich hatte ihr Tod damit etwas zu tun. Er würde das schon noch herausfinden! Wolfer war auf dem Schulparkplatz angelangt. Sein Wagen stand, wie zuvor ausgeklügelt, jetzt im Schatten. Er kurbelte die Fenster herunter und fuhr los.

»Hallo, halloooh!!! Herr Kriminalhauptkommissar, würden Sie mich mitnehmen?«

Die frischgebackene Referendarin Felicitas Ulmer sprintete das Trottoir entlang, wobei sie mit dem rechten Arm heftig winkte. Das unauffällige Dienstfahrzeug von Kriminalhauptkommissar Gero Wolfer war gerade um die scharfe Kurve vor der Schule gebogen. Mit einer Bremsung, die einem Zwanzigjährigen bei seinen Kumpels Respekt verschafft hätte, kam es mit quietschenden Reifen zum Stehen. »So schnell wirst du mich nicht los, alter Junge«, murmelte Kommissarin Pippi Langstrumpf vor sich hin. Sie kam mit Gero Wolfer gut aus. Er erinnerte sie manchmal an ihren älteren Bruder. Gero und sie waren schnell zum zwanglosen Du übergegangen – wie bei den anderen Kollegen untereinander üblich. Gero Wolfer streckte seinen Kopf über den lässig auf dem heruntergekurbelten Seitenfenster liegenden Arm heraus.

»Felix! Felix! Du gehörst jetzt doch zu den Schulmeistern. Da kannst du nicht einfach mit mir losfahren!«

Felicitas Ulmer – von Kollegen oft »Felix« genannt – riss die Seitentür auf und ließ sich ins Wageninnere fallen.

»Dachte ich mir doch gleich, dass das Nachteile bringt! Mich einfach in diesen Pädagogenzirkus stecken. Ich wollte nie Lehrerin werden. Einfach grausam finde ich das! Und wem verdanke ich das? Dem großen Gero! Nero wäre passender, Nero, der große Nero. Schätze, ich werde mich morgen wie in der Zirkusarena fühlen. Wie wäre es, wenn wir tauschen? Du, der große Kollege, als neuer Sportlehrer eingeführt! Na, wie wäre das denn?«

Sie waren bei der Ampelkreuzung angelangt und bogen nach links zur Innenstadt ab. »Tauschen? Hm! Keine schlechte Idee. Hm! Da sind ein paar ganz kesse Mädchen dort. Sport, nicht schlecht! Mit denen schon. So könnte ich mir meinen Dienst gut vorstellen, statt die Angehörigen dieser Toten aufzusuchen oder ihren Noch-Ehemann.«

»Also wirklich, das ist ja mal wieder typisch, na ja, ehrlich gesagt, großer Nero, du solltest doch lieber bei Verhören der reiferen Generation bleiben, statt dich als Mittvierziger – noch dazu geschieden und Single – beim Mädchensport anzubieten. Deiner Tochter würde das bestimmt auch nicht übermäßig gefallen. Aber jetzt mal im Ernst, was hast du herausgefunden, was hat denn der Hausmeister dieser Schule zu erzählen gewusst?«

»Erzähle ich dir nachher, Felix. Kommst du mit auf einen Kaffee und einen kräftigen Wurstwecken beim Metzger in der Nähe des Schwabtunnels? Ich bin heute noch nicht mal zum Frühstücken gekommen.«

»Okay. Aber wie soll ich da je wieder auf mein Normalgewicht kommen?«

»Typisch Frau! Kaum ihr Baby bekommen und denkt schon wieder an ihre Figur!«

»Männer!«, murmelte Felix gedankenverloren. Zu Hause machte sich ihre Mutter jetzt wohl mit dem Kinderwagen in den Supermarkt auf oder sie windelte den acht Monate alten Benjamin. Aber Schluss mit den Bildern! Zurück in den Dienst!

»Möchte mal wissen, was der schönen Lehrerin Patrizia

Hartig wirklich passiert ist«, sagte sie vor sich hin. »Eifersucht wahrscheinlich. Schulball! … Hm! Mein alter Lateinlehrer nutzte so einen Anlass immer, um mit jungen Kolleginnen, gelegentlich auch Schülerinnen, eng zu tanzen und sie mal herzhaft anzufassen. Sechzig war er damals, kam sich wahrscheinlich vor wie zwanzig. Sah so aus, als gäbe es für ihn nur noch diesen Po und seine Hand. Sein Kopf hatte dann sichtlich die Regie abgegeben. Wer weiß, wie es bei dem Schulball am Wochenende war. Wie hat sich wohl die Schulleitung verhalten? Und dieser aufdringliche Katschenfeld, der mich mit seinen Fragen nervte, als ich denen als Referendarin vorgestellt wurde, der ist mir auch nicht geheuer!«

»Keine Chance, die Ehefrauen der beiden Herren waren beim Abiball anwesend. Im Fall des Schulleiters ist es die Dritte – kaum dreißig. Unsere gut aussehende Frau Hartig ging wahrscheinlich auch gar nicht auf Avancen enthemmter Altkollegen ein. Die tanzte die ganze Zeit mit dem ›schönen Frank‹. Ich weiß ja, dass du den Täter am liebsten im Umfeld der Schule aufspüren würdest, aber ich tippe auf den Ehemann und das private Umfeld. Der Hausmeister Kächele übrigens ist mit vielen per ›Du‹; scheint ein lockerer Typ zu sein. Vielleicht war das Motiv nicht Eifersucht, sondern Rache und blinde Zerstörungswut. Am Auto der Patrizia Hartig, einem roten Opel Astra, ist der vordere rechte Reifen zerstochen: Plattfuß. Schlüssel und Wagenpapiere steckten in ihrer Handtasche.«

Sie waren im Stuttgarter Westen beim Schwabtunnel angekommen. Wie immer gab es keine Parkplätze. So fuhren sie den kurzen Weg zur Hasenbergsteige hinauf, parkten vor der Garage der Wohnungsgeber des Kommissars und gingen die Staffel beim Schwabtunnel hinunter zur Metzgerei mit Stehimbiss.

Dort drängelten gerade Schüler des Schickhardt-Gymnasiums, die über die Straße wie blind herübergespurtet waren, in den Metzgerladen zu den Stehimbiss-Tischen. Man konnte kaum noch ein Wort verstehen. Vom Nebentisch tönten die rauen Stimmen der Traube von 13- oder 14-jährigen Jungen. »Mensch, du – hast du gesehen, wie die ›Katze‹ heute ihre Jacke ausgezogen hat? Geil, eh?« »Ach die! Die ist doch blöd, aber echt blöd!«

»Die Katzenberger?«

»Ja, die, verlangt ein Attest in Sport, nur, wenn du drei Mal fehlst.«

»Okay. Du bist sauer. Aber echt cool sieht die aus.«

»Ach Nico, lass' doch den ›Eunuchi‹, der versteht das nicht!«

Ein Pappbecher fiel um. Geschubse. Ein schlaksiger Baumlanger trennte die Streithähne mit überlegener Miene. Ganz langsam wurde es wieder ruhiger im Raum. Die meisten Schüler nahmen sich ihre Einkäufe mit und sahen zu, dass sie noch vor dem Pausenende wieder in ihren Schulhof kamen. Gero Wolfer biss krachend in seinen erfreulich knusprigen Wurstwecken.

Draußen tauchte ein zwischen den Wolken hervorbrechender Sonnenstrahl die altehrwürdigen mehrgeschossigen Stadtvillen in gleißendes Licht. Der ockerfarbene Neurenaissancebau des Schickhardt-Gymnasiums hob sich breit und behäbig mitsamt seiner historischen Turnhalle gegen den kurzzeitig sichtbaren tiefblauen Himmel ab. Farben wie von Van Gogh gewählt. Felicitas Ulmer sinnierte vor sich hin. Wie fröhlich wirkten diese Schüler und wie anders hatte sie da am Morgen das Anna-Scheufele-Gymnasium empfunden mit seinem grauen Betonbau und der etwas weiter entfernt gelegenen modernen Sporthalle, in der das Abifest stattgefunden hatte. Warum bloß hatte jemand eine Lehrerin zu Tode gebracht?

Kommissar Gero Wolfer setzte Felicitas Ulmer alias Felix am Polizeipräsidium ab. »Also, bis später! Ich unterhalte mich jetzt erst mal mit den Nachbarn und mit der Familie unserer schönen Toten.« Er schoss davon.

Oh hallo, Günther! Hallo Walter! Was habt ihr herausgefunden?«, rief Felicitas Ulmer noch unter der Tür zum Büro ihren Kollegen von der Spurensicherung zu.

»Tja, junge Frau – neugierig? Wir haben uns eine Belohnung verdient, nicht wahr, Walter?«

»Ja, ich hätte da einen Vorschlag …«

»Jetzt mal die Fakten auf den Tisch, die Herrn! Zur Sache!«

»Also die Sache hängt an einem Haar.«

»An einem Haar?«

»Ja, einem dunkelblonden Haar, gewachsen auf dem Kopf eines offenbar eher jungen Mannes. Schwarze Textilfasern fanden sich auch auf der Kleidung der Toten.«

»So, so, aber die können von allen möglichen Leuten kommen. Es wurde ja auch getanzt auf dem Abifest und unsere Schöne tanzte mit«, überlegte Felicitas Ulmer. Sie schaute nebenbei in die Kaffeekanne.

»Ja, und das war's dann?«, fragte sie. Unklar blieb, ob sie damit den leeren Kaffeepott oder die Laborergebnisse meinte.

»Na, hör' mal, wir liefern die Beweismittel und Madame braucht nur noch den passenden Typen dazu zu finden. Der Typ muss jung sein, neigt zu Schuppen, trägt möglicherweise Schwarz und interessierte sich offenbar intensiv für die kesse Lehrerin.«

»Was denkst du, wie viele Männer jetzt in Betracht kommen, Günther? Du übrigens auch, wenn man so freundlich sein will, wie ich, dich als ›jung‹ zu bezeichnen. Ha-ha!«

»Oh, unsere hübsche Kleine wird persönlich! Was ist jetzt mit der Belohnung?«

Kollege Günther von der Spurensicherung bleckte die Zähne, grinste und schob seinen wabbeligen Körper auf die zierliche Kriminalkommissarin zu. Das Telefon schaltete sich dazwischen. Günther zog eine entnervte Grimasse und hob ab.

»Was, keinerlei Spuren? Das gibt es doch nicht!«

Mit hochwichtiger Miene wandte er sich der jungen rothaarigen Kommissarin zu. »Keine Spuren vom Reifenstecher am Auto der Toten. Nichts. Na ja. Könnten ja auch Betrunkene gewesen sein, Festheimkehrer oder eben Schüler. Denen scheint auch nichts Originelleres eingefallen zu sein.«

»Au weia, es ist schon zwölf und ich sollte gleich in der Schule sein, Termin beim Direktor.«

»Unsere Kleine haben sie aber schnell wieder zum Schulmädchen gemacht! Diese Pauker! Wie schaffen die das? Und uns folgt sie nicht, was Walter?«

»Sei froh, Mann«, brummte der Kollege, dass wir da nicht hin müssen! Ich könnte da glatt zum Straftäter werden. Ich habe das lange genug mitgemacht.«

Anna-Scheufele-Gymnasium, 12.15 Uhr. Viele Schüler strömten dem Ausgang zu.

»Pass doch auf, Junge!« schnauzte ein kräftig gebauter Mittvierziger den blonden Sechstklässler an, der mit einer Horde Klassenkameraden die Treppe heruntergestürmt kam. Die Jungen walzten wie eine Windböe die Treppe hinunter, blind für alles, was ihnen entgegenkam, und fegten zum Haupteingang. Der um ein Haar Angerempelte sah ihnen verärgert nach. Seine Kampfeslust stieg, sein Gesicht lief rot an. Die Schweißperlen gingen auf das Treppensteigen und die Hochsommertemperaturen zurück... Gleich würde er es diesen Paukern zeigen.

Ungerechte Noten geben, aber sich nicht um die Erziehung der Jugend zu Anstand und Respekt kümmern! Er klopfte an die Tür zum Sekretariat. Vier Mädchen prallten ihm entgegen, kreischend stoben sie davon.

»Schmidt – ich habe einen Termin«, sagte der stämmige Latzhosenträger zu der irritiert von ihrem Computerbildschirm aufblickenden Sekretärin.

»Ach ja, Herr Schmidt. Kommen Sie bitte!«

Sie führte ihn in das Schulleiterzimmer.

»Herr Schmidt«, begrüßte ihn der Schulleiter. »Haben Sie sich freimachen können? Das ist gut, Herr Schmidt.« Es klopfte.

»Ja, herein! Frau Ulmer. Das klappt ja prima. Das ist der Herr Schmidt, der seinen Sohn in der 10b hat, und hier diese junge Dame ist unsere neue Referendarin, die nun die Klasse unterrichten wird. Herr Schmidt, schildern Sie Ihr Anliegen doch am besten direkt, damit Frau Ulmer sich selbst ein Bild machen kann.«

»Ja, die Sache isch die«, begann der verärgerte Vater in mühsam gezügeltem Schwäbisch, »mein Sohn Andreas hat da in Deutsch die Note fünf bekommen – bei der Frau Hartig, bloß wegen der letzten Deutscharbeit. Ich hab' ja mit der Frau Hartig gesprochen und dann später noch einmal mit ihr und dem älteren Kollegen von ihr, den sie dabei hatte. Aber sie sieht des halt nicht ein, die Frau Hartig, dass mein Sohn mit dieser Fünf nicht von der Schule abgehen kann. Die isch überhaupt zu streng, sagt der Andreas. Im Halbjahr hat der noch die Vier gut g'schafft und beim Herr Kimmerle, letzscht' Jahr hat er no die Drei g'habt. Der Andreas braucht mindeschtens die Vier. Heut isch es überall so schwierig.

Da könnet Sie nicht mit der Fünf im Abgangszeugnis daherkommen. Ich weiß des gut. Ich bin selber Handwerkermeischter.«

»Was für ein Handwerk betreiben Sie?«, schaltete sich Frau Ulmer ein.

»Ich bin gelernter Elektriker und mir betreibet ein Geschäft.«

Er wurde etwas ruhiger und er verfiel, je mehr er sich entspannte, vollends ins Schwäbische. »Sie glaubet gar net, wie schwierig des heut isch, saumäßig schwierig, sag ich Ihne, isch des vor allem für die junge Kerle!«

»Herr Schmidt, Sie haben gehört, dass die Frau Hartig verunglückt ist? Nein? Ach so, Sie haben Ihren Andreas noch nicht gesprochen. Haben Sie die Frau Hartig in den letzten Tagen noch einmal aufgesucht oder angerufen?«

»Ha nein, Herr Direktor, wieso? Ich hab Ihnen doch scho am Telefon g'sagt, dass ich zum Regierungspräsidium geh, und dass ich Einspruch einlegen werd' gegen die Note fünf. Mich werden Sie so leicht net los. Ich finde des ungerecht von der Frau Hartig, die verlangt viel zu viel – ja, was isch jetzt eigentlich mit der Frau Hartig passiert?«

»Das ist alles noch nicht ganz klar. Könnte es sein, dass Ihr Sohn noch mal mit der Frau Hartig aneinandergeraten ist? Was wissen Sie darüber?«

»Ja was soll ich da wissen? Mein Sohn weiß, dass ich jetzt die Sache in die Hand genommen hab'. Des war dem recht so. Was soll jetzt do noch sein?«

»Herr Schmidt, war Ihr Sohn beim Abiball am Samstag?«

»Kann schon sein, ich weiß des net so genau. Der isch samschdags immer mit seine Kumpels unterwegs. Aber, was soll die Fragerei?«

»Schon gut, Herr Schmidt«, besänftigte der Schulleiter. »Ich denke, die Frau Ulmer wird Ihrem Sohn noch einmal auf den Zahn fühlen – ich meine, seine Leistungen überprüfen, dann wird man ja sehen, wie das mit der Vier oder der Fünf ist. Geht Ihr Sohn denn wirklich von der Schule ab? Ja? So! Hören Sie, wir erleben es oft, dass die Kerle taktieren, das heißt hinterher, im September stehen sie uns wieder da und wollen doch bis zum Abitur weitermachen – nachdem ja die Vier nun im Zeugnis steht und sie doch »versetzt« sind in die nächste Klasse. Das Gesicht von Schulleiter Strack schien noch röter geworden zu sein. Lachsfarben zeichnete es sich deutlich von der weiß-silberblonden Kurzhaarschnitt-Umrahmung ab.

»Sie als Handwerker, Sie können sich ja doch auch nicht an der Nase herumführen lassen.«

»Do hent Sie recht!«, pflichtete ihm der wackere Schwabe bei.

»Das mit dem Regierungspräsidium, das ist jetzt doch gar nicht nötig!«, meinte der Schulleiter, stand auf und ging auf den unschlüssig dreinblickenden Vater zu. »Sagen Sie Ihrem Andreas, er soll sich jetzt im Unterricht bei der neuen Lehrerin anstrengen. Des isch doch bei so einer frischen jungen Dame«, er lächelte jovial, »ein Vergnügen, oder, Herr Schmidt? Da täten wir zwei uns schon ins Zeug legen, oder?«

Er lachte weiter bärig und klopfte dem Vater kumpelhaft auf die Schulter. Sein bekanntes Basstonlachen war bis ins Vorzimmer zu hören und gab der Sekretärin offenbar das Signal, ihren Kopf hereinzustrecken und den Besucher freundlich hinaus zu komplimentieren.

Das Mobiltelefon von Felicitas Ulmer sendete unerbittlich seine hohen Töne und kam jeder möglichen weiteren Besprechung in der Schule zuvor.

»Ja, gut, ich komme«, war alles, was der Schulleiter hörte.

»Sorry«, rief sie ihm aus dem Vorzimmer noch zu und jagte die breite Schultreppe hinunter. Es fehlt nur noch ein kometenartiger Schweif hinter ihr, fuhr es Herrn Strack durch den Kopf. Laut sagte er:

»Ha des isch ja die ganz Schnelle! Ja, wenn wir lauter so Flinke hätten, dann wäre das achtjährige Gymnasium koi Problem!«

Die Sekretärin schwieg und lächelte in sich hinein. Selten ließ jemand – noch dazu so viel jüngeres – den Oberstudiendirektor einfach so unvermittelt stehen.

Gerocksruhe« – ertönte die neutral aber nicht unfreundlich klingende Frauenstimme vom Lautsprecher, die den in sich versunkenen Fahrgast der Straßenbahnlinie 15 aus seinen Gedanken riss. Die Bahn ruckelte gerade in eine lang geschwungene Kurve, die den Fahrgästen den Blick auf die Stadt unten im Talkessel freigab. Der Fahrgast, ein Herr wohl um die fünfzig, in guter, aber arg zerknautschter, gemäßigt sportlicher Kleidung, schreckte auf und blickte hinunter auf das überwiegend hellgraue Häusermeer, dessen unregelmäßige Konturen sich wie beim sanften Sinkflug eines Passagierflugzeugs immer deutlicher abzeichneten. In blassem Ziegelrot manche Dächer unten, viel Wald und grün bewachsene Hangabschnitte weiter oben. Gerocksruhe erst, ach so! Na, gut. Besser, es geht nicht so schnell! Oh nein! Dieses Quietschen der Bahn in den Schienen! Das sprengt einem ja den Kopf. Verdammt! Zwei Aspirin hatte er schon eingenommen, und immer noch Kopfweh! Der starke Kaffee am Morgen, nein »Mittag«, der vorsichtige Fußmarsch durch den Wald zur Straßenbahnhaltestelle, die frische Luft, was konnte er denn noch tun! Kaputt, fix und fertig – jetzt heim, wieder ins Bett und alles vergessen, das wäre es! Das ganze letzte Jahr vergessen mit seinen Höhen – gab es die überhaupt? – und seinen vielen Tiefen.

Nur Mist gebaut, gestern Abend wieder. Woran lag das

nur? Der Alkohol? Aber das kam erst später! Und wie sie das gesagt hatte »Weißt du, Edwin, das bringt es nicht mehr. Ich glaube, das Beste ist jetzt, ich fahre dich nach Hause. Du kannst dein Auto stehen lassen und morgen holen. Das alles war einfach zu viel für dich.« Fein! In seinen Ohren hatte es geklungen wie: »Mami bringt dich jetzt ins Bett, sei schön lieb!« Ja, wenn es wenigstens so gewesen wäre! Nein, sie hatte ihn vor seinem weiß Gott verlassenen Haus einfach abgesetzt. Nüchterne Nudel die, so ein blödes Chamäleon! Erst einem wunder wie schöne Augen machen – oh ja, das konnte sie, einfach toll! – und dann einfach so wegfahren, so kalt! Dabei ging es ihm schlecht, so schlecht wie noch nie. Das muss eine Frau doch spüren! Hat die kein Herz? Karrieregeile Type, diese Anja! Ach, hätte er sie doch nur halten können, diese Frau zum Verrücktwerden!

Und Charlotte? Weg, einfach weg! Ausgezogen mit Sack und Pack. Überrumpelungstaktik. Toll, was! Wahrscheinlich bewunderten ihre Freundinnen und Kolleginnen sie jetzt als »starke Frau«. Er hörte diese Horde förmlich, wie sie aufkreischten bei der dramatischen Schilderung ihres überhasteten Auszugs aus seinem – okay ihrem »gemeinsamen« – Haus. Was hatte er nicht alles in Bewegung gesetzt, um in Stuttgart – ja Stuttgart, beste Lage! Sillenbuch in Waldnähe – ein Haus mit Garten und »mit Atmosphäre«, wie sie immer sagte, zu ergattern! Sein väterliches Erbe steckte nun drin, ihrer beider verbissen zusammengekratzter Verdienst der ersten Berufsjahre, die Anstrengungen der letzten elf Jahre, die schönen Erinnerungen an das Heranwachsen der Kinder. Mensch Charlotte, das kann doch nicht wahr sein! Das ist doch unfair! Und er immer verständnisvoll, all die Jahre!

Verständnisvoll – das war er. Immer einfühlsam und beherrscht. Das war sein Fehler gewesen! Und jetzt das! Schütteln hätte er sie sollen. Früher war sie ganz anders gewesen. Woher kam bloß dieser Wandel? »Du, ja du bist es doch, der sich gewandelt hat«, würde sie jetzt loslegen. »Wer hat denn immer eine Verabredung, dienstlich, rein dienstlich natürlich mit dieser Kollegin und dann mit jener. Komisch, warum die immer jung sind« würde sie sagen, nein brüllen würde sie wieder. »Sicher, wer jung ist, braucht besonders oft Rat, deinen erfahrenen Ratschlag als Schulpsychologe, auch außerhalb der Dienstzeit, natürlich. Da kann es ja am dringendsten sein …«

Dass sie das einfach nicht einsah! Das waren doch keine ernsthaften Beziehungen. Dass sie das nicht kapierte! Wegen so etwas brauchte sie sich doch wirklich nicht aufzuregen. So ein Drama, wegen Nichtigkeiten. Und dann auch noch mit Sack und Pack, und mit den Kindern sogar, ausziehen! Wo sie doch mit ihm hätte über alles reden können! Oh Charlotte, du fehlst!

Zugegeben, mit Anja hätte es etwas Ernstes werden können. Teufelsweib das! Aber mit der gab es ja nur Schwierigkeiten. Womöglich amüsierte die sich bloß. Wäre möglich. Immer nur lächelnd, so kennt man sie im Kollegenkreis. Und er wäre darauf hereingefallen? Nein, das konnte nicht wahr sein. Das hätte er doch gemerkt – oder? »Charlottenplatz« – ertönte die neutral-freundliche Frauenstimme. Auch das noch! Alles nervte. Sein Kopf schmerzte immer noch. Er schleppte sich zur Wagentür und drückte den Ausstiegknopf. Umsteigen und ab zum Marienplatz! Edwin Wolkensteig schaute auf die Uhr. Ob das noch reichte? Rasieren wäre nicht schlecht gewesen. Blöder Termin sowieso, den ihm die Sekretärin da holterdiepolter aufgezwungen hatte. Eines Tages würde er sich selbstständig machen. So konnte das nicht weitergehen.

Degerloch, endlich! Die Uhr zeigte 13.45. Felicitas Ulmer bog in die Reutlinger Straße ein. Ah, da vorne der Wagen von Gero Wolfer. Da musste es sein. Sie ging auf das Haus mit dem Vorgärtchen zu, in dem die zu Tode gekommene Lehrerin, Frau Hartig, gewohnt hatte. Erster Stock, klingeln; Gero Wolfer öffnete ihr. Neben ihm stand ein junger Mann – ein groß gewordener Junge, sehr schmal, schwarzhaarig, wohl Anfang dreißig in einem grauen Anzug, wie er jedem jungen Bankbeamten hätte karriereförderlich sein können.

»Das ist Herr Hartig, der Noch-Ehemann von Patrizia Hartig. Meine Kollegin, Kriminalkommissarin Ulmer. Herr Hartig ist zeitknapp. Er muss zurück in sein Büro. Wir haben das Nötigste schon besprochen, fürs Erste jedenfalls. Gut, Herr Hartig, wir sehen uns dann wieder. Wenn Ihnen vorher noch etwas Wichtiges einfällt – Sie haben ja meine Karte!«

Mit fahrigen Bewegungen, versuchte der junge Mann seinen Aktenkoffer zu schließen. Seine langen blassen Finger umfassten den Autoschlüssel. Er wirkte unsicher und bedrückt, nickte wortlos in Richtung der beiden und ging. Seine sicher teuren schwarzen Halbschuhe machten ein klackendes Geräusch, so als trabe oder eher galoppiere er nach draußen. Er hatte, als Gero Wolfer ihn in seinem Büro in der Silberburgstraße aufgesucht hatte, gebeten, die Besprechung in der Mittagspause nach außerhalb, in die Wohnung seiner Frau in Degerloch zu verlegen, wo man in Ruhe reden könne – ungesehen und ungehört von Kollegen. Ja, den Schlüssel zu der Wohnung habe er noch, hatte er gesagt. Er und seine Frau hätten sich ja in Frieden getrennt, und sie hätten oft miteinander telefoniert. Alwin Hartig wirkte wie ein Mann, der aus allen Wolken fiel, als er vom Tod seiner Frau hörte, ein Mann, der dachte, zwischen ihm und seiner Frau sei alles friedlich geklärt, ein Mann, der seit Monaten schon bei seiner Freundin wohnte, die vielleicht der Grund für die Trennung war. »Na, Felix, lass' mal deine weibliche Intuition sprechen. Ist der Junge nicht verdammt nervös?«

»Hm, wissen wir, wie wir reagieren würden, wenn die Person, mit der wir Jahre zusammen verbracht haben, plötzlich tot ist, und die Kripo uns das mitteilt, gerade mal so in der Mittagspause? Ich wäre auch fix und fertig. Dass der jetzt überhaupt noch zur Arbeit will, ist mir allerdings rätselhaft. Der hat es wohl noch nicht voll erfasst. Der läuft noch weiter wie eine Maschine.«

»Felix, du hättest ihn sehen sollen, er wusste nicht, was tun, und wollte doch so wirken, als habe er alles, mindestens sich selber, voll im Griff. Ist wohl andressiert bei solchen Typen, das wird beruflich wohl erwartet.«

»Was hat er denn für einen wichtigen Job?«

»Er arbeitet in einem renommierten Wirtschaftsprüferbüro.«

Felicitas Ulmer schwieg. Sie biss sich auf die Unterlippe und sagte leise: »Wenn das mit dem getrennte Wege gehen eine so klar besprochene Sache war, wer wird dann den Eltern der Toten mitteilen, was passiert ist, er? Macht er das? Habt ihr darüber gesprochen? Wie hat er reagiert?«

»Wie er reagiert hat? Geistesabwesend. Er hat zu so vielem einfach genickt. Genickt wie ein scheinbar braver Junge, der nachher doch alles vergessen hat. Sein Alibi: Er war Sonntagabend und vor allem Samstagnacht, als das Abifest lief, in der Wohnung seiner Freundin. Er wusste immerhin noch, was sie im Fernsehen gesehen haben.«

»Also Gero, du hast mich ja gefragt, – ich glaube nicht, dass er seine Frau getötet hat, noch nicht mal im Affekt.«

»Oh, Frau Ulmer, möge Ihnen Ihr jugendlich frischer Idealismus erhalten bleiben! Bei mir ist dieser Ehemann auf keinen Fall schon aus dem Schneider. Meistens ist es doch der Partner. Da braucht es nicht den Bösewicht von außen.

Da kommt einer mit der Trennung nicht klar und dreht dann durch. Wenn du erst mal so viele Dienstjahre auf dem Buckel hast wie ich, glaubst du auch nicht mehr jedem zarten groß gewordenen Jungen vom Typ »Mamas Liebling«. Felicitas Stimme klang entschieden: »Mein Sohn wird hoffentlich anders.«

»So, so, der Sohn einer stahlharten Kriminalkommissarin … Na, da darf man gespannt sein.«

»Wie wäre es, wenn wir uns jetzt mit den Eltern der Toten beschäftigen?«, fragte die gar nicht so stahlharte Jungkommissarin.

»Okay, kannst du das machen? Ich sorge für einen Durchsuchungsbefehl für diese Wohnung hier.«

Felicitas Ulmer willigte ein. Sie fuhr mit voll aufgedrehter Klimaanlage nach Metzingen, wo die Eltern von Patrizia Hartig lebten. Mit Tochter und Schwiegersohn bewohnten sie ein enges Reihenhäuschen in einem typischen Neubaugebiet von Metzingen. Die beiden älteren Leute, der Vater in Rente und von Parkinsonkrankheit gezeichnet, die Mutter mit der häuslichen Situation offensichtlich überfordert, wussten nichts von den Eheproblemen ihrer Tochter. Sie hatten die beiden schon lange nicht mehr gesehen und auch nicht gesprochen.

Zum Glück entfaltete die Schwester der Toten ein erstaunliches Organisationstalent. Sie kümmerte sich um die fassungslosen Eltern und schickte sich an, alles vonseiten der Familie Nötige zu veranlassen. Perfekt. Die tüchtige Schwester! War das vielleicht Patrizia schon immer zu viel der Tüchtigkeit gewesen? Warum nur, so fragte sich Felicitas Ulmer erneut, warum nur brach eine junge Frau die Bande zu ihrer Familie so strikt ab, so strikt wie diese Lehrerin Patrizia Hartig. Offensichtlich hatte sie ihre Familie jahrelang nicht mehr besucht.

Für Felicitas Ulmer, die in Stuttgart-Botnang sozusagen im

Schoß ihrer Großfamilie lebte, völlig unverständlich. Wieso nur war Patrizia Hartig bei ihren Eltern und ihrer Schwester in Metzingen nie mehr erschienen? Irgendein undurchsichtiges Familienzerwürfnis musste dahinterstecken, aber aus dieser Familie war nichts herauszubekommen. Nur gelegentlich hatte Patrizia mal wohl angerufen, gemeint, es gehe ihr gut, und sie hoffe, den Eltern auch. Dabei war die Mutter so stolz auf ihre Tochter, »aus der etwas geworden war«.

»Mist!«, murmelte Felicitas Ulmer vor sich hin. »Ergebnis: Null!«, sagte sie grimmig zu sich selbst und dachte an Kollegenkommentare über die »einfühlsamen« Ermittlungsmaßnahmen weiblicher Kriminalbeamter und deren Erfolgsquote. Grimmig startete sie das Auto. Der Motor jaulte auf, anschließend die Musik aus dem Radio, das sie laut aufdrehte.

Der Verkehrsfunk gab gerade die aktuellen Staumeldungen durch. Sie war zum Glück davon nicht betroffen. Musik dröhnte wieder auf. Sie drehte den Lautstärkeknopf ganz zurück und blies sich eine Haarsträhne von der Stirn. Ihr grünes T-Shirt klebte ihr am Rücken. Der Schweiß rann ihr von der Stirn. Es würde noch eine Weile dauern, bis die Klimaanlage sich gegen die Hitze im Wagen durchgesetzt haben würde. Sie fuhr mit ihrer rechten Hand hoch zum Haaransatz. Hoffentlich, so dachte sie, hat Rainer dran gedacht, die fünf T-Shirts zu bügeln oder wenigstens kurz drüber zu bügeln, ein echt lästiger Job bei dieser Hitze. Rainer, ihr Mann, saß jetzt wahrscheinlich auf der Terrasse unterm Sonnenschirm, die Füße vielleicht in der blauen Plastikwanne mit kaltem Wasser, wie neulich, und bearbeitete sein aufgeklapptes großes Notebook, um Korrekturen an seinem Dissertationstext einzuarbeiten.

Sie war froh, dass er die meiste Zeit zu Hause arbeiten konnte, und dass ihre Eltern sich auch um das Kind kümmerten. Das hielt ihr fürs Erste den Rücken frei, sodass sie ihren Beruf ausüben konnte. Nach Abschluss seiner Doktorarbeit würden sie zu tauschen versuchen, so hatten sie es jedenfalls untereinander vereinbart. Voraussetzung war erst mal, dass er eine Stelle fand. Im Moment war *sie* beruflich am Zug. Und es war ihr wichtig, sich in diesem Beruf voll einzubringen, gerade in ihren Anfangsjahren. Der Fall Hartig schien ihr eine gute Gelegenheit zu sein, um zu zeigen, was sie konnte.

Heute Abend würde sie Rainer fragen, was er ihr da neulich erzählt hatte von seinem Artikel für die Zeitung, an dem er arbeitete. Sie hatte nur kurz zuhören können – aus Zeitmangel mal wieder, und auch weil sie so müde war. Aber da war es doch um die Hasenbergsteige gegangen. Das würde sie gern genauer wissen, um damit vor dem Kollegen Gero, der dort wohnte, zu glänzen. Könnte doch wirklich interessant sein, was Rainer da alles recherchiert hatte, in seiner Artikelfolge »Unbekannte interessante Plätze in Stuttgart«. Es war ja ganz gut, wenn er mit solchen Auftragsarbeiten, sich und der Familie gelegentlich ein, wenn auch bescheidenes, Zubrot verdiente.

Felicitas Ulmer versuchte sich zu erinnern, was ihr noch im Gedächtnis geblieben war zum Thema Hasenbergsteige oberhalb des Schwabtunnels im Stuttgarter Westen. Im Haus auf der anderen Straßenseite von Geros Wohnung, also auf der nördlichen Seite und weiter bergab befand sich das interessante Haus. Hasenbergsteige 10. Ja, das hatte sie sich gemerkt, denn das wollte sie sich doch einmal genauer besehen, und sei es auch nur im Vorbeifahren. Dort hatte der Gründer des Roten Kreuz gewohnt, als er noch ein unbekannter Kaufmann aus Genf war. Tja, und wie war die Geschichte weiter gegangen? Wie war damals zu Reichskanzler Bismarcks Zeiten dieser Monsieur Dunant auf die tolle Idee gekommen, so eine internationale Hilfsorganisation ins Leben zu rufen, und das im friedlichen Stuttgart? Und wie hatte er das in die Realität umsetzen können? Noch dazu wo er doch pleite war? Jetzt musste sie sich aber auf den dichteren Stuttgarter Verkehr konzentrieren. Die Ampel sprang gerade auf Grün. Schluss jetzt mit dem Sinnieren! Und los!

In Stuttgart war es inzwischen unerträglich schwül-heiß geworden. Die graue Wolkenfront hatte ein kurzzeitig von Westen aufkommender Wind in Bewegung gebracht, doch lastete die Hitze noch immer über der Stadt. Kommissar Wolfer steuerte das Anna-Scheufele-Gymnasium in Kaltental an. Zwar lag es nicht mehr ganz im Talkessel, aber zu heiß war es auch hier; kaum dass er aus dem Waldstück, das zu durchfahren war, herauskurvte, spürte er wieder die drückende Schwüle. Rechts die separat vom Hauptgebäude der Schule liegende Turn- und Festhalle, ein Glas- und Betonbau, und ihm vorgelagert nach Westen die Sportanlagen. Weit und breit niemand zu sehen. Jetzt ein kühles Bier im Schatten, am liebsten gleich im Mineralbad Leuze. Er dachte an das sprudelnde Kaltbecken dort, erspähte im Schulhof einen Schattenparkplatz unter den Ahornbäumen und schleppte sich dann die Treppe in den ersten Stock des Privatgymnasiums hoch. Es war kurz nach drei Uhr. Die Mittagshitze hatte das Treppenhaus so erwärmt, dass man glauben konnte, man träte in den Saunabereich eines Wellnesshotels.

»Ach – da sind Sie ja, Herr Wolfer! Ich grüße Sie!« Schulleiter Strack reichte dem Kommissar die Hand. Auch ihm schien die Hitze zuzusetzen. Schweißperlen standen auf seiner Stirn. »Ein kühler Schluck?« Gero Wolfer sagte nicht Nein. »Frau Blättle«, rief der Schulleiter durch die geöffnete Tür, bringen Sie dem Herrn etwas zu trinken, so kalt es geht.«

Er wischte sich den Schweiß von der Stirn und verfiel ins Schwäbische. »Wenn des so weiter geht, mit der Hitz', dann heißt es jeden Tag ›Wir wollen hitzefrei‹. Wir müssten die ganze Schul' klimatisieren oder in jedes Zimmer auf der Südseite einen großen Deckenventilator montieren. Was des Geld koschtet!« Bei dieser Vorstellung wurde es ihm noch heißer, und er musste sich ein weiteres Mal die Stirn trocknen.

»Wie steht's? Haben Sie schon etwas herausgefunden, wie die Geschichte mit der Frau Hartig abgelaufen ist?«

Der Schulleiter schaute prüfend auf sein Gegenüber und wusste Bescheid. »Ja, ja s' isch schwierig. Ihr Beruf isch au net leicht! Aber Schulleiter ist nicht viel besser. Da sind Sie von Leuten umgeben – von den Jugendlichen wollen wir jetzt mal gar nicht reden – über die können Sie jeden Tag staunen. Na, Sie werden es ja bald sehen.«

Als sei das passende Stichwort gefallen, erschien Frau Blättle mit kalten Getränken dezent an der Tür und meldete mit verhaltener Stimme: »Der Herr Wolkensteig ist jetzt da.«

»Nur herein mit ihm!«, ermunterte laut der Schulleiter, der schon wieder sein großes Stofftaschentuch zum Einsatz brachte und in breitem Schwäbisch stöhnte:

»Des isch aber au a Jenseits-Hitz'! Heida Schtuagert noch emol!«

»So, des isch der Herr Wolkensteig, unser Schulpsychologe und der Herr Hauptkommissar Wolfer von der Kriminalpolizei. Nehmen Sie Platz, Herr Wolkensteig!«

Schulleiter Strack holte tief Luft und fixierte den Schulpsychologen.

»Herr Wolkensteig, seit heut' früh versuchen wir, Sie zu erreichen. Keinem von uns, selbscht der Frau Blättle net, isch es am Vormittag geglückt. Ja, was isch denn los?«

Die letzten Worte sprach er mit unheilvollem Nachdruck. Seine Augen blieben auf den Angesprochenen fixiert, wie das fest eingestellte Okular eines Mikroskops auf sein Objekt.

»Ich ähem, ich …« – Edwin Wolkensteig räusperte sich – »ich … Mir ging es nicht gut heute Morgen. Kopfschmerzen und … Ich konnte nicht aufstehen.«

»Ja, so was kommt vor. Aber schön wäre es da schon, wenn Sie uns des mitteilen könnten, telefonisch meine ich.«

Erstaunt bis verärgert kam die Antwort des Schulpsychologen:

»Ich hatte erst um 11.30 Uhr einen Termin. Den habe ich abgesagt. Telefonisch, direkt.«

»So, so.«

Der Schulleiter machte eine nachdrückliche Pause.

»Jetzt erzählen Sie uns einmal Ihre Eindrücke vom Abiball am Samstagabend.«

Edwin Wolkensteig, dem es sichtlich immer noch schlecht ging, und dessen unrasiertes Gesicht ihn grau aussehen ließ, wunderte sich schon wieder:

»Wieso, das jetzt, in diesem Rahmen? Warum haben Sie mich überhaupt hergebeten? Warum Kriminalpolizei hier?«

Gero Wolfer schaltete sich ein:

»Sicher ist Ihnen, wie allen daran gelegen, dass sich schnellstmöglich klärt, wie Ihre Kollegin Frau Hartig hier in der Schule zu Tode kam. Dazu brauchen wir dringend die Aussagen von denen, die am Samstag bis zum Ende des Fests hier waren.

»Frau Hartig, zu Tode gebracht? Was sagen Sie da? Was ist passiert?«

»Ach Sie wissen es noch gar nicht!«

Schulleiter Strack informierte seinen erschrocken dreinblickenden Schulpsychologen kurz darüber, was geschehen war. Herr Wolkensteig stammelte, als der Chef geendet hatte:

»Aber was soll ich jetzt wissen? Ich war gar nicht bis zum Ende des Fests hier. Ich bin früher gegangen, ich war auch am Sonntag noch nicht ganz fit.«

»Wann sind Sie gegangen, Herr Wolkensteig, und wohin?«, erkundigte sich betont sachlich der Kommissar.

»Kurz nach elf etwa. Wohin, wieso wohin? Nach Hause natürlich. Warum spielt das eine Rolle? Ich denke, ich soll schildern, was ich alles gesehen habe?«

Ohne darauf einzugehen, setzte Kommissar Wolfer seine Fragenkette fort.

»Kann jemand bezeugen, wann Sie Samstagnacht oder in den frühen Sonntagstunden zu Hause ankamen?«

Edwin Wolkensteig starrte zu Boden. Es dauerte eine Weile, bis er fast tonlos sagte: »Nein, ich war allein im Haus.«

»Wie erklären Sie sich, dass in Ihrem Dienstzimmer, an der Nordseite des Schulgebäudes, nach 23 Uhr noch Licht brannte, Herr Wolkensteig?«

»Licht? Hm. Vielleicht war jemand dort und vergaß es auszuschalten.«

»Wer könnte das gewesen sein? Wer hat einen Schlüssel?«

»Unser Hausmeister, und soweit ich weiß, das Sekretariat und die Schulleitung.«

»Herr Wolkensteig«, Kommissar Wolfer musterte den Angesprochenen intensiv, »der Hausmeister hat mir versichert, er habe sich den ganzen Samstag über nicht in diesen Raum begeben, und als er gegen 0.30 Uhr seinen Rundgang durch das Gebäude machte, sei der Raum verschlossen gewesen, auch habe er kurz nach zwölf Uhr dort kein Licht mehr brennen sehen. Wie erklären Sie sich das?«

»Weiß auch nicht. Was soll ich dazu sagen?«

»Die Wahrheit, Herr Wolkensteig.«

»Ich weiß nicht, wie sich das erklärt, das sagte ich doch schon, ich weiß es nicht«, und zum Schulleiter gewandt fragte er:

»War es das, weshalb Sie mich hergebeten haben? Oder was wollten Sie vorhin noch wissen zum Samstag?«

»Haben Sie die Kollegin Hartig auf dem Schulball gesehen?«, fragte der Schulleiter, beugte sich weit vor und musterte den Psychologen wie eine Schlange die Maus, die sie gleich verspeisen wird.

»Ja, flüchtig mal, auf der Tanzfläche.«

»Und mit wem tanzte sie?«, fragte Gero Wolfer.

»Mit dem Frank, das ist der Referendar im Sport.«

»Ist Ihnen irgendetwas an ihr aufgefallen? Gab es irgendein außergewöhnliches Vorkommnis?«

»Außergewöhnlich? Außergewöhnlich? Na ja, es standen außergewöhnlich viele Schülerinnen und Schüler draußen herum. Eine Gruppe becherte fröhlich in der Garderobe. Ich sprach mit ihnen. Sie fanden es drinnen langweilig in den Programmpausen.«

Er schaute zu Herrn Strack und fuhr fort:

»Da müssten wir vielleicht mal drüber sprechen, wie wir das besser machen können. Aber könnten Sie mich jetzt bitte beurlauben, ich habe seit heute früh entsetzliches Kopfweh und fühle mich krank. Herr Strack, ich bitte um Verständnis. Selbstverständlich bin ich zu jeder Hilfe bereit, aber im Moment geht gar nichts mehr. Tut mir sehr leid.«

Er erhob sich gequält, blickte nochmals zum Schulleiter, der ausdruckslos in die Ferne sah, und stand auf.

»Hier ist meine Nummer, falls Ihnen doch noch etwas einfällt, sobald es Ihnen besser geht.« Gero Wolfer streckte ihm sein Kärtchen entgegen. »Ich möchte, dass wir uns noch mal in Ruhe unterhalten, rufen Sie mich bitte an, Herr Wolkensteig!«

»Oh, die Herren Psychologen!«, ächzte Schulleiter Strack, als Edwin Wolkenstein gegangen war.

»Ich an Ihrer Stelle, hätte ihn mir vorgeknöpft, in seinem Zimmer, an Ort und Stelle, krank oder nicht krank. Bei mir bliebe die Geschichte nicht mysteriös. Ich hätte ihn schon weich gekriegt. Das ist auch nicht anders als mit Schülern. So wie er jetzt, geht mir da keiner weg!«

»Er wird mir schon noch alles erzählen, mehr jedenfalls, als heute zu hören gewesen wäre«, sagte der Kommissar ruhig und verabschiedete sich. Herr Strack sah ihm mit ungläubiger Miene nach.

Kommissar Gero Wolfer fuhr direkt von Kaltental hoch nach Degerloch zur Wohnung der Toten. Wie viel angenehmer wäre es jetzt – schoss ihm durch den Kopf – mit der »Zacke«, der sich steil den Berg hoch arbeitenden Zahnradbahn, vom Talkessel Stuttgarts die Alte Weinsteige hoch nach Degerloch zu fahren! Selten nur hatte er Zeit gefunden, dieses in Stuttgart beliebte Gefährt zu nutzen. Einmal hatte er auch die Chance genutzt, sein Fahrrad unten an der Endhaltestelle Marienplatz auf die Ladefläche der Bahn zu laden. Zum Glück war noch einer der Transportplätze frei gewesen. Ja, jetzt mit dem Rad unterwegs sein, den kühlenden Fahrtwind zu genießen, oben in Degerloch dann das Rad von der Rampe der Bahn abladen und durch den Wald zur Hochfläche beim Fernsehturm, der »Waldau«, strampeln – ja, das wäre es! Sehnsuchtsvoll wurde ihm das während der Autofahrt bewusst. Wie fast immer, war er eilig unterwegs, um seinen aktuellen Fall, heute den Tod der Lehrerin Hartig, zu lösen.

Die Wohnungsgeberin, Frau Dettinger, schloss ihm zwar die Wohnung des Ehepaars Hartig auf, sie blieb jedoch wie ein Zerberus in der Tür stehen, wobei sie bei jedem Raum, den der Kommissar betrat, von Neuem bat, sie nicht in Schwierigkeiten zu bringen. Sie könne es vor Herrn Hartig nicht verantworten, die Polizei noch ohne Durchsuchungsbefehl hier hereingelassen zu haben. Das flüchtige Inspizieren der Räume ergab nichts Auffälliges, keine neue

Spur, keinerlei Anhaltspunkte über einen möglichen Täter. Dem Mitbewohner im Haus in der Reutlinger Straße, wo die so plötzlich zu Tode gekommene Lehrerin Patrizia Hartig in Miete gewohnt hatte, war auch nichts aufgefallen. Frau Hartig sei eine ruhige Mieterin und eher selten zu sehen gewesen. Sie habe offenbar viel gearbeitet und über die Berge von Korrekturen geklagt. Ihr Mann habe sich in letzter Zeit, nur selten blicken lassen, so berichteten Frau Dettinger und der hagere Student vom Dachgeschoss unabhängig voneinander, aber doch übereinstimmend. Wenn man ihm begegnet sei, so sagte die Vermieterin, die am meisten von den Vorgängen in ihrem Hause mitbekam, habe er es immer eilig gehabt. Früher, ja früher da habe er auch mal Zeit für ein paar Sätze gehabt. So ein netter junger Mann! Aber jetzt. Hm! Seit einiger Zeit schon wirkte er so verschlossen. Sie habe sich schon Sorgen um ihn gemacht. Und so blass sehe er jetzt immer aus! Der Arme! Weitere Eindrücke und Gedankengänge der Degerlocher Wohnungsgeberin, einer rundlichen Witwe, die gerne noch weitere Mutmaßungen und Klageworte geäußert hätte, wollte sich der Kommissar schenken. Sie holte gerade tief Luft für die Fortsetzung ihres Redeschwalls, als er sich eiligst für ihre Hilfe bedankte und verabschiedete. Mit wenigen langen Schritten hatte er das Gartentor erreicht. Er schwitzte, ließ sich in sein Auto fallen, fluchte über die backofenheißen Polster und rief Felicitas Ulmer an. Zugleich wischte er sich den Schweiß von der Stirn, riss sämtliche Fenster und Klappen seines Fahrzeugs auf, um die schlimmste Hitze aus dem Wagen zu lassen.

»Felix, Du wolltest jetzt ja deinen Unterricht vorbereiten. Macht sicher auch Spaß bei dieser Hitze, Frau Studienreferendarin! Wie wäre ›Wir lassen einen Aufsatz schreiben‹? Thema: Der Abiball!« Die Antwort kam schnell:

»Jawohl, Herr Kommissar, ich übermittle Ihnen dann

die Hefte zur Korrektur oder dem Kollegen Günther in der Dienststelle als Oberkorrektor.«

Etwas an ihrer Stimme kam ihm ungewohnt vor. Er kam nicht darauf, was es war.

Ihm wurde bewusst, wie sehr er sich daran gewöhnt hatte, dass sie pflichteifrig ausführte, was man ihr auftrug und wie sie sich bei nichts schonte. Diese zierliche Person mit der hellen Haut und den wachen Augen, die ihn mitunter musterten, sodass er nicht wusste, war es Spott, war es Interesse. Immer häufiger verzichtete er seinerseits auf seine üblichen spöttelnden Bemerkungen. Von Anfang an hatte er in »Felix« eine gute Zuhörerin gefunden, aber auch eine Gesprächspartnerin, die sachlich und unter Umständen hartnäckig, eine andere Meinung als die seine vertretend, ihn zum Nachdenken brachte, ja zum Überprüfen seiner eigenen Sicht.

Unterdessen fuhr Felicitas Ulmer nach Sillenbuch zum vereinbarten Nachmittags-Besprechungstermin mit ihrer neu gewonnenen Mentorin Barbara Sommersberg. Sie hatte eindeutig den besseren Part im Verlauf der Ermittlungen erwischt, denn die Vorbesprechung ihres Unterrichts wickelte sich im Garten bei Kaffee und Kuchen unter einem schattigen Apfelbaum ab. Frau Sommersberg schien es Spaß zu machen, die junge Kollegin in ihre neue Rolle einzuweisen. Weder sie noch die Kommissarin legten eine besondere Eile an den Tag, und während die Gastgeberin in der Küche das Geschirr und alles Zubehör holte, hatte Felicitas Ulmer zu Hause in Botnang angerufen und sich bei ihren beiden Männern, Rainer und dem kleinen Benjamin, gemeldet. »Alles im grünen Bereich«, hatte Rainer sie beruhigt.

»Benjamin schläft tief und fest, die Arme wieder nach oben rechtwinklig abgelegt, unser kleiner ›Engel‹, sonst Bengel. Endlich ist himmlische Ruhe hier eingekehrt. Vorher habe ich noch das tausendste Foto von ihm gemacht. Es geht ihm gut, selbst wenn du weg bist.«

Felicitas Ulmer betrachtete das Haus ihrer Mentorin Sommersberg. Nicht weit vom Waldrand beim Clara-Zetkin-Haus, einem Stuttgarter Waldheim mit Tradition, lag es, erbaut schon vor etlichen Jahrzehnten. Ihr Mann hatte es von seinen Eltern geerbt, wohnte aber selbst neuerdings nicht mehr im Hause, sondern sei in ein Apartment im Stuttgarter Norden gezogen. Ihm, wie ihr selbst – so sagte Frau Sommersberg – bekomme das am besten. Turbulente Jahre, als ihre zwei inzwischen erwachsenen Kinder noch in der Pubertät steckten und zum Abitur nur unter Mühe gelangten, hatten sie noch alle gemeinsam durchgestanden. Danach, wie zur Erholung, lebte jeder für sich. Die Zeit würde dann zeigen, was daraus werden würde.

Frau Sommersberg schien mit dieser Situation gut klarzukommen. Ihrer schulischen Tätigkeit kam es zugute, dass sie sich jetzt viel weniger um Mann, Haus und Garten zu kümmern hatte. Mieter bewohnten die Wohnung im Erdgeschoss des solide aber langweilig aussehenden Zweifamilienhauses. Sie kümmerten sich auch um den Garten. Die Erfahrungen mit den eigenen Kindern als Jugendliche, hatten der Oberstudienrätin viel Einsicht in das Verhalten ihrer Schüler gebracht. Seit eh und je diskutierte sie gern, mit Kindern wie mit Jugendlichen, sei es mit den Jüngeren in der Rolle der Klassenlehrerin, sei es mit den Älteren vor allem im Fach Gemeinschaftskunde/Politik. Regelmäßig eingespielte Filmpassagen veranschaulichten den Unterrichtsstoff und erleichterten das Zusammenarbeiten.

Wenn dann mal wieder beim Filmezeigen der Beamer nicht funktionieren wollte, oder irgendetwas am Abspielgerät nicht stimmte, dann konnte oftmals ein Schüler helfen oder der versierte Fachkollege mit den Fächern Englisch und Geschichte. Ungünstig war es – so die Erfahrung von Frau Sommersberg – Kollegen von der Naturwissenschaft zu fragen, am ungünstigsten die vom Fach Physik. Nein, das wäre keine gute Idee, die um Hilfe zu bitten! Mitleidig würden die meisten dieser Kollegen sie, die Geschichts- und Sprachlehrerin mit beredten Blicken ansehen: Philologin! Blickt es eben nicht! Nein, dann lieber auf das Abspielen des Films verzichten. Sie war flexibel genug, um auch in einem solchen Fall vernünftig zu unterrichten.

Der jungen Mutter Felicitas Ulmer tat es gut, sich hier in Sillenbuch im kühlenden Schatten zu erholen. Während des Kaffeetrinkens fragte sie: »Clara Zetkin – war das nicht eine Kommunistin oder irre ich mich? Und wann lebte sie überhaupt?«

»Ja, Kommunistin wurde sie erst im Zusammenhang mit der Revolution von 1918. Im Grunde war sie Frauenrechtlerin und Pazifistin. Und das schon hätte genügt, ihr damals in den Jahrzehnten vor dem Ersten Weltkrieg die Bezeichnung ›Rote Emanze‹ einzutragen. Sie war ja auch emsig tätig für die SPD von August Bebel. Bismarcks Sozialistengesetz von 1878 hat deren Parteipresse und Organisation verboten.«

»Klingt ja gefährlich! War sie davon betroffen?«

»Hm! Die Lehrerstochter Clara Eißner, wie sie mit Mädchennamen hieß, ging nach Zürich und hat sich bald darauf in Paris in den russischen Revolutionär Ossip Zetkin verliebt, mit ihm dort gelebt und ihm zwei Söhne geboren. Nach seinem Tod und der Aufhebung des Sozialistengesetzes 1890 ist sie bald nach Stuttgart in die Rotebühlstraße gezogen. Sie hat eine sozialistische Frauenzeitung herausgegeben. Mit ihrem Nachbar Robert Bosch und seiner Familie dort ist Clara Zetkin, wie sie sich jetzt nannte, befreundet gewesen. Bosch war sozialen Belangen sehr aufgeschlossen. Bereits 1906 hat er in seinem Unternehmen den Achtstundentag eingeführt. Das war sehr früh für Deutschland. Zeitgenossen verpassten ihm daraufhin den Beinamen ›Der rote Bosch‹.«

»Interessant! Und wie ging es dann weiter mit der ›roten Emanze‹ Clara Zetkin?«

»Ja, sie war schon immer gut als Bürgerschreck. Sie führte einfach ein für eine Frau unkonventionelles Leben. Mit 42 Jahren hat sie den 24-jährigen Porträtmaler Zundel geheiratet. Er war nur wenige Jahre älter als ihre beiden Söhne! Die hatten in Stuttgart Abitur gemacht und dann Medizin studiert.«

»Na, da kann man ja gespannt sein, ob diese Ehe gehalten hat.«

»Ja und nein! Zunächst ging das längere Zeit gut. Die beiden führten ein offenes Haus und widmeten sich ihrem ausgedehnten Garten. Zundel hatte das Haus selbst entworfen. Ab 1903 wohnten er und sie dort, habe ich erst kürzlich gelesen. In Sillenbuch auf einem riesigen Grundstück stand das Haus, gleich am Ortseingang rechts. Gäste kamen und gingen, es wurde diskutiert und musiziert. Clara saß am Klavier, ihre erwachsenen Söhne spielten Geige. Eigentlich ganz bürgerlich. Doch blieb sie weiterhin kämpferisch politisch tätig. Unter ihren Gästen waren auch Rosa Luxemburg und Lenin. Der hat damals das Haus der Gastgeber als ›Datsche Zundel‹ bezeichnet.«

»Der Weltkrieg und die Russische Revolution wird das Leben der Herrschaften stark verändert haben?«, fragte Felicitas Ulmer, die sich für geschichtliche und vor allem politische Themen immer interessieren konnte.

»Das kannst du wohl sagen! Und dann ist ihr auch noch die Freundschaft mit der Familie Bosch und deren Töchter zum Verhängnis geworden. Zundel wünschte die Scheidung, um sich mit Paula Bosch auch offen zu verbinden. Seine Braut war dieses Mal jünger als er, 14 Jahre jünger. Clara Zetkin hat die Scheidung von Friedrich Zundel hinausgezögert, aber 1927 war es so weit. Clara war mittlerweile 70 Jahre alt.«

»Klingt wie ein Roman. War sie denn weiterhin politisch tätig gewesen?«

»Allerdings! 1919 hatte Deutschland ja das Frauenwahlrecht eingeführt. Clara wurde daraufhin in den Reichstag gewählt, allerdings nicht für die SPD, auch nicht für die 1917 gegründete USPD, sondern für die KPD. Abwechselnd in Stuttgart und in Berlin, auch im Kreml hat sie sich während der Zwanzigerjahre aufgehalten. Alles Stoff, für einen Roman!«

»Oh je, was soll man da sagen? Das war ja sicher echt schwierig – für alle Beteiligten.«

»Denke ich auch. Aber das bringt uns wieder zu unserem Thema, dem Tod der Patrizia Hartig, zurück. Ein Frauenschicksal, das wir noch nicht durchschauen. Was da wohl gelaufen ist?«

Sie räumten das Kaffeegeschirr weg und machten sich an die Vorbesprechung der Unterrichtsstunde, welche Felicitas Ulmer mit den Schülerinnen und Schülern der Lehrerin Hartig verbringen sollte. Letztlich galt es ja, zu Informationen über die Hintergründe ihres Todes zu kommen.

Des Öfteren ließ Barbara Sommersberg ein beschwichtigendes ›Ach, das machen Sie schon‹ einfließen, so, als habe sie Felicitas Ulmer schon im Unterricht erlebt oder als sei sie sich in der Beurteilung ihrer Person sicher, dass sowieso alles gut laufen werde. Sie riet ihr, ein Umfrageblatt zum Abifest auf dem Computer zu erstellen, so käme sie schnell zu vielerlei Informationen und gewönne dann am nächsten Tag bei der Auswertung nebenbei ein realistisches Bild, wie Lehrer ihre Zeit verbringen, wenn die Normalbevölkerung vor dem Fernseher sitzt oder sich bei dieser Hitze im Schwimmbad erholt. Sie grinste hintergründig. Das Handy riss die Kommissarin nach dieser längeren Sitzung in ihren eigentlichen Berufsalltag zurück. »Moment! Ich rufe gleich zurück«, sagte sie knapp, klemmte sich ihren Notizblock unter den Arm und verabschiedete sich hastig aus der Gartenidylle.

Barbara Sommersbergs Gedanken kreisten noch eine Zeit lang um Clara Zetkin. Hätte die KPD doch auf sie gehört, dachte sie, hätte sie sich mit der SPD zusammen gegen Hitler gewandt, gegen den Faschismus. Ende 1932 noch hatte sich Clara Zetkin als Alterspräsidentin im Reichstag für eine solche Zusammenarbeit leidenschaftlich eingesetzt. Vergeblich! Aber war es damals vielleicht schon zu spät, die Demokratie zu retten und die Diktatur der Nationalsozialisten zu verhindern? In Russland, wo Clara Zetkin 1933 starb, hatte Stalin die Macht an sich gerissen! Auch dort sind ihre Ideale von Demokratie, Gleichheit und Freiheit mit Füßen getreten worden. Das Wahlrecht für Frauen in Deutschland war erreicht, doch war noch viel zu tun für eine gleichberechtigte Stellung der Frau, vor allem auf dem Gebiet der Wirtschaft, so mahnte Clara Zetkin damals. Nachdenklich ging Barbara Sommersberg ins Haus.

Im Auto angekommen, meldete sich Kommissarin Ulmer bei dem Kollegen Walter im Präsidium, der sie angerufen hatte, zurück. Er ratterte gleich los.

»Also wir haben jetzt den ärztlichen Befund zur Todesursache: Hirnblutung. Frau Hartig ist am Hinterkopf offenbar mit einem stumpfen Gegenstand so geschlagen worden, dass es zu Gehirnblutungen kam. Es könnte unter Umständen auch ein Aufprall gewesen sein, der zu den tödlichen inneren Verletzungen führte. Es fanden sich an ihren Armen blaue Flecke, möglicherweise von einem Täter, der sehr fest zupackte. Der Täter könnte ihr möglicherweise auch den Kopf gegen die Wand geschlagen haben. Sie hat – so wurde uns mitgeteilt – vielleicht in den frühen Morgenstunden am Sonntag noch gelebt.«

Felicitas Ulmer bedankte sich und fuhr los. Was bedeutete diese Todesursache für die Ermittlungen? Der wütende Ehemann oder ein eifersüchtiger anderer Mann als Täter? Jemand hatte wohl im Affekt gehandelt. Das stand nun für sie fest.

Sie steuerte das Auto am Fernsehturm vorbei und drehte die Klimaanlage voll auf. Vorbei an den Sportplätzen auf der Waldau und Einbiegen in die Reutlinger Straße. Weit hinten musste es doch sein, das Haus, in dem Frau Hartig gewohnt hatte. Okay, da stand ja schon das Kollegenauto. Es war halb fünf, als sie mit hastigen Schritten auf das Haus zu steuerte.

Gero Wolfer war bereits in der Wohnung. Die Fensterläden waren jetzt hochgezogen.

Er rief ihr tatendurstig entgegen: »Also jetzt mal los! Ich habe mich gleich um den Durchsuchungsbefehl gekümmert. Diesmal hält mich niemand auf.«

Sie durchsuchten die Wohnung. Nichts Außergewöhnliches zu finden!

»Mist! Verdammt noch mal, nichts, was uns weiterhilft«, fluchte der Kommissar. »Bücher und immer wieder Bücher und Pflanzen. Wäre nichts für mich.«

Gero Wolfer schüttelte den Kopf. Sie versiegelten die Wohnung, klingelten im Erdgeschoss bei der Vermieterin, der besorgten Frau Dettinger. Sie hatte die Katze der toten Mieterin zu sich geholt. Nochmals befragt, wer alles Patrizia in letzter Zeit besucht habe, fiel ihr etwas ein: »Ach ja, hie und da isch ein junger Mann zur Nachhilfe gekommen. Des sei ihr Neffe, hat d' Frau Hartig g'sagt, der sei schwach im

Latein. Ein bis zwei Mal jede Woch' isch er komma. Scheint's hat der viel zom Nachlernen g'habt.«

»Warum?«, fragten die beiden Kriminalisten fast gleichzeitig.

»Na ja, er isch halt immer so ziemlich den ganzen Nachmittag über do g'wesa. Sein Fahrrad war immer hinterm Haus, deshalb weiß ich des.«

»Und wie heißt der Neffe, Frau Dettinger?«, wollte Felicitas Ulmer wissen.

»Ja, das weiß ich nicht. Das hat mir Frau Hartig nicht gesagt.«

»Wie sah er aus? Wie alt etwa war er?«

»Hm, das kann ich schwer schätzen, vielleicht 17, 18 oder älter, keine Ahnung. Tja, ein bisschen ungepflegt, mittelgroß. Frau Hartig hat mir gesagt, er lernt auf sein Abitur. Er schaute immer so ernst und grüßte nur so halbherzig. Ich mag das nicht so.«

»Und sie wissen gar nicht, wie er heißt, seinen Vornamen vielleicht?«

»Nein, wirklich nicht, ich hätte es ihnen ja gesagt. Mich nimmt das mit. Ach, die arme Frau Hartig! Ich bin ganz fertig. Und die Hitze! Ich muss mich hinlegen, aber erst mal was trinken. Möchten Sie auch was zu trinken?«

Die beiden nickten schlapp und dankbar.

»Ich bring' es Ihne raus in den Garten. Setzet Sie sich hinterm Haus in den Schatten!«

Schon nach Kurzem erschien sie wieder mit Wasser und Saft. Die beiden Besucher hatten es sich vorübergehend in zwei dick gepolsterten Liegesesseln bequem gemacht, die neben einem steinernen Tisch und einer löwenkopfverzierten, steinernen Bank standen. Mit Schweißperlen auf der Stirn und nass geschwitzten Achseln, servierte ihnen Frau Dettinger ihren selbst gepressten Apfelsaft verdünnt mit kaltem Leitungswasser. Dann wackelte die freundliche

Wohnungsgeberin wieder ihrem Domizil zu. Wahrscheinlich legte sie sich jetzt auf ein Sofa mit geschwungenen Armlehnen und Schonüberwurf oder in ein verschnörkeltes Messingbett, um ihren schweren Körper und ihre zarte Seele von dem Schock und der Hitze des Tages zu erholen.

Na, dann knöpfen wir uns doch mal Herrn Buchhorn vor, den der Hausmeister als weiteren möglichen Nachtbesucher im Gymnasiums-Hauptbau, nannte. Nicht nur beim Schulpsychologen, sondern auch in der Lehrerbibliothek habe Licht gebrannt, hatte der Hausmeister, der bei dem Abifest um 23 Uhr über den Hof ging, gesagt. Auch wenig später noch, glaubte er dort oben Licht zu sehen. Er habe dem aber keine weitere Beachtung geschenkt. Du hättest mal hören sollen, was er alles über den Lehrer, der die Bibliothek betreut, sagte. Das muss schon ein seltsamer Vogel sein, der Herr Buchhorn, oder wie die Schüler anscheinend sagen, der ›Buchwurm‹.

Der ›Buchwurm‹ – so der Hausmeister – kommt öfter zu ungewöhnlichen Zeiten in die Schule, um in der Bibliothek zu arbeiten. Er hat dazu einen Schlüssel, und die Schulleitung hat ihm erlaubt, ein und aus zu gehen, wie und wann er will. Man hält ihn für zuverlässig, aber auch für etwas eigentümlich. Das komme von seinem Unfall vor vielen Jahren – heißt es jedenfalls.«

»Was für ein Unfall denn?«, fragte Felicitas Ulmer.

»Ein schwerer Verkehrsunfall. Er hatte danach Sprachschwierigkeiten und stottert seither, vor allem, wenn er aufgeregt ist, sagt der Hausmeister.«

»Na, praktisch! Da merken wir ja gleich, ob ihn unser Besuch aufregt«, sagte Felicitas.

»Der Hausmeister scheint ihn gut leiden zu können. Der sei ›voll okay‹ hat er gesagt, – klang fast so wie bei einem gefährlich wirkenden Hund, von dem der Besitzer sagt: ›Der tut nichts!‹«

Während dieser ersten Orientierung über einen weiteren möglichen Verdächtigen, verließen die beiden Degerloch und fuhren hinunter nach Kaltental. Herr Buchhorn bewohnte dort ein winziges Reihenhäuschen in einer geschickt verschachtelt gebauten Neubauanlage, die sich an den Hang links der Hauptstraße nach Vaihingen schmiegte. Pech! Der Gesuchte war offenbar nicht zu Hause. Wie schön wäre es jetzt gewesen, auf der winzigen Terrasse oder eher Pergola am Hang zu sitzen, im Grünen, vielleicht wieder bei einem kalten Getränk nach dem Feierabendverkehr in der drückenden Hitze dachte die erschöpfte Kommissarin, laut sagte sie: »Ach Gero, jetzt am Bärensee …! Dort wäre es angenehmer und im Schatten der Bäume nicht gar so schwülheiß. Vielleicht sitzt unser Herr Buchhorn ja dort und erholt sich bei einem kühlen Hellen oder einem Zitronentrunk.«

»Nicht ganz auszuschließen. Hast du gewusst, dass der Bärensee als Stausee angelegt worden ist, weil in Stuttgart immer wieder das Wasser knapp geworden war? Und das schon in früherer Zeit?«

»Nein, darüber habe ich noch nie nachgedacht. Hm! Aber weil ich mich ja zurzeit über Kaltental versuche schlau zu machen, da habe ich gelesen, dass von Kaltental vor sehr sehr langer Zeit Wasser in ausgehöhlten Baumstämmen bis zum Alten Schloss geleitet worden ist. Und wie du sagst, war das Wasser in Stuttgart dann doch wieder knapp.«

»Da kann man froh sein, dass wir jetzt Bodenseewasser trinken und benützen. Das reicht und kommt schon aufbereitet in Stuttgart an.«

Unter solchen Gesprächen waren sie wieder fast bei ihrem Dienstfahrzeug angelangt. Felizitas Ulmer konnte das

Träumen nicht lassen. Wie eine Fata Morgana sah sie das idyllische Erholungsgebiet beim Bärensee vor ihrem inneren Auge. Seufzend sagte sie:

»Aber am Bärensee wäre es schön jetzt. Wir könnten uns am Bärenschlössle was zu trinken holen oder uns dort hinsetzen und gemütlich ins Grüne schauen.«

»Es ist noch nicht so ewig her«, meinte Gero Wolfer, »da ist das Gebäude ausgebrannt. Ein Kollege hat mir kürzlich erzählt, es sei schon das vierte Gebäude jetzt. Im Krieg war es ja von einer Brandbombe ganz zerstört worden.«

»Aber das Restaurant jetzt ist okay. Wie schade, dass wir den Täter noch nicht haben, und uns jetzt dort erholen und feiern könnten!«

»Es war Abend geworden. Ein leichter Wind kam auf. Felicitas Ulmer schaute auf ihre Uhr: Viertel nach sechs. »Klingt ganz schön blöd, aber ich muss noch Unterricht vorbereiten.«

»Ja, ja«, stichelte Gero Wolfer, »die liebe Familie wartet auf die Rückkehr ihrer Ernährerin. Zieh los! Ich schaue noch im Anna-Scheufele-Gymnasium vorbei, ob dieser Bücherwurm sich vielleicht dort verkrochen hat, und das an einem so schönen Abend. Wenn er so schrullig ist, wie behauptet, könnte es ja sein. Also dann!«

Erleichtert fuhr Felicitas Ulmer los. Verklebt, halb verdurstet und fertig fuhr sie im Feierabendverkehr von Vaihingen das letzte Stück durch den angenehm kühlenden Wald Botnang zu. In der Sommerhalde, wo ihr Mann Rainer, der kritische Philosophiestudent, das Häuschen seiner Tante Hedwig samt Garten geerbt hatte, lebten sie nun schon fast ein Jahr. Abendessen auf der Terrasse. Im Freien war es jetzt wieder angenehmer geworden nach der drückenden Schwüle und Hitze zuvor. Man bekam wieder Luft. Der Herr Doktorand der Philosophie hatte Salat gewaschen und briet nun Fisch. Nicht schlecht!

Der kleine Benjamin, von Omi frisch versorgt, strampelte vergnügt und schien zu lächeln, oder grinste er seine Mutter an? Was wollte er damit sagen, etwa »jetzt kommst du glücklich heim, wo warst du denn so lange?« Oder hieß das einfach »Mir geht's gut«? Sie hob ihn auf, drückte ihn an sich, schnupperte an seinem flaumigen Köpfchen, und trug ihn in die Küche, wo Rainer gerade den Herd abschaltete. So ließ es sich leben. Ganz weit weg ins Aus schob sie den Gedanken an die zu Tode gekommene Lehrerin und alles, was damit zusammenhing. Hoffentlich blieb das Telefon still, wenigstens an diesem Abend. Und den Schulkram hatte sie ja auch noch zu erledigen. Na gut, Rainer würde den Fragebogen in Nullkommanichts entwerfen. Sie selber würde währenddessen Benjamin ins Bett bringen, ihm vielleicht etwas vorsingen und bei dem lieben kleinen Kerlchen die ganze Welt vergessen.

Und tatsächlich, es wurde ein friedlicher langer Sommerabend. Rainer und sie hatten es sich, als alles erledigt war, bei einem Glas Rotwein auf der Terrasse gemütlich gemacht. Lange noch war es hell geblieben, aber jetzt ganz langsam, begann sich die Dunkelheit über das kleine Tal des Sommerhaldenbachs zu senken. Am gegenüberliegenden Hang gingen eins ums andere Lichter in den Häusern und auf manchen Balkonen und Terrassen an. Rainer hatte eine Kerze auf den Tisch gestellt. Es gefiel ihm sichtlich, ihr von seiner Recherche zu dem Haus Hasenbergsteige 10 zu berichten, das erst in neuerer Zeit zu Bedeutung gelangt war. Hoffentlich verliert er sich nicht in unzähligen Details, dachte sie. Sie musste geschickt und gezielt fragen, nahm sie sich vor, ohne ihn zu sehr zu bremsen in seinem Redefluss. Gerade hatte er geschildert wie der erst 31-jährige Henri Dunant während einer Geschäftsreise in Oberitalien im Jahr 1859 Augenzeuge geworden war, welch schlimmes Schicksal die Verwundeten der Schlacht von Solferino erwartete. Wenn überhaupt, so wurden die schwer verletzten Soldaten nur ganz mangelhaft versorgt, und zwar auf beiden Seiten. Die Gegend dort in der Nähe von Mantua gehörte damals vor dem Einigungsprozess Italiens noch zum habsburgischen Venetien. Als Gegner Österreichs kämpften Sardinien und Frankreich. All die geschichtlichen Zusammenhänge hatte Rainer nachgeprüft.

»Und was hat der entsetzte Augenzeuge Dunant nun unternommen, damit diese grauenhaften Zustände sich nicht wiederholen sollten?«

Er hatte Freunde in Stuttgart, zwei sehr rührige Pfarrer. Die verbreiteten Dunant's Schrift »Eine Erinnerung an Solferino«. Pfarrer Hahn kannte Dunant von seiner Zeit als Vikar am Genfer See. Er und Pfarrer Wagner, der Eigentümer des Hauses in der Hasenbergsteige, unternahmen es nun, in einer Art Kampagne für die Idee einer internationalen und neutralen Hilfsorganisation zu werben.

Die beiden Pfarrer haben schon in der Zeit vorher soziale und humanitäre Aufgaben angepackt. Vier Jahre nach der Schlacht von Solferino hat Pfarrer Hahn in Stuttgart den »Württembergischen Sanitätsverein« gegründet und ist mit Pfarrer Wagner zusammen nach Genf zur ersten internationalen Rotkreuz-Konferenz gereist. Schon ein Jahr später wurde die »Genfer Konvention« unterzeichnet. Sie hat die Teilnehmerstaaten der Konferenz verpflichtet, künftig das Sanitätswesen zu schützen und alle Verwundeten im Krieg zu pflegen.«

Rainer schenkte sich und seiner interessiert zuhörenden Frau Rotwein nach. Dann fuhr er fort:

»Es sind zahlreiche Württemberger und schließlich namhafte Stuttgarter, gewesen, die Henri Dunant immer wieder geholfen haben. Mit 40 Jahren war er in Insolvenz geraten, weil er sich verspekuliert hatte. In der Schweiz war er gerichtlich belangt worden. Er lebte in den 1870er-Jahren in Stuttgart bei seinem Freund Wagner. Erst 1887 zog er wieder in die Schweiz. Dorthin nach Heiden im Kanton Appenzell sind damals nicht wenige Württemberger zur Kur gefahren. Dort ist Dunant als Gründer des Roten Kreuzes viel später auch ein Denkmal gesetzt worden. Der Kurort Heiden befindet sich genau gesagt im Kanton Appenzell Außerrhoden, in einer malerischen Gegend nicht allzu weit vom Bergmassiv des Säntis.«

»Ich denke, Henri Dunant hat den Friedensnobelpreis bekommen? Stimmt das nicht?«

»Ja, stimmt schon. Aber das war noch ein langer und dorniger Weg. Erst eine wahrhafte große Öffentlichkeitskampagne und ein Spendenaufruf in Stuttgart waren nötig; es ging erst mal um die Gründung einer Stiftung.

Anfangs aus Fabrikantenkreisen und aus kirchlich engagierten Familien in Württemberg, dann auch aus der Schweiz, sind Spenden geflossen. Die Werbetrommel hat vor allem ein Freund von Dunant in Württemberg gerührt. Er war ursprünglich Gymnasialprofessor und schrieb in der Presse, vor allem aber publizierte er ein Buch über die Entstehungsgeschichte des Roten Kreuzes. Das Buch ging an alle Regierungen in Europa und Übersee und tat seine Wirkung. 1901 dann ist Henri Dunant mit dem Friedensnobelpreis ausgezeichnet worden. Es war der erste Friedensnobelpreis überhaupt.«

»So, wie du es darstellst, hätte Dunant ohne seine Stuttgarter Freunde es nicht geschafft, so geehrt zu werden. Ist das wirklich so?«

»Das ist wohl so. Er hatte auch Neider und einen hartnäckigen Konkurrent in der Schweiz, der ihm bis zuletzt den Ehrenplatz streitig machen wollte.«

»Man könnte also sagen, auch vorher die langen Jahre des Wohnens in der Hasenbergsteige 10 bei seinem Gönner Pfarrer Wagner, haben ihm die vielen Kontakte gebracht, die Möglichkeit, sich zu vernetzen …«

»Ja, könnte man so sagen. Die Unterstützer, gerade in Württemberg, sind für Dunant entscheidend wichtig geworden, darunter der Stuttgarter Oberbürgermeister, der den Vorsitz für das Stiftungskomitee übernommen hat.«

»Na, da wird sich mein Kollege aber wundern, in welch illustrer Gegend er wohnt. Mal sehen, ob er das weiß!«

Tatsächlich, das Licht einer Leselampe in der Bibliothek der Schule im ersten Stock auf der Nordseite des Gebäudes, dessen Eingangstür jedoch abgeschlossen war, spendete etwas Helligkeit. Also den Schlüssel vom Hausmeister holen und hoch die Treppen! Kommissar Gero Wolfer klopfte und trat ein. Er sah, wie eine groß gewachsene Gestalt mit schütterem grauem Haar erschrocken zusammenzuckte und sich vom Stuhl erhob. Hinter einer altmodischen großen Brille blickten zwei taubenblaue Augen so drein, als verstünden sie die Welt nun gar nicht mehr. »Guten Abend, tut mir leid, dass ich Sie erschreckt habe. Sind Sie Herr Buchhorn?«

»Ja, der bin ich, darf ich fragen, mit wem ich die Ehre habe?«

Bei den letzten Worten hatte sich der Sprecher, ein Mann von etwa sechzig Jahren, hörbar bemühen müssen, nicht zu stocken. Kommissar Wolfer stellte sich vor und fühlte sich im Verlauf des Gesprächs an einen Lehrer seiner eigenen Schulzeit erinnert, der damals ähnliche Probleme gehabt hatte, sich zu artikulieren, vor allem, wenn man ihn ärgerte.

Herr Buchhorn, der sich leicht vornüber gebeugt bewegte, bot dem Kommissar einen Holzstuhl an, der früher, als er noch voll in Fassung war, offenbar den jüngsten Schulklassen gedient hatte. Der »Buchwurm« selbst ließ sich auf einem ähnlich klapprigen Möbelstück nieder. Sein Schreibtisch war von allen Seiten mit Stapeln von Büchern, Zeitschriften und alten Zeitungen ummauert. Er sei gerade dabei, ein paar Bücher zu katalogisieren, sagte Herr Buchhorn, abends habe er am ehesten Ruhe dazu. Was den ›Herrn Kommissar‹ zu ihm führe, fragte er in etwas förmlichem Stil. Gero Wolfer informierte ihn – spaßeshalber in ähnlich förmlicher Weise – über die Absicht seines Besuchs.

Plötzlich flüssig und in schnörkellosen Sätzen, berichtete der Pädagoge nun vom Abiturfest. Am Abend des Fests habe er nach dem Essen und nach den Reden im Festsaal, noch schnell in der Bibliothek nach einem Text für eine Klassenarbeit am Montag geschaut. Die Suche danach habe sich dann aber in die Länge gezogen, weil er nicht das Übliche und immer Gleiche an Text gesucht habe. Ja, er sei tatsächlich wohl eine Dreiviertelstunde hier gewesen, und gegen 23.30 Uhr habe er sich auf den Heimweg gemacht. Sein Fahrrad habe wie immer gleich beim ersten Fahrradständer gestanden. Wie meist außerhalb der Unterrichtszeit habe die Sparbeleuchtung das Hauptgebäude in Dämmerlicht getaucht. Er habe unten dann die Eingangstür wie immer zweimal abgeschlossen. Aufgefallen sei ihm nichts Besonderes. Im Raum 205, wo Frau Hartig am Montagmorgen tot aufgefunden wurde, habe auch kein Licht gebrannt, und die Tür sei, wie die übrigen Klassenzimmertüren, zu gewesen. Ja, gut – und dabei kam er wieder zunehmend ins Stocken wie bei der Begrüßung –, wenn er es jetzt genau bedenke, sei es ihm so vorgekommen, als husche eine Gestalt unten im Erdgeschoss vorbei – gerade, als er oben im ersten Stock die ersten Treppenstufen betrat; aber sicher sei er sich dessen nicht, es sei nur so ein Eindruck gewesen. Es könne durchaus sein, dass er sich getäuscht habe.

Das war es dann. Der Kommissar gab ihm seine Telefonnummer mit den üblichen begleitenden Worten. Dann verabschiedete er sich. Der passionierte Deutschlehrer, der trotz seines hellgrau-dunkelgrau karierten Jacketts eher wie ein ergrauter Student im siebzigsten Semester wirkte, platzierte sich wieder auf seinem klapprigen Schreibtischstuhl und beugte sich beim Schein der zeitlosen Studierlampe über ein Buch. Vielleicht nimmt er auf diesen Schrecken hin das Schnapsfläschchen zur Brust, das im Regal rechts vorn in Augenhöhe etwas nach hinten geschoben steht, überlegte Gero Wolfer. Ist er nun echt erschrocken oder ist das seine Art? Gehört das Stottern zu ihm wie sein kariertes Jackett und der weltfremde Blick? Was haben diese Augen gesehen?

18.45 Uhr: Des Kommissars Gehirn musste vertrocknet sein. Kein anderer Gedanke mehr als »Ab unter die Dusche«. Nichts wie nach Hause. Mit dem kühlen Bier im Garten würde es jetzt nichts mehr. Allerhöchstens, wenn nachher Mirella noch Zeit hätte. Mirella, die rasende Reporterin, wie er sie gern nannte, die allerdings fast immer keine Zeit hatte, – berufsbedingt, genau wie er selbst. Na, versuchen könnte er es ja. Die Stimme auf ihrem Handy forderte dazu auf, eine Nachricht zu hinterlassen, als er versuchte, sie zu erreichen. Er würde sie spätestens zu Wochenbeginn wieder anrufen, sagte er in die Mailbox. Sieht nicht gut aus heute Abend. Also erst mal einmal nach Hause. Dort wartet wenigstens das kühle Helle.

Kommissar Gero Wolfer bog in die Hasenbergsteige ein. Glück gehabt, ein Parkplatz. Viele Stuttgarter mit angenehmeren Berufen waren jetzt wohl noch im Schwimmbad mit ihren Lieben oder auf der Heimfahrt von dort. Vielleicht saßen sie auch im eigenen Garten oder in einem gemütlichen Biergarten. Er schleppte sich verschwitzt die vielen ausgetretenen Stufen der Holztreppen hoch. Vierter Stock, Dachgeschoss (und auf gut Schwäbisch gesagt ›sauheiß‹). Was steht denn da auf dem Boden eingepackt in Alu auf einem Teller? Kuchen! Oh die Sandra, Frau seines Schulfreunds und Wohnungsgebers hatte ja heute Geburtstag!

Stimmt ja! Vergessen. Hm! Aber jetzt erst mal unter die Dusche, gleich nach dem ersten Bier.

Was jetzt, fragte sich der tropfnasse Kommissar, als er mit dem Handtuch die Haare rubbelnd aus dem winzigen Bad kam. Eine Dose Heringe in Tomatensoße oder Landjäger …

Das Telefon klingelte. »Oh, nein, das fehlt noch. Messerstecherei in Zuffenhausen, Brandstiftung in Hedelfingen? Nein, bloß nicht!« Er meldete sich und hörte seinen Schulfreund Thomas fröhlich loslegen: »Hallo, wir haben dich da oben herumtappen gehört. Kommst du herunter? Wir grillen gerade, die meisten Gäste sind schon weg. Du brauchst nichts mitzubringen, höchstens ein paar tolle Storys. Also mach dich nicht weiter schön, komm einfach!« Gero Wolfer zog sich so schnell an, als sei er zu einem Polizeieinsatz gerufen worden, klemmte für Sandra die Flasche französischen Rotweins, die er sich für den späteren Abend bereitgestellt hatte, unter den Arm und trampelte die altehrwürdige ausgetretene Treppe hinunter.

Tatsächlich, auf der Terrasse des alten Hauses aus Kaiser Wilhelms Zeiten, zogen unwiderstehliche Duftwolken von gegrilltem Fleisch auf seine Nase zu. Es wurde gelacht und gebechert. War doch kein schlechter Entschluss, voriges Jahr nach seiner Scheidung zu der fünfköpfigen Lehrerfamilie zu ziehen. Hier traf sich heute Abend mal wieder der linke Flügel der Lehrergewerkschaft, unter ihnen diverse Kollegen im Pensionärstand (»Grüß dich, alter Kämpfer! Wie geht's?«).

Ehemals in den zu Ende gehenden Sechzigerjahren, ja noch anfangs in den Siebzigern hatten diese ›Genossen‹ noch Revoluzzerbärte getragen. Inzwischen waren an deren Stelle diverse Falten zutage getreten. Ihr Haupthaar war – soweit überhaupt noch vorhanden – schütter geworden, ihre politischen Ansichten oftmals desgleichen. Zerzaust von den vergangenen Jahrzehnten erkannte man die meisten kaum wieder. Was die politische Entwicklung nicht vermocht hatte, das hatten pubertierende Kinder und Ehescheidungen umso nachhaltiger bewirkt. Erstaunlich, wie trotz alledem die gemeinsame Vergangenheit sie einander verband. Die Stimmung war gut.

Allerdings, anders als in jungen Jahren, gingen sie früher nach Hause, achteten sie jetzt auf ihren Rücken, ihr ›Kreuz‹ (nur ja nicht sich wieder verkühlen, das mochten die gealterten Bandscheiben gar nicht!) und frequentierten häufiger die Toilette. Vor dem Schläfrigwerden hatte sie Gero Wolfer bewahrt, indem er auf ihre Bitten hin abenteuerliche Begebenheiten aus seinem Berufsalltag erzählte, soweit das die Schweigepflicht zuließ. Die Gäste wussten vom Hausherrn seit Langem, welchen Beruf Gero Wolfer ausübte.

Einer in dieser Lehrerrunde hatte sein Enkelkind im Anna-Scheufele-Gymnasium. Die Nachricht vom ungeklärten »Unglücksfall« dort hatte ihn wie Eltern anderer Schüler dort erreicht. Natürlich hatte er den Kommissar, gleich als der in der Runde auftauchte, befragt, was es damit auf sich habe. Aber zu laufenden Ermittlungen etwas zu sagen, hatte dieser gleich abgeblockt.

Am Ende einer Gesprächspause kam dann doch das Thema Tod der Lehrerin in Kaltental plötzlich wieder auf. Spekulationen der altgedienten Pädagogen gingen in die Richtung von Gero Wolfers eigenem Verdacht: der Ehemann werde vielleicht durchgedreht haben, wahrscheinlich aus Eifersucht. Das käme ja gar nicht so selten vor. Man könne es immer wieder in der Zeitung lesen. Eine Kollegin – frauenbewegt – habe für ihre Oberstufenkurse in Ethik und in Psychologie im Lauf der Jahre eine ganze Sammlung von Artikeln dazu angelegt, wusste einer schmunzelnd zu berichten.

»Für Eifersucht und Gewalt gibt es auch historische Beispiele, ließ sich der altgediente Geschichtslehrer vernehmen. Ein schlimmes Beispiel hier in Stuttgart ist der Herzog Ulrich von Württemberg gewesen. Der hat aus letztlich ungeklärten Motiven seinen Freund, der ein Amt am Hof hatte, auf der Jagd hinterrücks erstochen.«

»Na, das ist aber schon arg lang her, Ludwig, fünfhundert Jahre oder so!«

»Ja, stimmt, aber weniger schlimm wird es dadurch nicht. Der Ehefrau des Herzogs ist es damals – das war wohl 1515 – gerade noch geglückt zu fliehen, von Urach nach München zu ihren Brüdern, den Bayern-Herzogen. Es war bedrohlich für sie.

»Wieso? War sie ihm untreu?«

»Nein, er war es, der ihr untreu war! Er wollte von seiner Beziehung zu einer schönen, jungen Frau, die ihm seit Jugendtagen Zuneigung und wahrscheinlich Verständnis entgegengebracht hatte, nicht lassen, nach seiner Verheiratung, und auch nicht nach deren Verheiratung!«

Kopfschüttelnd fuhr er fort: »Dabei hatte Herzog Ulrich seine eigene Heirat mit der Nichte des Kaisers 14 Tage lang mit einem Riesenfest in Stuttgart feiern lassen! Verschwenderisch war er, der Herzog Ulrich, und eigensinnig. Das rächte sich bald. Der überaus heiklen Situation – Festhalten an einer Jugendliebe auch in Ehezeiten der beiden Betroffenen – war er nicht gewachsen. Als bald der Hofklatsch über seine Beziehung aufkam – hat er total durchgedreht und deshalb den Ehemann seiner Geliebten erdolcht.«

Betretenes Schweigen in der Runde. Offenbar versuchten die Zuhörer, sich den Fall vorzustellen.

»Ja, diese Mordtat ist sogar damals zur Zeit der Renaissance sehr schlecht angekommen, damals als Fürsten sich vieles herausgenommen haben und es oft grausam zuging«, warf der Religonskollege ein.

»War das nicht ausgerechnet der Herzog, der in Württemberg die Reformation eingeführt hat?«

»Ja, Hans, das stimmt, deshalb hatte er später auch keine durchweg schlechte Presse. Du als Religionslehrer weißt das natürlich gut. Manche haben später die extrem ungünstige Kindheit des Herzogs Ulrich für seine immer wieder extrem unklugen Kriegs- und Gewalthandlungen verantwortlich gemacht.«

»Was war das für eine Kindheit?«, wollte nun Sandra – ganz besorgte Familienmutter – wissen.

Ludwig genoss es, weiter aus seinem historischen Wissen zu schöpfen und dabei auf interessierte Zuhörer zu stoßen.

»Bei Ulrichs Geburt ist seine Mutter gestorben. Sein Vater konnte sich nicht um ihn kümmern, er war schwer psychisch krank und sein Onkel, Herzog Eberhard II. von Württemberg wurde nach wenigen Jahren seiner Regierung von König Maximilian I. wegen Unfähigkeit abgesetzt. Der damals neunjährige Ulrich hat sich immer daran erinnert und war seinerseits zeitlebens misstrauisch. Man hatte, so wird berichtet, den Knaben viel zu oft sich selbst überlassen.«

»Und jetzt glaubst du, Ludwig, das könnte uns heute helfen, den zu finden, der am Tod der Lehrerin schuldig ist.«

»Ja, Hans, das klingt blöd, aber so hyper-komplizierte Beziehungen haben eben manchmal ein besonders schlimmes Ende.«

Sandra, die Hausherrin, versuchte es mit einer Parallele zu modernen Zeiten: »Kompliziert war es ja auch mit Charles und Camilla in England, auch wenn die Ereignisse etwas anders liefen.«

»Oh je, das ist ein weites Feld!«, meinte nun ihr Mann.

»Aber war Ulrich nicht auch der Herzog, der den Tübinger Vertrag unterzeichnen musste, auf den das Land Jahrhunderte später so stolz war – und noch ist?«

»Ja, der war's. 1514 hatte er das Land so verschuldet, dass er zusichern musste, inskünftig nicht mehr allein über große Geldausgaben zu verfügen. Die Landstände musste er in Zukunft vorher bitten, zuzustimmen. Die führenden Familien im Land, die »Ehrbarkeit« hatte das erreicht. Aber ändern konnte sich dieser Herzog leider in keiner Weise! Es hat mit ihm weiterhin enormen Ärger und kriegerische Handlungen gegeben. Die freie Reichsstadt Reutlingen hat er wenig später nach dem Mord an seinem Freund überfallen. Der Kaiser musste tätig werden und nicht nur er! Es wäre der Stoff für einen Film, einen Film über diesen komplizierten Eifersuchtsmörder«.

»Kein Ruhmesblatt für ihn!«

»Das kannst du sagen!«

»War das nicht auch so, dass Ulrichs Vater Heinrich auf dem Hohenurach in Ketten gefangen gehalten wurde.«

»Stimmt Graf Heinrich von Mömpelgart war schwer geisteskrank. Damals konnte man bei solchen Krankheiten medizinisch nicht helfen.«

»Was ist denn das für ein Name? Wie hast du gesagt: Mumpelgart?«, wunderte sich Sandra.

Der ehemalige Französischlehrer in der Runde fühlte sich zur Klärung berufen:

»Der Ludwig meint Montbéliard – stimmt's Ludwig?«

»Ja, stimmt. In Württemberg hat man den Namen des kleinen Territoriums halt etwas undeutlich auf Schwäbisch ausgesprochen – Mömpelgart.«

»Wo liegt das denn?«

»Westlich von Basel, nahe bei Belfort, bei der Burgundischen Pforte würde ich sagen.«

»Also war Ulrich möglicherweise erblich belastet …«

»Steht zu vermuten, leider! Sein ganzes Leben über gab es Zoff. Es ist die vielleicht schwierigste und gefährlichste Phase der Geschichte Württembergs. Man könnte noch viel davon erzählen, vor allem über die abenteuerliche Ahnfrau der beiden, Henriette von Mömpelgart, die den Wahnsinn in die Familie gebracht hat – allerdings auch ein Gebiet, Montbéliard (Mömpelgart eben), das zeitweise so viel Steuereinkünfte brachte, wie das ganze Württemberg zusammen, jedenfalls damals noch! Und solche Heiraten waren im Spätmittelalter nichts Außergewöhnliches.«

»Mach lieber einen Punkt, Ludwig! Es geht schon auf elf Uhr.«

»Ja, ja. Ich wollte ja nur sagen, Eifersucht und Gewalttätigkeit haben schon viel Schlimmes bewirkt. Ach übrigens, Ulrichs Sohn Christoph hat dann nach den dramatischen Zeiten seines Vaters bemerkenswert vernünftig regiert. Sein imposantes Denkmal an einer Ecke des Schlossplatzes hier in Stuttgart könnt ihr nicht übersehen. Meine Schüler haben gemeint, das sei Heinrich VIII. von England! Und tatsächlich so ähnlich ist er gekleidet, der Herzog Christoph von Württemberg, im Stil der Zeit eben, modisch und das in Württemberg! Und übrigens Herzog Christoph arbeitete allein so viel, dass zwei oder drei andere damit zu »schaffen« gehabt hätten. Das habe ich erst kürzlich bei Thaddäus Troll in seinem dritten Buch über die Schwaben gelesen.«

»Oh Ludwig! Deine Geschichtskenntnisse in Ehren! Heute – vielleicht noch mehr als früher – können aber auch Frauen rasend vor Eifersucht Schlimmes bewirken. Vergesst nicht, den brandaktuellen Fall, die Kollegin in Kaltental, die in der Schule zu Tode kam, die sah verdammt gut aus! Vielleicht hatte sie sich eine mutmaßliche Freundin ihres Ehemannes zur Feindin gemacht; und die hat dann in der gut aussehenden jungen Lehrerin eine störende Konkurrentin gesehen.

Eine neue lebhafte Diskussion schien anzubrechen. Doch die aufkommende Müdigkeit verhinderte weitere gewagte Theorien und bald nach elf Uhr brachen diese Junglehrer von anno dazumal auf.

Ein Unentwegter war noch geblieben. Als Mitglied des örtlichen Personalrats verfügte er über ein immenses Reservoir an Informationen über die Stuttgarter Lehrerschaft. Gero Wolfer war gerade dabei, daraus zu schöpfen.

»Ja, ja« – ließ sich der alte Hans, den sie immer Johnny genannt hatten, vernehmen, »ja richtig, stimmt! Die Hartig, ach Gott, mit der ist meine Tochter aus erster Ehe schon mal zusammengerasselt. Einundzwanzig ist sie gestern geworden, die Ulrike.

Stellt euch einfach eine junge Frau oder Jugendliche vor, spätpubertär und so bockig wie ich früher, und die geriet im Jahr vor dem Abitur an eine unerbittliche, leistungsorientierte Lehrerin. Das konnte ja nicht gut gehen! Was ich alles hören musste – von beiden Seiten! Fast schlimmer als in meiner zu Bruch gegangenen ersten Ehe! Ulrike störe den Unterricht, bringe andere vom Lernen ab, sei aufsässig, unbelehrbar und so weiter.

Ja, die Hartig, die hat schon viel verlangt von ihren Schülern! Sehr viel sogar. Und trotzdem wurde sie respektiert und von manchen sogar bewundert. Mich darfst du da nicht fragen, warum. Mein Fall war sie nicht. Aber Schüler wie Lehrer erklärten immer, man lerne was bei ihr. Ich jedenfalls hoffe, dass es nicht nur das Rauchen war.«

Schließlich fand auch dieser Gast den Absprung. Was wohl sein neues Ehegespons, eine knusperjunge Referendarin, zu seiner späten Heimkehr sagen würde, fragte sich die Gastgeberin, Mutter dreier Kinder und Repräsentantin eines gut funktionierenden Familienlebens. Doch sicher konnte sich ja keiner sein, wie die eigenen Kinder sich später entwickelten. Jähzorn – ach da fiel ihr ein wie sie selbst in flammendem Zorn in jungen Jahren, einen Apfel an die Wohnzimmerwand über dem Klavier geknallt hatte. Der braune Fleck auf der Tapete war nie ganz weg zu bekommen gewesen. Und wenn Männer erst zuschlugen! Die Delle, die ihr sonst friedliches Ehegespons vor Jahren mit der Faust der völlig unschuldigen Spülmaschine verpasst hatte – und das mit einem einzigen gewaltigen Faustschlag auf deren Türfront – erinnerte noch lange an seine aufgestaute Wut von damals. Um was war es eigentlich gegangen damals in ihrer jungen Ehe? Es war ihr nicht mehr klar. Merkwürdig!

Auch Gero Wolfer hatte sich sichtlich müde verabschiedet. Oben in seinen vier Wänden angekommen fiel er erschöpft auf das Bett. Mirella anrufen, dachte er noch. Ach, was soll's! Die hat eh' keine Zeit. Vor Kurzem hatte sie sogar einfach aufgelegt, als er versucht hatte, sie zu erreichen. Und überhaupt, morgen ist auch noch ein Tag, der Tag, an dem er dem blassen Alwin Hartig den Hergang des Ehedramas aus der Nase ziehen würde.

Im Anna-Scheufele-Gymnasium angelangt, strebte Oberstudienrätin Sommersberg wie immer rasch dem Hauptgebäude zu. Die Schulbusse lieferten gerade Scharen von Schülern ab. Der Alltag schien wieder eingezogen zu sein, auch, wenn einige Schülergrüppchen über den »Unfall« der Frau Hartig die wildesten Spekulationen äußerten. Der noch blasse wolkenlose Himmel versprach einen weiteren schönen Sommertag. 8.40 Uhr: Frau Sommersberg in Begleitung einer flotten jungen rothaarigen Frau betrat den Raum 401, das Klassenzimmer der 10c. Niemand zu sehen. Unterdrücktes Gekicher im Raum. Plötzlich sitzen etwa fünfzehn Jugendliche an ihren Tischen (und nicht mehr zusammengekauert unter ihnen), vergnügt und schlaksig. »Guten Morgen«, ertönt es streng vom Lehrerpult »und wo ist der Rest der Klasse?« Da öffnen sich wie bei einem Theaterstück seitlich in den Kulissen die Wandschränke und aus den Türen erscheinen die restlichen sechs Personen. »Oh, wie lustig!«, entfährt es grimmig stöhnend der Lehrerin. »Was soll sich da unser Gast denken. Vielleicht will sie gar nicht bei euch unterrichten …«

»Ist doch Spaß, Frau Sommersberg, nehmen Sie es nicht persönlich. Wir wollten nur mal üben.«

»Üben? Wofür?«

»Ach, für Herrn Launinger, der regt sich so schön auf.«

»Na, da sind wir ja schon im Thema: Verhalten in der Schule, Umgang miteinander. Aber zuerst mal möchte ich euch unsere neue Referendarin Frau Ulmer vorstellen. Ich denke, ihr seid ganz froh, wenn ich mich mal nach hinten verziehe. Und jetzt stellt bitte schnell die Tische vollends zu einer u-förmigen Runde um, damit Frau Ulmer euch in der Diskussion besser kennenlernen kann.«

»Also gut, ich bin die Felicitas Ulmer. Habt ihr ja schon gehört. Ich habe noch nicht viel Erfahrung – außer meiner eigenen Schulzeit … Könnt euch ja denken, wie man sich da vorne wie ich jetzt fühlt.« Sie grinst in die Runde.

»Deshalb habe ich mir gedacht, ihr äußert euch mal zum Zusammenleben an dieser Schule, und was ihr unter Umständen ändern würdet. Erstes Beispiel dazu: das Abifest. Bitte füllt mir mal den Umfragebogen aus! Er ist wirklich nur für mich und wird nicht weitergegeben!«

»Muss man den Namen draufschreiben?«, fragte eine sich weit zurücklehnende Pferdeschwanzträgerin.

»Ja, bitte, tut mir den Gefallen. Ich kenne euch ja sowieso nicht und eure Lehrerin will das nicht auswerten müssen.«

»Find' ich aber nicht gut, können wir nicht ohne Namen abgeben?«

»Könnt ihr schon. Ich hätte es halt gern lieber mit. Bei der nächsten Umfrage machen wir es dann anonym. Okay?«

Das Mädchen, das zuletzt den Kommentar abgegeben hatte, seufzte ergeben und begann, den Kopf schräg auf Tisch und Ellbogen gelegt, das Blatt zu lesen.

Überschrift: Wie ich das Abifest fand. »Na ja«, murmelt sie und überfliegt die Serie der Fragen erst mal: 1. Ich war von … bis … da. / Ich war nicht da. – 2. Die meiste Zeit über war ich (Platz beziehungsweise Aufenthaltsort angeben). 3. Die meiste Zeit war ich zusammen mit ... 4. Von der Lehrerschaft habe ich die Folgenden in Gesellschaft von Frau Hartig bemerkt ... (wenn möglich genauere Angaben, zum Beispiel wann genau und wen Du / Sie zusammen mit Frau Hartig gesehen hast). – Danach noch zahlreiche weitere Fragen zum Fest selbst. Die Schülerin schickte sich an, ihre Antworten niederzuschreiben.

Nachdem die Umfrageblätter eingesammelt waren, wendete sich Felicitas Ulmer unverblümt an die Klasse.

»Und jetzt sagt mal, wie das für euch ist – eure Lehrerin Frau Hartig ist tot. Möchtet ihr darüber sprechen?«

Antworten von allen Seiten: »Ich möchte mal wissen, was passiert ist. Da heißt es immer ›Unfall‹ und so, aber das glaub' ich nicht.«

»Uns sagt keiner was«, rief ein anderer Schüler in die Runde.

»Ich find' das echt daneben, dass wir nichts erfahren. Wenn hier solche Sachen passieren, dann sind wir ja auch mit betroffen.«

»Meine Mutter hat gestern gesagt, so etwas darf doch nicht vorkommen auf einer Schule.«

»Ja, es wird zu wenig getan hier – gegen Gewalt und Mobbing und so was, sagt mein Vater auch«, schaltete sich ein blasses dickliches Mädchen ein.

»Ach, was willst du denn tun hier, das ist doch der Witz! Schau' dir doch mal die offiziellen Streitschlichter an: Lauter Streberschülerinnen, die will doch keiner reinziehen in etwas. Die doch nicht!«

»Toll! Ihr fahrt ja richtig ab auf das Thema«, schmeichelte die Undercover-Kriminalistin der Klasse.

»Können wir der Reihe nach vorgehen, führ du mal eine Rednerliste und dann fangen wir mit dem Abifest an. Wer war denn dort?«

Acht Jugendliche meldeten sich und schilderten ihre Eindrücke: Ja, schon nach Kurzem sei es langweilig geworden. Echt cool sei nur das Männerballett der Abiturienten und einiger Lehrer gewesen, aber dann sei es witziger in der Garderobe gewesen, wo die Abiturienten dann herumstanden. Frau Hartig? Die sei wohl erst später, nach neun Uhr gekommen, vielleicht sogar erst gegen zehn, und dann habe sie die ganze Zeit getanzt. Mit wem? Fast immer mit dem Referendar vom Sport, dem Herrn Schellfuß; der sei ja auch okay und tanzen könne der super – und sie auch, nicht so peinlich wie der Schulpsychologe Herr Wolkensteig. Der habe ja wie Efeu die Frau Schnell umrankt. Frau Hartig habe man später dann nicht mehr gesehen, aber den Herrn Schellfuß, den Referendar schon. Der habe sich dann zu seinen Kollegen gesetzt. Aber sie? Irgendwann nach elf sei sie weg gewesen und auch nicht mehr aufgetaucht. Nein, in der Garderobe hätten sie Frau Hartig nicht rausgehen sehen. Zu der Zeit seien sie ja wieder drin im Saal gewesen zu dem Quizspiel.

Wie sie als Klasse mit Frau Hartig ausgekommen seien, fragt die Junglehrerin zum Schluss. Die Meinungen gehen auseinander, »zu viel Stoff«, »streng«, »voll in Ordnung«, »gut«, »Scheiß-Arrest«, »immer Hausaufgaben«, »man hat was gelernt bei ihr«.

Die letzten Zwischenrufe werden vom Pausengong übertönt. Allgemeine Aufbruchsstimmung und Lärm. Die Klasse wechselte mit Sack und Pack den Raum. Ein Mädchen kam zu Felicitas Ulmer.

»Haben wir Sie jetzt länger?«, fragte sie hoffnungsvoll.

»Ist noch nicht ganz geklärt«, antwortete diese und lächelte zurück.

Seit acht Uhr habe ich mich jetzt mit diesen beiden ach so anständigen, angepassten, ängstlichen, langweiligen Jungbürgern abgegeben«, polterte Kriminalhauptkommissar Gero Wolfer in seinem Büro ins Telefon, nachdem er Alwin Hartig und dessen Freundin Ingrid Ziegel vernommen hatte. »Nichts gesehen, nichts gehört, wo ist das Problem? Schuld sind, wenn überhaupt wer, irgendwelche anderen. Die beiden Liebenden haben von nichts eine Ahnung. Nur, dass sie zusammen ferngesehen haben, das wissen sie, und dass es mit Frau Hartig, und zwischen den Eheleuten Hartig sogar, nie Streit gab, das behaupten sie auch. Also angeblich kein Ehedrama. – Aber klar doch habe ich sie getrennt vernommen, Felix! Du hättest die Freundin dieses Ehemanns mit ihren braunen Rehaugen sehen sollen. Ja, eine harmlos wirkende Krankenschwester, diese Blonde mit der lieb geföhnten Frisur! – Er? Na ja, der verweist natürlich auf pubertierende Schüler oder rachsüchtige Eltern von Schülern als mögliche Schuldige, weil seine Ehefrau eine so konsequente Lehrerin gewesen sei, auch bei Abiprüfungen. Sie habe niemandem etwas geschenkt. Auch den Externen, den Erwachsenen im Abi, den Abendgymnasiums-Schülern nicht, die sie nur mündlich zu prüfen gehabt hatte. Hast du von der Liste schon welche überprüft? Die Verdächtigen werde ich mir dann selbst vorknöpfen, Stichwort ›zerstochener Autoreifen‹.«

Das Telefon klingelte erneut. Kollege Günther Bratner von der Spurensicherung nahm auf einen Wink von Gero Wolfer hin, der gerade in ein Wurstsandwich gebissen hatte, ab. »Ja. Gut, ich gebe es weiter.« Er legte auf und verkündete in wichtigem Ton, so als wäre er selbst vor Ort gewesen und habe selbst die Spuren gesichert: »Ein Fenster im Erdgeschoss des Anna-Scheufele-Gymnasiums war in der Nacht vom Samstag auf Sonntag nicht ganz geschlossen. Die Spurensicherung hat Fußabdrücke im Gebüsch direkt unter diesem Fenster, das zum Oberstufen-Aufenthaltsraum gehört, gefunden.«

»Das geht Freund Kächele, den Hausmeister, an. Ich bin schon unterwegs«, rief Gero Wolfer von der Tür her. Vergessen der Frust am frühen Morgen, eine Spur lockte: wie ein Jagdhund hastete er ins Freie. Es war zwanzig vor zehn.

Na, das lief doch prima. Hab' ich's doch gewusst, Frau Kollegin«, ruft Barbara Sommersberg schon etwas außer Atem auf der zweiten Treppe, die sie im Eilschritt nach oben nehmen, zu Felicitas Ulmer herüber. »Jetzt zum Oberstufenkurs Geschichte!« Wieder öffnet sie die Klassenzimmertür erwartungsvoll, ruft laut »Guten Morgen!« Und diesmal sitzen etwa geradezu brav fünfzehn junge Erwachsene im Halbrund mit ihren Schreibsachen und Büchern vor sich. »Guten Morgen«, grüßen einige zurück, manche schmunzeln beim Anblick der flotten jungen Neuen. »Das ist unsere neue Referendarin, Frau Ulmer. Sie unterrichtet Gemeinschaftskunde, Psychologie und auch Deutsch. In unserer besonderen Situation nach dem Tod von Frau Hartig werden Frau Ulmer und ich mit Ihnen zusammen versuchen, zu einer Aussprache zu kommen, auch, um die Umstände dieses Todesfalls etwas zu klären. Sie haben ja Frau Hartig fast jeden Tag im Unterricht gehabt und für manche war sie ja zusätzlich noch Tutorin. Um die Abivorbereitung für nächstes Jahr und den Unterricht brauchen Sie sich keine Sorgen zu machen. Eine Vertretung wird organisiert werden. Ziemlich sicher werde ich das sein. Aber zur Sache: Frau Ulmer war am Wochenende noch nicht da. Das Einfachste wäre also, wenn Sie ihr und mir – ich war verhindert und konnte nicht kommen – vom Abifest berichten würden.«

Es vollzog sich in etwa dasselbe wie zuvor in der Klasse 10c. Felicitas Ulmer gab zunächst ihr Umfrageblatt aus. Anschließend unterhielt sich die Runde über den Ablauf des Fests am Samstagabend. Die Berichte zum Ablauf deckten sich mit denen der Zehntklässler. Zeitweise Langeweile und Umtrunk von Oberstufenschülern in der Garderobe. Viele gingen nach dem Quiz-Spiel, manche schon vorher. Niemand hatte mitbekommen, wann Frau Hartig ging, niemand hatte an ihr etwas Besonderes bemerkt. Ihren Unterricht und ihre Person beurteilten hier aber alle positiv, einige hielten sich etwas zurück, aber kritische Äußerungen gab es keine. Trauerstimmung lag über der Runde. Unsicherheit, was das alles bedeutete und wie es weitergehen werde. Dass so etwas hier passieren konnte, hätte sich keiner gedacht. Vielleicht sei es doch ohne Fremdverschulden passiert, also doch ein Unfall, wird als Strohhalmversion geäußert. Nein, leider nicht, schiebt Frau Sommersberg ein und bittet alle, wann immer ihnen noch etwas im Nachhinein einfiele, es Kommissar Gero Wolfer zu melden. Sie schrieb seine Telefonnummer, ja sogar seine Mobiltelefonnummer an die Tafel.

Zurück im Lehrerzimmer atmete Barbara Sommersberg tief durch und gönnte sich einen Schluck aus ihrer Wasserflasche. Seitdem die jüngeren Kolleginnen und Kollegen auf ihren Tischen ganze Batterien von Wasserflaschen aufgebaut hatten, genügte auch ihr selbst Kaffee oder Tee nicht mehr. Wie – so fragte sie sich – wie hatte sie und wie hatten all die Kollegen, vor allem die noch älteren Kollegen, früher überhaupt den Vormittag überstanden, ohne zusammenzuklappen? Ja, mit Kaffee eben! Die noch älteren, vor allem vor ihrer eigenen Dienstzeit noch, wahrscheinlich mit Zigaretten. Gott sei Dank war das vorbei! Die letzten Ausläufer gab es noch eine Zeit lang im kleinen Nebenraum, dem »Raucherzimmer«. Dort stand lange Zeit der Fotokopierer.

Wer kopieren wollte, musste sich als unfreiwilliger »Passivraucher« in die Warteschlange stellen. Das waren noch Zeiten! Blaue Ringe paffte der von außen kommende katholische Pfarrer an seinen Unterrichtstagen damals in die Luft des stickigen kleinen Lehrernebenzimmers. Niemand konnte ihm aber böse sein. Er war einfach zu gutmütig, freundlich und selbstironisch, etwa wenn er vom »weißen Riese in Rom« sprach und besorgt um sein Gehalt war. Die wenigen Kolleginnen und Kollegen, die noch rauchten, freuten sich, wenn er auftauchte. Barbara Sommersberg erinnerte sich, an Fachgespräche mit ihm, der enorm belesen und kenntnisreich war. Rauch hin – oder Rauch her! Inzwischen war er verstorben nach einer Zeit des Krankseins und der Pflegebedürftigkeit. Irgendwie fehlte er ihr, trotz mancher Kontroversen mit ihm, zum Beispiel ob Kinder und Jugendliche tatsächlich heute noch über den Investiturstreit im Mittelalter Bescheid wissen sollten. Eine helle Frauenstimme riss sie aus ihren Gedanken:

»Darf ich Sie mal was fragen, Frau Sommersberg?« Es war die jüngste Geschichtslehrerin.

»Ja klar doch, gern!«

»Wie geht das mit dem Wandertag demnächst? Mich haben jetzt schon drei Kolleginnen gefragt, ob ich sie mit ihrer Klasse begleite. Herr Launinger aber hat mir heute Morgen gesagt, ich müsse mit Ihnen zusammen den Geschichtskurs von Frau Hartig begleiten.

»Ja prima. Mir ist es recht. Wo gehen wir hin? Die Oberstufenschüler gehen am liebsten immer gleich in ein Lokal, in eine Kneipe. Hm! Wie wäre es, wenn wir – mindestens vorher – ins Museum am Löwentor gehen. Dort sind Dinosaurierskelette, Nachbildungen und dergleichen zu sehen. Mich würde interessieren, wie die großen Echsen aussehen, die man im Kaltentaler sogenannten Stubensandstein gefunden hat. 24 Stück hat man gefunden. Sie sollen etwa 80 Zentimeter groß sein. Haben Sie die schon mal gesehen? Nicht? Ich auch nicht. Ja also, wie wär's?

Das Löwentormuseum ist modern und besucherfreundlich gestaltet. Man kann sich dort besser vorstellen, wie unglaublich lange her diese vorgeschichtlichen Zeiten sind. Und die Funde dort – habe ich gehört – zählen zu den bedeutendsten diese Art überhaupt.

Dann sind wir bald am Vormittag fertig, können mit dem Kurs der Frau Hartig noch einkehren und brauchen nicht bis weit in die Mittagszeit oder gar Nachmittagszeit hinein wirklich ›wandern‹. Und wenn es regnet, ist es uns auch egal.«

»Okay, dann sage ich das Herrn Launiger und den anderen. Abgemacht! Sie sagen mir dann, wenn der Termin näher rückt, wann und wo wir starten.«

Und schon war sie weg, die immer mustergültig dienstbereite Nachwuchspädagogin. Na, Glück gehabt, dass keine Unterstufenklasse mit womöglich gut dreißig Kindern zu begleiten war! Barbara Sommersberg waren die Wanderungen mit den quirligen schnellen Elf- und Zwölfjährigen früherer Jahre in nachhaltiger Erinnerung. Eine Lehrkraft vorne, eine hinten – und wie oft hatte sich doch die anfängliche Ordnung des Zuges aufgelöst. Trotz klarer Anweisungen rasten einige Jungs weit voraus, man sah sie oft gar nicht mehr; oder es erklärten ein paar Trödler oder manche Mädchen ganz weit hinten, sie könnten nicht mehr weiter gehen. Entsetzlich! Und noch schlimmer, die Besichtigung einer Burgruine! Nützlich zwar für den Geschichtsunterricht – aber die reine Nervenprobe für die »Lehrkraft«, die womöglich die überall hoch- und herumhüpfenden und springenden Kinder vor Gefahren zu bewahren hatte.

Meist schweißgebadet hatte sie bisher alles mit Glück und Erfahrung überstanden. Unvergesslich die drei dreizehnjährigen Mädchen, die sich bei einer Wanderung quer auf den

Boden des Waldwegs gelegt hatten – wie bei einer politischen Demonstration – und behauptet hatten, keinen Schritt mehr weiter zu schaffen. Was hatten sich diese Hühner dabei gedacht? Nichts eben! Und was hätte sie, die Lehrerin, tun können? Sie anschnauzen, ja freilich, die verwöhnten Töchter, die blieben damals einfach liegen. Sie selbst war sich mit ihren Mitte fünfzig ihnen gegenüber geradezu sportlich vorgekommen. Aber ja, sie hatte die »Damen« wieder auf die Beine bekommen, wie – das war ihr allerdings entfallen.

Quer über den Schulhof trotteten währenddessen der große Schäferhund und sein Herrchen, Hausmeister Kächele, dem Kommissar entgegen. Fast hätte man meinen können, Herr Kächele sei es, der die Ermittlungen führe, denn wie üblich gab der fast zwei Meter große blonde Hüne mit entschiedenem Gesichtsausdruck Anweisungen per Mobiltelefon, während er sich nun mit schnelleren Schritten dem Schulgebäude näherte. »Morgen, Herr Kächele! Das hätten Sie uns aber gleich sagen dürfen, dass das Fenster da drüben aufstand. Was hat Sie davon abgehalten?«

»Jetzt mal sachte! Ich bin nach dem Fest um halb ein Uhr mit dem Hasso hier durchs ganze Gebäude gegangen. Da war alles okay. Alle Türen zu den Räumen zu, innen auch nirgendwo Licht, außer im Gang die Sparbeleuchtung.«

»Hat Ihr Hund nicht angeschlagen, dass jemand im Raum 205 war, als Sie mit ihm vorbeigegangen sind?«

Solchermaßen genau befragt, blieb der Hausmeister kurz stehen. Es sah aus, als aktiviere er wirklich sein Erinnerungsvermögen. Dann sagte er: »Kann ich Ihnen nicht sagen. Mir isch nix in Erinnerung. Hier unten die Tür zum Oberstufenraum war auch zu. Und außen war alles in Ordnung.«

»Behaupten Sie, dieses Fenster hier im Erdgeschoss, war zu?«

»Ha ja«, der Hausmeister fiel nun vollends ins Schwäbische »I hab da nix Aufregendes g'sehen. I hab' dacht, des sei zu. Ich kann doch net an jedem Erdgschossfenschter rumnoddle, ob es au wirklich zu isch!«

»Da scheinen Sie aber bisher Glück gehabt zu haben bei Ihren Kontrollrunden. Aber sagen Sie mal, Sie waren doch auch bei dem Fest. Was haben Sie alles getrunken, Herr Kächele?«

»Ha jetzt geht's aber los. Wollet Sie *mich* noch verdächtigen? I hab' während dem Fest überall sei müssen. Was glaubet Sie, was do los war!«

»Ja, sicher, Herr Kächele, aber nach dem Fest, beim Aufräumen, da hatten Sie sich ja eine Stärkung verdient, oder?«

»Aber net so, wie Sie sich des denken. Und überhaupt, do isch ja alles zugwachse vor dem Fenster mit dem Gebüsch. Muss ich jetzt do immer die Zweig wegschiebe, um zu gucke, ob der Fensterladen ganz unten isch? Also i hab nix gesehen.«

»Herr Kächele, kann denn von *innen* jemand in das Zimmer gelangt sein?«

»Ja schon, ich sag' dene Putzfrauen immer, sie sollet die Tür zu dem Oberstufenzimmer do auf lassen, weil die Oberstufenschüler auch nachmittags noch da sind.«

»Gut, dann kann also jemand, der keinen Haustürschlüssel hatte, durch dieses Fenster nach draußen gelangt sein. Fragt sich noch, wie er herein kam?«

»Also, des geht ohne Schlüssel gar net – überhaupt nicht, sag' ich Ihne«, versicherte der genervte Hausmeister kategorisch.

»Aber jetzt entschuldiget Sie mich, Herr Kommissar, ich hab da drüben Handwerker. Sie wissen ja, wie sie mich erreichen.« Sprach's und marschierte, eskortiert von seinem Hund, in Richtung Turnhalle.

Kommissar Wolfer ging zum Hauptgebäude. Die neue Fährte gab ihm Schubkraft. Je drei Stufen der breiten Schultreppe nehmend, schoss er auf das Sekretariat zu. Bevor Frau Blättle irgendetwas Verlangsamendes sagen konnte, rief er: »Termin beim Schulpsychologen! Zimmer wie viel?«

»Zimmer 220«, stotterte sie wie automatisch, und schon war er wieder draußen. Am Ende des Ganges klopfte er kurz und trat, ohne auf Antwort zu warten, ein. Edwin Wolkensteig war gerade dabei, Kaffeepulver in die Kaffeemaschine zu geben. Er verschüttete beim Umdrehen etwas von dem noch frisch duftenden Kaffee und fragte missvergnügt: »Sie? Jetzt? Haben Sie einen Termin vereinbart? Ich bin im Dienst.«

»Das trifft sich gut, ich auch. Gegen eine Tasse Kaffee habe ich nichts einzuwenden.«

»Ich erwarte einen Schüler zur Besprechung.«

»Macht nix, den werden sie vertrösten müssen. Jetzt müssen *wir* uns erst einmal besprechen.«

»Halten Sie diesen Stil für das geeignete Gesprächsklima, Herr …?«

Sein Gedächtnis ließ ihn im Stich. Hoffentlich streikt es nicht weiter, dachte sein Gegenüber und sagte laut:

»Kriminalhauptkommissar Gero Wolfer, Herr Wolkensteig.«

Unaufgefordert setzte er sich auf einen der hellbeige gepolsterten Kiefersessel und schaute sich um. Kieferregale mit psychologischer und pädagogischer Fachliteratur, mehrere Topfpflanzen, von Kinderhand gemalte farbige Bilder, Geduldspiele aus Holz für etwas größere Kinder – kein unangenehmer Raum. Herr Wolkensteig sah heute besser aus als tags zuvor. Offenbar war er beim Friseur gewesen. Das gestern noch ungepflegte blonde Haupthaar musste ein geschickter Stuttgarter Figaro zu einer ansehnlichen Frisur – eher im Stil der Sechzigerjahre allerdings – gestylt haben.

Der Schulpsychologe trug Jeans und eine Art indisches Naturbaumwollhemd.

»Those were the days, my friend«, die Siebzigerjahre sind vorbei, mein Freund, dachte Gero Wolfer. Das sieht man auch dir an.

»Schönes Zimmer hier – mit Couch. Gemütlich! Gerade das Richtige zum Entspannen. Jetzt erzählen Sie doch mal ganz in Ruhe, wie das so lief am Samstagabend«, meinte der Hauptkommissar.

»Was lief? Ich habe doch schon alles erzählt – gestern.«

»Nein, den Schlussakt nicht. Fangen wir doch einfach damit an, dass Sie das Zimmer hier betreten, die Stehlampe dort anknipsen, die Vorhänge zuziehen und Frau Hartig, die an dem Abend laut Zeugen nicht allzu fröhlich wirkte, über die Unbilden des Lebens hinwegtrösten. Sie lebt in Scheidung. Sie, der erfahrene Familientherapeut nehmen sich ihrer an, passt doch so weit, oder? Wie geht die Geschichte weiter? Erzählen Sie!«

»Da gibt es nichts zu erzählen, ich sagte doch schon, ich war nicht hier, und Frau Hartig auch nicht.«

»Damit kommen Sie nicht weiter. Herr Wolkensteig, wir haben Indizien. Besser Sie legen jetzt ganz schnell los, was sich hier abgespielt hat, oder ich nehme Sie wegen Mordverdachts mit ins Polizeipräsidium.«

Den Schulpsychologen ließen jetzt allem Anschein nach seine Kenntnisse in Gesprächspsychologie im Stich.

»Ich habe doch gar nichts gemacht! Ich bin nicht der, den sie suchen«, machte er einen letzten hilflosen Versuch. Dann gab er auf:

»Also gut, ich war hier. Aber die Dame, mit der ich hier war, ist nicht Frau Hartig, sondern …«, er senkte den Kopf. »Bitte verstehen Sie, dass ich ihren Namen nicht nennen kann und sie da herauslassen will, auf jeden Fall war es nicht Frau Hartig.«

»Oh, wie geheimnisvoll, klingt nach Gattin des Chefs oder eines Kollegen, liege ich richtig?«, hakte Wolfer nach.

»Nein, es ist eine Kollegin, die größten Wert auf ihr Ansehen bei der Schulleitung legt. Sie will noch was werden im Schuldienst. Und überdies hat sie einen sehr eifersüchtigen Lebensgefährten.«

»Und wie heißt sie?«

»Ich sage es nicht gern, und bitte, versprechen Sie, dass es unter uns bleibt, ja? Also, es ist die Anja. Frau Schnell. Wir sind auch nicht wirklich lange hier gewesen.«

»Von wann bis wann genau?«

»Genau weiß ich das nicht. Aber es war wohl von circa Viertel nach elf bis um etwa zwölf Uhr. Dann bestand sie darauf, mich nach Hause zu fahren.«

»Und sie wird mir das bestätigen? Wie kann ich sie erreichen?«

»Sie hat hier Unterricht. Ihre Telefonnummer können Sie von mir haben. Aber bitte, Herr Kommissar, machen Sie ja kein Aufsehen! Ich möchte nicht, dass sie Schwierigkeiten bekommt, wirklich nicht. Sie hat noch viel vor. Sie sagt immer – und da hat sie leider recht: Es ist nicht so leicht für eine Frau, karrieretechnisch zügig voranzukommen.«

Er machte eine Pause und setzte dann treuherzig hinzu:

»Sie ist eine von den wenigen echt sympathischen, die so was schaffen, die Anja. Bitte denken Sie daran, diskret vorzugehen. Es wäre schade, wenn sie Ärger bekäme, noch dazu durch mich.«

»Was soll das denn heißen?«

Plötzlich von Energie erfasst, erwiderte der genervte Psychologe:

»Ach, was! Hol's der Teufel! Ich will es halt nicht.«

»Na, na, Ärger mit ihr gehabt?«, fragte der Hauptkommissar.

»Kann man so sagen. Es ist nur: Zu Hause ist meine Frau ausgezogen. Einfach weg, samt Kindern! Verstehen Sie? Ohne mit mir darüber zu reden. Weg. Einfach weg! Für Sie in Ihrem Beruf ist das ja nichts Besonderes. Aber versetzen Sie sich mal in meine Lage, Herr Kommissar!«

»Ja, die Frauen, da kommen wir nicht leicht dahinter, welcher Teufel die manchmal reitet. Ich dachte, Sie sind Fachmann … studiert in so was? Was soll da unsereiner sagen!«

Gero Wolfer bewegte sich zur Tür.

»Na denn, wird schon wieder! Sehen Sie mich an! Ich lebe auch noch und meine ist auch weg, schon länger. Es geht auch so, irgendwie geht es immer«, sagte er im Gehen.

Draußen auf dem langen fast dämmrigen Schulkorridor kam ihm Schulleiter Strack entgegen.

»Gut, dass ich Sie treffe, Herr Kommissar! Hätten Sie einen Moment Zeit? Kommen Sie, gehen wir doch gleich hier in das Elternsprechzimmer. Ich muss mich vorübergehend unsichtbar machen, nur bis Frau Regen das Haus verlassen hat. Sie ist eine von den Elternvertreterinnen, die nie einen Punkt machen können. Ich frage mich, wie ihr Mann das aushält. Ach, halt, der ist ja voriges Jahr gestorben. Kein Wunder! Ich musste die Dame heute früh sprechen, weil sie auch zu denen gehört hat, die an Frau Hartig herumkritisiert haben, wegen zu strenger Noten und so. Ihre Tochter habe nicht die Note eins bei ihr bekommen, das könne doch wohl nicht sein, so gut wie die Bettina immer gewesen sei und so interessiert von klein auf!«

»Aha, und, kam etwas heraus in Sachen Hartig?«

»Nein, eben nicht, trotz der langen Reden von ihr. Sie scheint ihren Kampf um die Note eins aufgegeben zu haben. Vielleicht hat die eigene Tochter sie eines Besseren belehrt. Oft sind die Kinder dann doch auch zu Hause so entsetzlich, dass die Eltern nicht mehr alle Schilderungen der Lehrer ins Reich der Fabel verbannen können. Aber ich musste mit ihr das alles besprechen, beziehungsweise mir anhören nach diesem – ähm – Unfall der Kollegin Hartig. Schließlich ist Frau Regen zugleich eng befreundet mit der Vorsitzenden von unserem Schulförderverein.« Er seufzte. »›Verein der Freunde des Anna-Scheufele-Gymnasiums‹. Sie verstehen, Herr Wolfer?

Oh, ich darf gar nicht daran denken, beim letzten Schulfest hat sie mir intensiv den Vorschlag gemacht, dass die Abiturienten mal das Haus von Theodor Heuss auf dem Killesberg besuchen; das ist als so eine Art Museum ausgestattet worden. Sie schauen verwundert, Herr Kommissar? Ja, so habe ich auch geschaut. Ich kann mir die Gesichter der jungen Leute vorstellen, meine Kollegen auch. Mittelstufenschüler würden gleich im vorweg sagen ›Eh – langweilig‹! Vielleicht übertreibe ich es auch mit meiner Vorstellung. Theodor Heuss, unser erster Bundespräsident, war damals nach dem Krieg enorm beliebt, vor allem in Stuttgart. Seine gemütliche und gebildete Art zu sprechen, in gehobenem Schwäbisch, bedächtig und mit extrem tiefer Bassstimme, das kam gut an, auch seine unaufgeregte, bescheidene Art. Aber heute? Wer kennt ihn noch, den liberalen süddeutschen Politiker von anno dazumal? Wer interessiert sich für die liberalen Parteien der Weimarer und der Bonner Zeit? So schnell wird jemand Stoff für Geschichtsbücher!

Aber Frau Regen, die wohnt halt auf dem Killesberg – gleich in der Nachbarschaft des eigentlich bescheidenen Heuss-Häuschens, ha-ha! Ach, da fällt mir ein Ausspruch von Heuss ein, den er beim Einzug in dieses Haus getan hat zu Beginn seines Ruhestands. Den versammelten Menschen, die sich da zum Empfang versammelt hatten, soll er gesagt haben: »So, das war's jetzt das erste und letzte Mal. Jetzt ganget no hoim zu eure Kinder und lasset mir mei Ruh!«

Gut, dass unsere Frauenvertreterin des Kollegiums den Vorschlag von Frau Regen nicht gehört hat! Die hätte womöglich noch Frau Regen zugestimmt und gleich auf Elly Heuss-Knapp, die Frau vom Bundespräsident verwiesen, die das Mütter-Genesungswerk gegründet hat. Dass erschöpfte Familienmütter sich mal aus ihrer häuslichen Umgebung heraus begeben und erholen konnten, das war wirklich eine verdienstvolle Tat, keine Frage! Aber das Haus Feuerbachweg 46 wird deshalb nicht unbedingt geeigneter für verordnete Schulexkursionen. Ich war übrigens dort. Für Erwachsene ist das nicht langweilig, nein, es vermittelt anschaulich Informationen über die Entstehung der Bundesrepublik und es gibt die Atmosphäre, das Flair von damals gut wieder.«

Er sandte dem Kommissar einen vielsagenden Blick zu und fuhr dann munterer fort: »Übrigens gut, dass wir hier sitzen!« Er grinste schelmisch.

»Der Dr. Grauerer ist auch hinter mir her – sagt Ihnen nichts? Ja, ja, Ihre Chefs heißen anders. Aber so anders, als bei uns, wird es bei Ihnen auch nicht zugehen. Dr. Grauerer vom Regierungspräsidium, früher Oberschulamt, ist unser Herr Schulreferent. Er – und ich schließe mich an – fürchtet, dass die Presse den Fall aufbauscht und voll ausschlachtet. Wir sind eine Privatschule. Gar nicht daran zu denken, was harte Schlagzeilen für unseren Ruf bedeuten würden!«

Schulleiter Strack hatte sich inzwischen auf einem der Kunststoffsessel im Elternsprechzimmer niedergelassen. Wie ein über den misslichen Schulerfolg seines Sprösslings zerknirschter Vater sah er drein. Gero Wolfer ließ sich gleichfalls nieder. Das Möbelstück unter ihm gab etwas nach.

»Waren diese Sessel eine Spende, oder aus welchem Pfandleihhaus stammen die?«

»Oh, Herr Wolfer, Sie haben ja Recht. Auf Schwäbisch gesagt isch des ›a Glomp‹, im Honoratiorenschwäbisch ein ›Lumpenkruscht‹. Die neuen sind schon bestellt. Aber, wenn des unsere einzige Sorge wär'! Jedenfalls mit der Presse wird's Ihrem Chef au net besser gehen! Jetzt glaube ich aber, können wir uns wieder in mein Büro wagen. ›Die Regen‹, man müsste ja sagen ›der Regen‹ ist abgezogen, denke ich.«

Er schmunzelte und marschierte voran Richtung Sekretariat. Dort meldete die Sekretärin, dass Herr Dr. Grauerer zu ihm unterwegs sei. Der Chef winkte den Kommissar in sein Büro und seufzte.

»Wie wär's mit einem guten Schluck, Herr Wolfer?«

Der nickte und der Schulleiter entkorkte eine Flasche teuren Cognacs. »So e Cognäcle hilft doch immer, hat meine Großmutter g'sagt. Also! Wir sind im Dienst, unterbrechen den aber für eine kurze Pause.«

Sie stärkten sich, und Kommissar Wolfer fragte, ob der Hausmeister schon von den Fußspuren vor dem Oberstufenfenster und dem nicht ganz verschlossenen Fenster im Erdgeschoss berichtet habe. Des Schulleiters Schädel rötete sich in erstaunlichem Tempo. Das konnte nicht allein vom Cognac herrühren.

»Ha, natürlich net, der Schlamper!«, rief er entrüstet aus. Frau Blättle meldete den avisierten Besucher und führte diesen herein. Er machte seinem Namen Ehre. Grau in grau wie ein Novembertag auf der rauen Alb. Sein Anzug, völlig korrekt natürlich, silbergrau das Haar und grau seine Miene. Unerfreut – »we are not amused« – hätte man seine Gemütslage am Hof in Windsor Castle beschrieben. Gero Wolfer konnte sich dieses Eindrucks jedenfalls nicht erwehren. Dr. Grauerer deutete eine Verbeugung in Richtung der beiden Herren an, nannte nochmals seinen Namen und setzte sich dann steif auf den ihm vom Schulleiter angebotenen Platz.

»Herr Dr. Grauerer, wie gut, dass Sie da sind«, begann Schulleiter Strack in öliger Freundlichkeit die Stressunterhaltung.

»Gerade ist der Herr Kriminalhauptkommissar Wolfer hier. Aus erster Hand sozusagen, können Sie sich da über den Stand der Dinge informieren.«

Gero Wolfer blickte auf seine Armbanduhr und sagte: »Ich gebe Ihnen, Herr Dr. Grauerer, jetzt einen Kurzbericht über den Stand unserer Ermittlungen. Anschließend muss ich gleich weg zu einem Termin. Über alles Weitere, auch darüber, wie die Presse informiert wird, besprechen Sie sich bitte mit meinem Chef. Ich werde ihn ohnedies heute Nachmittag kontaktieren.«

In knappen Sätzen stellte er den Stand der Dinge dar und verabschiedete sich dann von den beiden besorgten Schulmännern, die sich an die Erörterung der Fakten machten, um das weitere Prozedere in gewohnter Breite zu besprechen. Dr. Grauerer war noch kurz aufgesprungen, um dem Kommissar seine Visitenkarte zu überreichen, und er hatte nachdrücklich darum gebeten, ihn auf dem Laufenden zu halten. Gero Wolfer – schon im Treppenhaus – überflog den Text *Dr. phil. J. Grauerer* samt Mobiltelefonnummer. Es musste seine private Visitenkarte sein, ohne weitere Berufsangaben, Adresse etc., merkwürdig. Er steckte sie ein. Ihm genügte es vollauf, seinem eigenen Chef Bericht erstatten zu müssen und im Kontakt zu Felix zu bleiben.

Bei der Sekretärin erkundigte sich der Kommissar, ob der Oberstudienrat Buchhorn in der Bibliothek sei oder wo sonst im Hause er ihn finden könne. Die Sekretärin warf einen Blick in den Raumbelegungsplan und verkündete Herr Buchhorn halte gerade Unterricht.

»Soll ich ihn per Sprechanlage ausrufen und hierher bitten?«, fragte sie diensteifrig. Der Kommissar lehnte ab. Das würde leicht zu Mutmaßungen Anlass geben. Um 14 Uhr – so daraufhin Frau Blättle, ganz terminorientierte Sekretärin – werde er wieder in der Schule sein.

»Gut!«, ließ sich Gero Wolfer vernehmen und steuerte auf die Tür zu. Er hoffe, dann Herrn Buchhorn in der Bibliothek anzutreffen, ob sie das arrangieren könne. Frau Blättle sicherte das zu und erinnerte den Kommissar, der schon halb draußen war, dass er um 15 Uhr das gewünschte Treffen mit dem Oberstufenkurs Geschichte von Frau Hartig habe. Diese bereits in aller Form verabschiedeten Abiturienten seien informiert und würden sich im Raum 211 einfinden. Der Pausengong ertönte. Eilig verschwand Kommissar Wolfer, um nicht der frischgebackenen Referendarin an dieser Schule in die Arme zu laufen.

Im Polizeipräsidium begegnete er im Flur der gemütlichen Sekretärin Frau Müller.

»Oh, Herr Wolfer, gut, dass Sie jetzt da sind! Der Chef hat schon nach Ihnen gefragt. Die Presse will sich wieder mal nicht gedulden«, sagte sie und lächelte ihm verständnisvoll zu.

»Kann ich mir denken«, sagte er und zog die Augenbrauen hoch. Er verschwand in seinem Büro, änderte dann aber seinen Entschluss, kehrte um und machte sich auf den Weg zum Chef: »Unangenehmes erledigen wir sofort!«, verordnete er sich verbissen. Wie viel lieber hätte er jetzt die erfrischend unkomplizierte Jungkommissarin bei sich gehabt! Aber nein, die hielt ja Unterricht! Er atmete tief durch, klopfte und trat ein. Der Chef bat ihn, Platz zu nehmen. Gero Wolfer schaffte es tatsächlich, ihm in ruhigem Ton den Stand der Ermittlungen zu schildern und dessen Empfehlungen, wie beim derzeitigen Stand mit der Presse umgegangen werden sollte, gelassen zur Kenntnis zu nehmen. Als er die Tür hinter sich schloss, hatte er das Gefühl, einen Fortschritt gemacht zu haben: Kein aufwallender Ärger, keine heftigen Worte, ein Plus an Gelassenheit. Merkwürdig! War es das Alter? Die vierzig hatte er hinter sich – der Schwabe wird da ja bekanntermaßen, gescheit'. Der Hauptkommissar ließ seinen Chef mit den Informationen zurück.

Er beschloss, den Zehntklässler Andreas, den mit seiner in Deutsch fünf hadernden Handwerkersohn, aufzusuchen. Wie weit wohl dessen Wut auf die Lehrerin Hartig gereicht hatte? Er warf sich ins Auto und ab ging es zur Zeppelinstraße. Aus dem Autoradio waren die letzten Worte des Wetterberichts zu hören: »Weiterhin schwül-warmes Sommerwetter. Temperaturen um 34 Grad.« Auch das noch! Sehnsucht nach einem kräftigen Gewitter erfasste ihn. Er trat aufs Gaspedal und fragte sich, wo in aller Welt er in der Nähe der Zeppelinstraße zu einem schnellen Mittagsimbiss kommen könnte. Nirgends, lautete die Antwort. Gepflegte Wohngegend – weiter nichts. Vielleicht würde es wieder ein Zwischenhalt beim Metzger in der Nähe des Schwabtunnels werden. Der lag wenigstens am Weg nach Kaltental. Zwei Nachmittagstermine hatte er dort am Anna-Scheufele-Gymnasium vereinbart.

Wollte er diesen Beruf eigentlich lebenslang ausüben, immer unterwegs, noch dazu in einer solchen Hitze, fragte er sich unvermittelt. Lehrer bekamen an solchen Tagen hitzefrei, oder? Aber was half ihnen das, wenn man nun auch an Schulen von Gewalttaten bedroht war! Wer zum Teufel hatte diese Tat begangen? Noch dazu an dieser Schule! Er schüttelte den Kopf. Geradezu idyllisch gelegen, gutes Einzugsgebiet, Schüler aus gehobener Bürgerschicht und manche eher aus Kaltental unten, wo auch weniger betuchte, aber strebsame Familien lebten, stellte er sich vor. Das passte alles nicht zusammen mit dem Bild, das man von Gewalt an Schulen hatte. Das war kein sozialer Brennpunkt hier. Noch dazu eine Privatschule! Wie also war es zu dieser Tat gekommen? Er kam zu keiner Lösung. Lag es an der Hitze?

Wann war er eigentlich das letzte Mal schwimmen gewesen? War es wirklich schon über zwei Jahre her – mit Mirella im Urlaub in Italien und dann letztes Jahr mit ihr beim Segeln in Unteruhldingen am Bodensee? Aber hier in

Stuttgart? Im Leuze, ja genau im Mineralbad Leuze war er früher, als Sabine noch zur Schule ging, mit ihr und ihrer Mutter häufig am Wochenende gewesen. Das war aber lange her, meine Güte!

War nicht das Heslacher Stadtbad im Stuttgarter Westen für ihn von seiner jetzigen Wohnung aus sogar zu Fuß erreichbar? Das schöne traditionelle Hallenbad von dem ihm kürzlich sein Kollege Bratner vorgeschwärmt hatte. Jetzt dort sein und ein paar Bahnen schwimmen! Es sei 1929 als das modernste und größte Hallenbad Deutschlands in einer Architektur-Zeitschrift gerühmt worden hatte der Kollege erzählt, der dort öfter schwimmen ging. Gero erinnerte sich an das weit gespannte und gestaffelte Dach, das die Schwimmhalle erstaunlich groß und hell wirken ließ. Er war dort schon lange nicht mehr gewesen. Ob es ihm wohl heute Abend noch reichen würde? Was war das nur für ein Beruf! Oder lag es an ihm selbst, wenn es dem Kollegen doch gelang, dort immer wieder sich Kühlung und Bewegung zu verschaffen?

Zehn Uhr an diesem Dienstagvormittag war es wohl gewesen, als die Wohnungsklingel im Haus der Frau Dettinger in der Reutlinger Straße schrill ertönte. Seit dem Tod ihrer Mieterin Patrizia Hartig war die Hausbesitzerin nicht mehr wie sonst bei jedem Klingeln zur Haustür geeilt. Neuerdings beäugte sie zuerst den Hauseingang durch ein Fenster hinter Gardinen und Blumenstöcken stehend. Es klingelte zum dritten Mal. Draußen stand eine junge Frau. Ach, das ist doch die Freundin von Herrn Hartig, dachte sie erleichtert und ging, um ihr zu öffnen.

»Frau Dettinger, ich brauche Ihre Hilfe. Meinem Freund, also dem Herrn Hartig geht es nicht gut. Der ist fix und fertig mit den Nerven. Im Moment ist er noch bei seinen Schwiegereltern in Metzingen. Er fühlt sich mitschuldig am Tod seiner Frau. Wäre er nicht ausgezogen oder hätte er sich mehr um sie gekümmert, sagt er immer wieder, dann lebte sie noch.«

»Ja, und wie soll ich da helfen?«

»Er hat noch ein paar Sachen oben in der Wohnung und braucht noch ein paar Unterlagen für die Bestattung seiner Frau. Er bittet Sie, mich kurz oben in die Wohnung zu lassen.«

»Ja freilich! Hm, halt! Das geht gar nicht; die ist doch versiegelt! Wissen Sie das nicht? Sie müssten sich bei der Polizei die Erlaubnis holen. Ich kann Ihnen da nicht helfen. Und ich würde es ja so gern für den armen Herrn Hartig tun!«

»Ach, Frau Dettinger, es pressiert aber! Sie wissen doch selber, wie das bei der Polizei dann wahrscheinlich abläuft: Warten, ewig auf einen Termin warten! Ich brauche ja nur die paar Sachen. Ich dachte, wenn Sie es wissen oder dabei sind, geht es doch.«

»Ich würde Herrn Hartig gern helfen, aber wie Sie das Problem mit der versiegelten Tür lösen, dafür übernehme ich keine Verantwortung. Sie haben ja sicher von ihm den Schlüssel. Ich halte mich da raus.«

Bedauernd schüttelte sie ihren grau gekräuselten Kopf und zog sich schnell in ihre Wohnung zurück. Herrn Hartigs Freundin Ingrid eilte die Treppe hoch. Siegel hin oder her! Sie schloss auf. Etwa eine Viertelstunde später stand sie wieder unten und sagte der Hausbesitzerin, sie gehe jetzt. Außer ihrer Handtasche hatte sie keinerlei Gepäck. Wohin hatte diese Ingrid die Unterlagen gepackt, die sie holen wollte? Ratlos sah Frau Dettinger ihr nach.

Sollte sie den Kommissar anrufen oder lieber die junge Kommissarin? Fiel sie damit dem armen Herrn Hartig und seiner Ingrid in den Rücken, sodass er es noch schwerer hatte? Sie beschloss, in Ruhe darüber nachzudenken, vielleicht auch zuerst mit ihrer Schwester am Telefon zu besprechen, was zu tun sei, wie sie es bei wichtigen Entscheidungen zu tun pflegte.

Endlich Schule aus, es war 13 Uhr! Puh, wie lang so ein Schulvormittag sein konnte! Gar nicht »frisch« sah die junge Kriminalkommissarin aus. Sie fühlte sich auch nicht so. Dabei hatte Felicitas Ulmer selbst ja nur zwei Unterrichtsstunden gehalten und sich die übrige Zeit im Hause umgesehen und mit Schülern und Lehrern zwanglos Gespräche geführt. Bei der 10a hatte sie sich hinten in die letzte Reihe gesetzt und nur zugehört, wie Frau Sommersberg mit der Klasse über das Abifest und alles, was damit und mit dem Schulklima zusammenhing, diskutierte. Wichtiges Neues hatte sich aber bei all den Gesprächen nicht ergeben. Schüler der Mittel- und Unterstufe ergingen sich gern in den wildesten Spekulationen, manche empfanden sich offenbar wie Mitwirkende in einer TV-Reality-Show nach dem Motto »endlich mal was los«. Andere wirkten ängstlich. Zeit, dass Licht in das Dunkel um den Tod von Frau Hartig kam! Felicitas Ulmer ging vor ihrem inneren Auge noch einmal den Vormittag durch: Sie hatte ihren Kollegen Wolfer angerufen, von dem nicht ganz geschlossenem Fenster im Erdgeschoss erfahren und sich dieses auch unauffällig angesehen, nachdem sie mit einigen Oberstufenschülerinnen und Schülern im Aufenthaltsraum dort auf einem leicht demolierten wuchtigen Ledersofa sitzend Kaffee getrunken hatte. Aber jetzt ging es ja ab zum Mittagessen mit Kolleginnen ins nicht weit von der Schule gelegene Sportvereinsheim. Dort – so hatten die neuen Kolleginnen ihr berichtet – pflegte die

Lehrerschaft öfters zum Pizzaessen zu erscheinen. Es waren immer die gleichen Gruppen, die dort hinstrebten: die Jungen, die Neuen, die Singles, ein paar, die weiter auswärts wohnten und solche, die nachmittags Unterricht oder sonst etwas in der Schule zu tun hatten. Eine Gruppe startete jeweils schon um 12.10 Uhr, die zweite dann um 13 Uhr, wie jetzt die Kolleginnen, die bereitwillig auf den Wunsch der Neuen, sie etwas in den Schulbetrieb einzuführen, eingegangen waren. Ein runder Tisch wurde gewählt und die Bestellungen aufgegeben. Man saß im Freien unter blauen Sonnenschirmen. Außer den Lehrerinnen waren im Moment keinerlei Gäste da. Diese waren entweder schon wieder fort, oder – meist Rentnerinnen und Rentner – trudelten dann zur Kaffeezeit am Nachmittag ein, so berichteten die Kolleginnen ihrer neuesten Referendarin Felicitas Ulmer.

Das Gespräch der Kolleginnenrunde drehte sich sogleich um den Tod der Kollegin Patrizia Hartig und ihre Lebenssituation. Ja, die Patrizia sei zuletzt nicht mehr so gewesen, wie man sie aus Referendarzeiten her kannte, die Perfekte, die Kompetente, Selbstständige. Neuerdings habe sie ihr langes naturgelocktes Haar immer häufiger offen getragen. Sie habe sich nicht mehr so damenhaft oder Sekretärinnen-like gekleidet, nein in engen Jeans und flotten Tops unter dem seriösen Jackett sei sie in der Schule erschienen. Mal war sie jugendlich vergnügt, an anderen Tagen sah sie eher gestresst und fast übernächtigt aus. Ja, die Trennung und Partnerproblematik setzten ihr ganz offensichtlich zu. Wie hätte es auch anders sein können. Aber zuweilen erschien sie den Kolleginnen auch wie befreit und zu jugendlichem Leichtsinn aufgelegt. Vielleicht war die Trennung ja auch eine Art Befreiungsschlag gewesen. So richtig schlau sei aber keine aus ihr geworden. Barbara Sommersberg, die Patrizia am nächsten gestanden hatte, nickte nachdenklich. »Vielleicht will Frau Sommersberg nicht, dass hier alles über ihre Freundin breitgewalzt wird«, schoss es Felicitas Ulmer durch den Kopf. Um den Mutmaßungen nicht noch mehr Raum zu geben, lenkte sie das Gespräch in eine andere Richtung und erkundigte sich zunächst einmal nach dem Schulpsychologen. Das sei doch ein nützlicher Job an einer Schule. Wie der Herr Wolkensteig denn so sei und was er so treibe.

»Oh, unser Edwin! Dem geht es zurzeit gar nicht gut. Habt ihr gehört, seine Frau ist jetzt ganz weg, richtig ausgezogen, und die Kinder hat sie mitgenommen.«

Es hatte sich schon herumgesprochen und keine der Anwesenden ergriff seine Partei. Das sei ja wohl überfällig gewesen nach dem, wie er sich an Kolleginnen herangemacht hatte. Und dabei sei es ja bereits bekannt, was mit ihm los sei: wenig eben! Nicht mal richtig küssen könne er, ganz zu schweigen vom Rest. Das hätten nun schon zwei Kolleginnen durchblicken lassen. Gekicher in der Runde.

»Ach, und mit dir hat er es auch schon versucht?«

Es zeichnete sich noch ein weiterer Fall ab. Die Runde wurde immer heiterer, zumal zwei Kolleginnen bereits die zweite Weinschorle konsumiert hatten. Mit der Bemerkung, »Also Felicitas, jetzt weißt du, was da auf dich zukommt«, wurde das Thema abgeschlossen.

»Na, wenn du Sportlehrerin wärest, da könntest du auch noch Szenen solcher Art erleben.«

Eine der Anwesenden erzählte, wie sie den Hausmeister hinter der Tür der Sporthalle in enger Umarmung mit einer der Putzfrauen versehentlich gestört habe. Einhellige Meinung des Publikums: Ja mit seinen Putzfrauen, das heißt mit der Truppe der ihm unterstellten Damen, gehe er um wie der Obermacho, um nicht zu sagen der Gockel im Hühnerhof.

»Was?«, bemerkte Felicitas Ulmer, »der schaut doch gar nicht so aus. Der wirkte so ernst. Hat der keine nette Frau? Die wohnt doch da?«

Über die Ehe des Hausmeisters wurden nun allerlei Teilinformationen und Mutmaßungen ausgetauscht. Anscheinend führte Frau Kächele zu Hause straff Regie. Zwei Kolleginnen hatten – unabhängig voneinander – Gesprächsfetzen der Eheleute beim Pausenverkauf und beim Schulfest mitbekommen, die darauf hindeuteten.

»Macht er sich auch an Lehrerinnen ran?«, fragte Felicitas Ulmer in die Runde.

»Ja, vielleicht an ganz neue, junge, rothaarige«, meinte eine Kollegin augenzwinkernd. Aber bisher habe man in der Richtung noch nichts gehört. Möglicherweise sei ihm die Sache bisher einfach nicht geglückt. Die Patrizia, nein, bei der hätte er sowieso keine Chance gehabt. Und überhaupt habe die einmal gesagt, wenn sie einen Mann wolle, dann keinesfalls einen verheirateten.

»Oft kommt es dann aber doch anders«, bemerkte trocken Barbara Sommersberg.

»Wo die Liebe hinfällt …«

»Ja Barbara, glaubst du denn, unsere Patrizia hätte sich mit unserem Kächele eingelassen? Weißt du da etwas, was wir nicht wissen? Kannst du dir das vorstellen? Also ich jedenfalls nicht.«

Barbara Sommersberg zuckte die Schultern und sagte:

»Ich glaub' es ja auch nicht. Aber sicher ist man nie.«

Sie schwieg. Ihr war eingefallen, wie ihre Freundin Patrizia, von der hier so ausgiebig die Rede war, sich beschwingt nach einem Glas Wein einmal mit einem Taxifahrer spontan einen schönen Abend gemacht hatte. Und die Schilderung einer noch jüngeren Freundin fiel ihr ein, wie diese ebenso spontan einmal die Loverqualitäten ihres italienischen Friseurs überprüft hatte. Sie schmunzelte vor sich hin. »Note drei«, hatte die zweite Freundin etwas ernüchtert den Starfigaro eingestuft, als sie ihr von diesem Kurzabenteuer erzählt hatte.

Die Kommissarin erkundigte sich noch nach dem »Bücherwurm«.

»Ach, du meinst den Buchhorn? ›Buchwurm‹ nennen ihn die Schüler. Der unterrichtet Deutsch. Ja, der ist schon schrullig. Wieso? Da musst du mal den Katschenfeld fragen, der weiß mehr über sein Leben ganz früher, vor unserer Zeit. Er sagt, der Buchwurm habe Familie gehabt damals. Aber genau weiß er es auch nicht. Jedenfalls lebt er in der Schule ganz versponnen in ›seiner‹ Bibliothek. Zu Hause, so sagt der Katschenfeld, habe der Buchwurm einen Flügel und spiele super Klavier. Früher habe er sogar sehr schön gesungen, Schubertlieder und so. Komisch, so was? Dass der gern in die Schule kommt, wo er doch mit den Kollegen kaum spricht und von manchen Klassen geärgert wird? Echt komisch!«

»Was macht er denn da in der Bibliothek so alles?«

»Ja, das frage ich mich auch. Katalogisieren, Inventarisieren, Archivieren und was weiß ich. Es ist ja bloß eine Lehrer-Handbibliothek, da müsste er eigentlich nicht so schrecklich viel zu tun haben.«

Mittlerweile nahmen die Damen genüsslich ihren Espresso ein. Unerbittlich zeigte die Uhr auf Viertel vor zwei, Zeit für den Nachmittagsunterricht, höchste Zeit sogar! Die plötzlich aufkommende Hektik war der Bedienung nichts Neues. Sie hatte alle Rechnungen vorbereitet.

Barbara Sommersberg fuhr pflichtbewusst direkt nach Hause, wo sie 24 Schülerhefte erwarteten, die bis zum andern Morgen korrigiert sein mussten. Englische Grammatiksätze von Schülern in Gruppen A und B aufgeteilt bearbeitet. Hoffentlich hatte nicht wieder ein Schlauberger die Gruppe mit einem andern quasi diagonal getauscht, um von seinem Nebensitzer abschreiben zu können. Auf was für Ideen Jugendliche doch immer wieder kamen! Sie konnte sich allerdings nicht vorstellen, dass jemand aus der Schülerschaft am

Tod ihrer Freundin Patrizia Hartig schuld sein könnte oder daran beteiligt war.

Ihr kam ein Zitat von Shakespeare in den Sinn: »The lunatic, the lover and the poet are of imagination all compact…« – wie ging das nur weiter, hm! »Der Wahnsinnige, der Verliebte und der Dichter, sie alle sind voller Fantasie…«. Alle drei verändern die Wirklichkeit, hieß es da bei Shakespeare, verändern sie durch ihre Fantasie, sei es zum Schlimmen – sei es zum Wunderbaren. Es hatte sie immer beeindruckt, mit wie viel psychologischem Scharfsinn – und das schon damals im 16. Jahrhundert – diese Erkenntnis zu Papier gebracht worden war. Fantasie, Einbildungskraft, Überhandnehmen von Gefühlen – war das nicht bei Gewalttaten oft der Hintergrund, vor dem dann Unfassbares geschah?

Patrizia, ihre Freundin und Kollegin, wie war sie nur zu Tode gekommen? Gefühlvoll konnte sie sein, das stimmte. Zwei Gedichte hatte sie ihr, der befreundeten etwas älteren Kollegin, schon mal gezeigt. Nicht schlecht in ihrer Art. Aber derart poetisch war sie nicht, als dass solche Gefühlsaufwallungen ihren Alltag überwuchern würden. Patrizia war ehrgeizig und konnte sich durchsetzen. Ihre Eltern hatten sie bald schon dazu gedrängt, ins Berufsleben zu gehen. Zu studieren kam nicht infrage. Die Mutter, so hatte Patrizia erzählt, musste die Familie fast allein durchbringen, nachdem der Vater alkoholkrank vorzeitig in Rente gekommen war. Patrizia hatte ihr Studium schließlich nach zäher Arbeit, eisernem Sparen und mit einem Teilstipendium finanzieren können.

Ob sich Patrizia vielleicht verliebt hatte und sich im Zusammenhang damit unversehens in schwierige Zusammenhänge verwickelt hatte? Verliebt sein und die Realität im Alltag, das wollte ja oft nicht gut zusammenpassen!

Wie Barbara Sommersberg auch nachdachte, sie kam zu keinem Ergebnis. Es war ihr an Patrizia nichts aufgefallen, schon gar nicht in neuerer Zeit. Kein Wunder eigentlich, jeder im Kollegium war mit der Abwicklung von Abiturprüfungen oder mit letzten Klassenarbeitskorrekturen für die Zeugnisse bis über die Ohren beschäftigt, sommerliche Hitze hin oder her!

Seufzend setzte sie sich an ihren Schreibtisch und legte den Stapel von Schülerheften bereit. Sie sah einzelne der Schüler vor ihrem inneren Auge, hoch-pubertär, voller Unsinn im Kopf, von Unsicherheiten wie von gelegentlichen Ausbrüchen von Unverschämtheit, kurzum von Stimmungsschwankungen geplagt. Wenn es nach ihr ginge, könnte man zu Shakespeares Dreiergruppe der Poeten, Verliebten und der Wahnsinnigen oder psychisch Kranken also, eine vierte hinzufügen, die der Pubertierenden. Diese befanden sich zum Glück wenigstens nur vorübergehend und gelegentlich in einem Zustand der Realitätsferne. Aber wie lange konnte dieser Zustand doch bei manchem dauern – gelegentliche Rückfälle nicht ausgeschlossen!

Tja, zu Shakespeares Zeiten sah das Leben von 14-Jährigen anders aus! Die waren schon im Berufsleben angekommen oder auf dem Weg zur Uni. Egal jetzt! Mal sehen, was sie in diesen Klassenarbeiten erwartete, während draußen die Sonne strahlte, ihre Schüler sich wohl im Schwimmbad vergnügten und deren Eltern, wie viele andere Erwachsene, die Meinung »Lehrer haben vormittags recht und nachmittags frei«, als vermeintliche Tatsache für alle Zukunft in ihrem Kopf bewahrten.

Sorgfältig und nachdrücklich im wahrsten Sinn des Wortes versah Oberstudienrat Buchhorn gerade die neuesten Hefte »Informationen zur politischen Bildung«, »Politik und Unterricht« mit dem Schulstempel »Lehrerbibliothek – Anna-Scheufele-Gymnasium Stuttgart«, da ging nach kurzem Klopfen die Tür auf. Es war 14.14 Uhr: Kommissar Wolfer, wie angekündigt. Herr Buchhorn legte behutsam den Stempel in die Schublade neben das Stempelkissen, schob die Schublade zu und begrüßte den Besucher. Er bot ihm dieses Mal seinen – nüchtern betrachtet schulmuseumsreifen – Schreibtischstuhl an.

»Was führt Sie heute hierher, Herr Kriminalhauptkommissar?«, fragte er mit der Andeutung eines Lächelns und ohne Stocken.

»Dasselbe wie letztes Mal. Es könnte sein, dass in der Nacht des Abifests, am Samstag, jemand unten im Erdgeschoss in das Oberstufenzimmer ging, um dort durch das Fenster zu verschwinden. Vielleicht war diese Person auch schon durch das Fenster ins Schulgebäude gelangt. Sie sagten mir doch, Sie hätten eine Gestalt vorbeihuschen sehen. Haben Sie darüber nachgedacht?«

»Ja, natürlich, ausgiebig, Herr Kri…, Herr Kri…«

Er kam ins Stottern und setzte neu an: »Herr Kriminalhauptkommissar.«

Immer wieder stotternd fuhr er fort: »Es war wie eine schemenhafte Gestalt, mittelgroß und ganz schnell, wenn es tatsächlich so war, und wenn ich mich nicht getäuscht habe. Es war zu dunkel, Sie wissen, Sparbeleuchtung bloß, da konnte ich nichts mehr erkennen, noch nicht mal, ob Mann, ob Frau. Aber rasend schnell war die Gestalt. Und tatsächlich lief sie Richtung Oberstufenzimmer. Das stimmt! Mehr weiß ich nicht.«

»Okay, das ist ja schon mal was. Danke, Herr Buchhorn!«

Gero Wolfer nickte ihm im Gehen zu. Nachdenklich verließ er die Schule. Wie »normal« für Herrn Buchhorn war dieses Stottern gewesen? Entsprang es vielleicht einer außergewöhnlichen Aufregung? Was bewegte diesen Kauz? Und hatte er wirklich alles berichtet? Gero Wolfer schaute auf die Uhr: keine Zeit zum Nachdenken! Die Abiturienten warteten auf ihn.

Als Kriminalhauptkommissar Wolfer bald darauf die Tür zum kleinen Klassenraum 211 öffnete, wandten sich ihm zwölf Gesichter von ernst dreinschauenden jungen Leuten zu. »Leidtragende« oder besser »Betroffene« schauen so, schoss es ihm durch den Kopf. Einer hustete, die anderen schauten erwartungsvoll nach vorne. Der Kommissar setzte sich nicht an das Pult oder genauer das Lehrerschreibtischmöbel vorne, sondern zog sich einen der kleinen Einzeltische und einen Stuhl her, sodass er ihnen weniger augenfällig als Autoritätsträger gegenübersaß.

»Grüß Gott, und danke, dass Sie gekommen sind«, begann er das Gespräch.

»Mein Name ist Gero Wolfer. Ich arbeite bei der Kripo Stuttgart und möchte aufklären, wie Ihre Lehrerin, Frau Hartig, zu Tode kam und unter welchen Umständen. Sie sind diejenigen, die als Schülerschaft am häufigsten mit ihr in Kontakt standen. Von Ihnen erwarte ich mir deshalb nützliche Hinweise. Auch die geringste Kleinigkeit kann unter Umständen etwas bringen. Also zögern Sie nicht, auch scheinbar Unwichtiges zu äußern, wenn wir jetzt zusammen den Verlauf des Samstagabends rekonstruieren. Wie ich hörte, haben Sie der Frau Hartig am Samstagabend bei dem Fest auf der Bühne ein Geschenk überreicht, ein gut ausgedachtes Geschenk, einen Theatergutschein, ein Abo für eine ganze Saison. Finde ich eine tolle Idee! Wie kamen Sie drauf?«

»Na ja, Frau Hartig war Theater-Fan«, erklärte ein schmales junges Mädchen – passender wäre wohl »junge

Erwachsene« – überlegte Gero Wolfer. Er bat sie, ihren Namen zu nennen.

»Frau Hartig hat immer versucht, auch uns fürs Theater zu begeistern – ach ja, Sarah heiße ich«, schob sie nach.

»Als wir in Berlin waren, hat sie versucht, uns dazu zu bringen, fast jeden Abend mit ins Theater zu gehen, aber damit kam sie nicht weit«, erzählte amüsiert ein großer Dunkelhaariger. Es dauerte nicht lange, bis die jungen Leute ins Gespräch geraten waren, ein Gespräch, bei dem es zwischen ihnen hin und her ging, wie in einer lebhaften Familienrunde bei Tisch. Sie müssen sich gut kennen, überlegte Gero Wolfer. Hin und wieder fuhren sie sich auch korrigierend an: »Ach wo, Steffi, jetzt übertreibst du aber mal wieder.« – »Das kann ja wohl nicht dein Ernst sein, Heiko« und so. Der Kommissar hielt sich bewusst zurück. Bald kam er sich wie ein Zuschauer oder Lauscher vor, und das war ihm recht so.

»He, wo ist denn der Boris? Sag mal Igor, weißt du was?«

»Ja, mich hat er angerufen und gesagt, er hat sich das Bein verletzt beim Training, und ich soll ihn entschuldigen.«

»Was trainiert er denn?«, fragte Kommissar Wolfer.

»Handball. Der ist ziemlich gut.«

»Und wie heißt er weiter?«

»Wartuschek, Boris Wartuschek.«

Der Kommissar notierte das beiläufig und lenkte zum Thema Berlinreise zurück.

»Und wo haben Sie übernachtet in Berlin?«

»Im Jugendgästehaus zum Sonderpreis, das waren tolle Zimmer!« – und schon war die Runde im Schwärmen. Gelegentlich flocht der Kommissar eine Frage ein, die zur Person der Frau Hartig zurückführte.

Dieser Kurs schien gut mit ihr ausgekommen zu sein. Kaum, dass mal einer der Jungs sagte, sie sei streng gewesen und habe viel gefordert, gleich fuhren dann einige Mädchen dazwischen und versicherten, aber gelernt habe man viel, und gerecht sei sie gewesen, auch, wenn man sich manchmal über seine Note geärgert habe. Ob Frau Hartig ihnen in neuerer Zeit verändert vorgekommen sei? Nachdenken. Nun, in letzter Zeit, vor dem mündlichen Abi habe sie gestresst und manchmal gereizt gewirkt.

»Na ja, vor dem Abi, die hatte da ja auch 'ne Menge zu tun, mit den Themen und den Texten und so!«

Vor dem schriftlichen Abi sei das ähnlich gewesen, da habe sie noch »maximal alles an uns rankriegen wollen. Das war schon tierisch viel für uns«.

Aber sonst? Es sei ihnen nichts Besonderes aufgefallen, eher in Berlin am ersten Abend, da habe sie ganz schön mitgebechert und sei aus sich herausgegangen. Das war, als sie alle nach dem Stadtrundgang am Potsdamer Platz, wo sie die Preise viel zu hoch fanden, ins Hotel zurückgefahren waren und sich in dem einen Mädchenzimmer gemütlich zusammengesetzt hatten. Da habe sie ganz locker gewirkt, anders als sonst immer. Und an den anderen Abenden? Da habe man sie einmal mit dem Lehrerkollegen weggehen sehen, Theatervorstellung, ja natürlich, und einmal im Hotel vorne am Fenstertisch zur Straße hin, sei sie mit ihm beim Essen gesehen worden.

Sie selber seien immer in Gruppen losgezogen in Kneipen und Discos. Wenn sie morgens alle da waren, habe ihr das genügt. Schließlich seien ja alle achtzehn, und da sei das ja selbstverständlich.

»Und in letzter Zeit, gab es da noch irgendetwas Bemerkenswertes, was vielleicht mit ihrem Tod zu tun haben könnte?«, kam der Interviewer hartnäckig auf sein Thema zurück.

»Nein, echt nichts«, so die einmütige Meinung der Runde.

Klar, werde man darüber noch mal nachdenken, auch über die Ereignisse beim Abifest und die Geschichte mit dem Fenster im Oberstufen-Aufenthaltsraum. Aber sie wüssten darüber nichts und hätten auch nichts von anderen gehört, außer irgendwelchen Fantasiegeschichten und Quark von Schülern, die auch nichts wüssten. Damit trennte man sich, nicht ohne, dass jeder des Kommissars Karte mit Telefonnummern bekam. Etwas gelockerter, als sie gekommen waren, gingen die jungen Leute miteinander schwatzend die Treppe des Schulhauses hinunter. Mancher vielleicht für lange Zeit oder gar zum letzten Mal überhaupt, sinnierte Kommissar Gero Wolfer.

Ein munterer Haufen, ging es dem Kommissar auf seiner Fahrt zum Polizeipräsidium durch den Kopf. Die hatten ganz offensichtlich ihre Lehrerin gemocht und konnten an der Tat nicht beteiligt gewesen sein. Das hätte nicht gepasst. Gut, den wegen Erkrankung Fehlenden, werde man noch einzeln befragen. Aber, hatte er es nicht gleich zu Felix gesagt, die Lösung dieses Falls in der Schule zu suchen, das brächte nichts. Oh Rotschopf Felix! Geglaubt hatte sie ihm nicht. Na gut, dafür musste sie jetzt Unterricht halten. Strafe genug! Obwohl, wenn die jungen Leute so wären, wie die Gruppe gerade eben, dann wäre es erfrischend… Hm! Die Mädchen auf jeden Fall. Er seufzte. Aber halt! Wenn es keiner von der Schule war, wie war der Täter in das verschlossene Schulhaus gekommen? Rein und raus durchs Fenster? Laut Obduktionsbericht musste der Tod ja schon vor Sonntagmittag eingetreten sein. Hatte der Lehrerin Hartig vielleicht jemand aufgelauert, nachdem sie das Fest verlassen hatte, und war dann mit ihr ins Klassenzimmer gelangt, als sie aufschloss?

Bestohlen worden war sie allem Anschein nach nicht. Vielleicht hatte der Täter andere Absichten gehabt. Der Täter: jemand, der keinen Schulschlüssel hatte, – das könnte auch der Ehemann sein. Sagte er es doch! Nur Felicitas Ulmer, die »Jungkommissarin«, die meinte ja von Anfang an, die Lösung dieses Falls liege in der Schule. Oh Felix!

Während solcher Überlegungen auf der Fahrt war er im Polizeipräsidium angelangt und stand nun vor seinem Schreibtisch. Die Kollegen hatten ihm ihre Recherche-Ergebnisse in Sachen Externen-Abiturienten des Anna-Scheufele-Gymnasiums vom Abendgymnasium hergelegt. Ob sich dabei wohl doch der Reifenstecher fände? Ob der vielleicht aus Zorn über seine Abitur-Prüfungsnote gegenüber Frau Hartig tätlich geworden war? Vielleicht hatten der Mord und die Reifenstecherei ja auch gar nichts miteinander zu tun und es handelte sich um zwei verschiedene Täter. Er machte sich an die Auswertung der angeforderten Prüfungsunterlagen, um festzustellen, wer von den Abiturienten wohl ein Motiv gehabt haben könnte.

Das Telefon unterbrach ihn. Es meldete sich mit kleinlauter Stimme Frau Dettinger aus Degerloch. Sie teilte mit, dass die Freundin von Herrn Hartig in der Wohnung oben gewesen sei – trotz des Siegels an der Tür.

»Und warum haben Sie mir das nicht sofort gemeldet, als sie noch drin war?«

»Ich war mir so im Zweifel, Herr Kommissar! Ich wollte dem Herrn Hartig doch nicht schaden. Seine Freundin sagte, er braucht aus der Wohnung Unterlagen für die Bestattung. Er tut mir ja so leid. Ich wusste einfach nicht, wie ich's richtig machen sollte. Aber meine Schwester hat mich gedrängt, es Ihnen jetzt doch zu sagen, Herr Kommissar.«

Er unterdrückte einen Fluch und fragte:

»Hat Herr Hartigs Freundin nach Ihrer Beobachtung etwas mitgenommen?«

»Nein, ich habe nichts gesehen. Sie hatte nur ihre Handtasche bei sich, sonst nichts.«

»In Ordnung. Wir werden dann vorbeikommen, Frau Dettinger.«

Zum Teufel aber auch! Da stimmte doch etwas nicht. Wo arbeitete diese Freundin noch? Angestrengt dachte er nach.

War es nicht im Marienhospital? Nachsehen. Tatsächlich! Jetzt nichts wie los zu ihr, Schwester Ingrid in der HNO-Abteilung. Hoffentlich war sie da! Unterwegs noch versuchte er, Felicitas Ulmer zu erreichen. Unauffindbar! Wie das denn? »Der Teilnehmer ist vorübergehend nicht erreichbar.«, vermeldete ihr Handy. »Sie können eine Nachricht hinterlassen.« Das tat er auch. In welchem Funkloch steckte Felix bloß?

Anschließend nahm er Kontakt zu dem Kollegen auf, der Alwin Hartig beschattete.

»Nichts Besonderes«, meldete der aus Metzingen – hörbar gefrustet. Über die Freisprechanlage in Geros Dienstwagen klang seine Stimme schnarrend, auch als er Genaueres meldete:

»Seit gestern Nacht ist er hier bei den Schwiegereltern. Der feiert krank und lässt sich nicht blicken. Verdammt langweiliger Job. Wie lange soll das noch gehen?«

»Halt' mich auf dem Laufenden, okay?«, war alles, was er zur Antwort bekam. Gero Wolfer tauchte jetzt mit seinem Wagen in die Tiefgarage des Marienhospitals ein. Und gleich per Aufzug hoch zum Schwesternzimmer! Glück gehabt! Da stand das langweilige Blondchen mit seinen braunen Rehaugen im Glasvorbau des Stationszimmers.

»Halt, halt, was wollen Sie hier?«

Eine resolute Schwester vom alten Schlag, in der Ordenstracht der Vinzentinerinnen, schritt auf ihn zu.

»Zu Schwester Ingrid. Es eilt!«

»Die ist im Dienst, da müssen Sie sich gedulden, mein Herr!«

Gero Wolfer fummelte seinen Dienstausweis heraus.

»Ich bin ebenso im Dienst, Kripo Stuttgart, es geht um dringende Ermittlungen.«

Die ältere Schwester schaute erschrocken hoch und änderte ihre Tonlage.

»Ach so, ach so! Bitte, dort drüben steht sie.«

Die Gesuchte hatte den Kommissar inzwischen bemerkt und schickte sich an, in das hintere Schwesternzimmer zu verschwinden. Gero Wolfer stürmte ihr nach.

»Wir hatten doch heute Morgen bereits das Vergnügen. Schon vergessen? Und die rechtlichen Erläuterungen zur Degerlocher Wohnung auch schon vergessen? Frau Ziegel, ich erwarte eine Erklärung. Was haben Sie in der Wohnung gesucht?«

Ingrid Ziegel zog die Tür des hinteren Schwesternzimmers zu, erleichtert darüber, dass keine Kollegin im Moment anwesend war.

»Ich habe nichts Gesetzeswidriges tun wollen, aber für Alwin brauchte ich dringend ein paar Sachen aus der Wohnung. Es geht ihm so schlecht. Er ist fix und fertig und gibt sich die Schuld am Tod seiner Frau. Er hätte sie nicht allein lassen sollen, sagt er. Sie war überfordert, sagt er. Er hätte es wissen müssen. Die Schwiegereltern in Metzingen haben am Montagabend einen Arzt für Alwin gerufen, so fertig war er mit den Nerven. Der hat ihm was Beruhigendes gegeben. Aber Alwin ist weiterhin völlig zerstört. Wenn ich ihn anrufe, klagt er sich wieder und wieder an. Ich dachte, ich muss ihm helfen.«

»Und was hat das mit Ihrem Eindringen in die versiegelte Wohnung zu tun? Ist Ihnen klar, dass Sie damit eine strafbare Handlung begangen haben?«, fragte der Kommissar, noch immer sichtlich verärgert.

»Ich sage es nicht gern. Ich wollte mich auch nicht einmischen«, sagte sie stockend und mit gesenktem Kopf.

»Aber ich wollte Alwin doch helfen, und da war mir eingefallen, dass Patrizia, also die verstorbene Frau Hartig, immer Tagebuch geführt hat. Alwin hat es mir früher schon erzählt. Sie war ja Deutschlehrerin und sie hat immer in ein Tagebuch geschrieben. Ich dachte mir, wenn das so ist, dann müsste darin ja auch vielleicht zu lesen sein, was sie alles in der letzten Zeit erlebt hat, und dann würde man schon sehen, dass Alwin unschuldig ist. Also habe ich versucht, ihr Tagebuch zu finden.«

»Und, wo ist es jetzt?«

Der Kommissar sah sie durchdringend an.

»Das ist es ja! Ich konnte es nicht finden. Ich hatte ja auch nicht endlos Zeit. Aber trotzdem! Ich verstehe das nicht.«

Sie war nahe daran, in Tränen auszubrechen. Auf diese Szene wollte Gero Wolfer verzichten. Er schluckte daher die heftigen Fragen und Belehrungen, die ihm schon auf der Zunge lagen, hinunter. Es ärgerte ihn, dass sein Hauptverdächtiger Alwin Hartig sich nun in den Schutzbereich medizinischer Behandlungsbedürftigkeit begeben hatte. Das macht die Ermittlungen schleppender, dachte er. Dich kriegen wir trotzdem noch, Bursche, warte nur! Immerhin hatte man jetzt den Hinweis Tagebuch. Er gestaltete das Ende des Gesprächs gemäßigter, als ihm zumute war. Kurz entschieden forderte er Ingrid Ziegel auf, wenigstens ab jetzt zuverlässig mit ihm zusammenzuarbeiten und mit offenen Karten zu spielen. Sie nickte erleichtert. Ganz der Typ »braves Mädchen« dachte er. Na hoffentlich täusche ich mich nicht! Es kann durchaus sein, dass diese Ingrid eifersüchtig auf Patrizia war. Er hastete das Treppenhaus hinunter und schaltete sein Handy ein, um die Kollegin Ulmer nun endlich zu erreichen. Wo steckte sie nur? Im Untergeschoss kam ihm ein Patient mit Kopfverband kopfschüttelnd entgegen und machte ihn darauf aufmerksam, dass man hier kein Handy benützen solle. Ob das Kopfschütteln wohl seiner Wunde bekam, fragte sich Gero Wolfer. Er hatte Mühe, sein Auto in der Tiefgarage zu finden. Der Ärger wegen »Schwester Ingrid« hatte ihn – er musste es sich eingestehen – so beherrscht, dass er sich den Standplatz nicht gemerkt hatte.

Endlich! Da hinten kam sein unauffälliges Fahrzeug in Sicht. Oh, dieser Typ von Frau! Braves, angepasstes Mädchen nach außen, und dann doch unsicher, misstrauisch und im Ernstfall oft von Eifersucht getrieben. Hatte sie vielleicht gewalttätig eingegriffen in die Dreiecksbeziehung zwischen Alwin und ihr und der Rivalin und Noch-Ehefrau Patrizia? Verstieg er sich nun zu weit, in seinen Mutmaßungen? Fest stand jedenfalls in seinen Augen, dass sie unzuverlässig war. Ärgerlich so etwas! Wie sollte man damit zurechtkommen als Ermittler oder gar erst recht als Ehepartner, ja selbst in einer losen Beziehung? »Ich bin so brav, so harmlos« die indirekte Botschaft und dann handelte sie plötzlich unvorhersehbar, oder sie wurde vielleicht verbal ausfallend, ja aggressiv. Wenn dann einem Mann der Geduldsfaden riss, er womöglich tätlich wurde und er unbewusst, ungewollt sogar zuschlug, dann hatte er den Schwarzen Peter in diesem unglückseligen Spiel, er allein. Sie das Opfer, er der Gewalttäter. Das konnte so schnell passieren! Alkohol konnte wie ein Brandbeschleuniger bei einer solchen Fehlentwicklung wirken. Für den »Täter« sah es dann echt schlecht aus. Wie oft hatte er solche Zusammenhänge mit Mirella diskutiert. Sie als Reporterin hatte solche Zusammenhänge oft genug recherchiert. Als Frau und als Mitglied im Förderverein Frauenhaus hatte sie jeweils natürlich viel Sympathien für die betreffende Frau, meist das »Opfer«. Doch war ihr in so manchem Fall nach gründlicher Recherche klar geworden, wie schräg die Sachlage doch sein konnte. Wie schnell und voreilig – angesichts des armen Opfers – urteilte der Volksmund dann über den Gewalttäter. »Schuld«, so Mirella, sei oft ein zu großes Wort.

Mitverursachende andere Personen oder auch die vielfältigen Umstände vor der Tat, hatten diese oft erst ausgelöst. Oh je, er verlor sich völlig in Gedanken und Argumentationsketten. Stopp jetzt Gero!

Wo war nur Felix abgeblieben? Er warf sich in sein endlich wiederentdecktes Auto und fuhr zum Präsidium. Dort würden die Kollegen hoffentlich wissen, wo sie steckte. Es lohnte sich jetzt nicht mehr, anzurufen. Gleich würde er dort sein.

So ein Blödsinn! So eine Granatendummheit! Wie oft hatte sie ihrem Vater schon gesagt, er solle die Kirschen von dem großen Baum im Garten nicht mehr mithilfe der Leiter ernten. Es war einfach zu gefährlich. Er mit seinen über sechzig Jahren und seinen Knieproblemen, noch dazu auf der alten Holzleiter. Er könnte doch jemanden aus der Nachbarschaft bitten, wenigstens die Kirschen von den oberen Zweigen herunter zu holen oder warten, bis sie selbst oder Rainer dazu Zeit hätten. Gut, sie hatten beide fast nie Zeit, gestand sich Felicitas Ulmer ein. Aber für die paar Zweige würden sie sich die Zeit dann eben nehmen. Oder, wenn es gar so eilig wäre, dann könnte er sich doch wenigstens eine neue Leiter kaufen, statt auf die alte morsche zu steigen. Sie seufzte grimmig auf: Ja, und Heilig's Blechle, fluchte sie bei sich, wenn ihm das zu teuer war, dann könnte er doch die Leiter vom Nachbar leihen. Der hatte eine anständige Leiter, eine aus Alu. Aber nein. Ihr Vater musste doch immer seinen Kopf durchsetzen. Und er »musste« Dinge, die »man« schon immer so gemacht hatte, auch weiter so machen. So ein »Simpel«, so ein »Jenseitssimpel«. Und jetzt lag er also mit angebrochener Hüfte im »Olgäle«, will sagen in der Orthopädie des Olgahospitals, nicht in der Kinderorthopädie, von welcher das Krankenhaus im Volksmund seinen liebevoll schwäbischen Namen hatte, sondern in der dortigen Abteilung für Erwachsene. Ja, zum Kuckuck, hätte ihr Vater sich und der Familie diesen Unfall nicht ersparen können? Die arme Mutter, sie war im Krankenwagen mitgefahren und bei ihm geblieben, bis alles geklärt war. Den kleinen Benjamin hatte sie in der Babytragetasche in die Obhut der Nachbarin abgegeben und hoch und heilig versichert, sie oder ihre Tochter würden sich bald melden. Denn die Nachbarin musste, wie sie sagte, dann ihrerseits auch weg.

Felicitas hatte sich nach einem Blitzbesuch im Olgahospital, wo sie die Eltern zu beruhigen versuchte, nach Botnang begeben, den kleinen Benjamin abgeholt, versorgt und dann zu einer Freundin gebracht. Am Abend würde ihre Mutter Benjamin dort abholen. Kollege Gero Wolfer, geschweige denn die übrigen Kollegen, würde diesen »Zirkus« sicher nicht verstehen. Deshalb hatte sie ihn erst angerufen, als sie aus dem Olgahospital herauskam. Aber er, der große Gero, ging ja nicht dran. Komisch. Na ja, den Kollegen im Präsidium hatte sie gleich zu Anfang gesagt, sie sei kurzfristig im »Olgäle«. Die wussten dann schon, dass sie das Olgahospital und nicht das Karl-Olga-Hospital meinte. Jetzt fuhr sie gerade von Botnang kommend die Reinsburger Straße stadteinwärts. Sie seufzte. Hoffentlich ging die Geschichte mit ihrem Vater gut. So ein Unsinn aber auch! Das würde die Mutter, die den kleinen Benjamin täglich am Hals hatte, sehr belasten.

Ja später, wenn Benjamin erst größer wäre, würde es einfacher werden. Durchhalten! Oder doch lieber aufgeben? Der Mutter zuliebe? Dem Kind zuliebe? Sollte sie sich beurlauben lassen? Nach so kurzer Dienstzeit erst? Die Kollegen, der Chef und jede Menge Frauen in der Nachbarschaft, ja die würden sagen: »Siehst du, das haben wir uns gleich gedacht!« Und dann die anderen jungen Mütter, die immer teils mit Strickzeug, teils ohne, also nur schwatzend, um den Sandplatz saßen, wo ihre lieben Kleinen spielten. Oh, diese Mütter mit ihren dogmatischen Äußerungen wie: »Also ich habe auf jeden Fall beschlossen, erst mal drei Jahre aus dem Beruf auszusteigen. Das ist doch das Beste für das Kind!«

Oft setzte dann eine andere »Vollzeitmutter« noch einen drauf:

»Ja gut. Aber bei den Anforderungen in der Schule heute! Da braucht das Kind schon Anleitung und Unterstützung bei den Hausaufgaben. Ich habe das bei meinem Frederik erlebt. Für mich ist das klar: Ich bleibe zu Hause, bis Annika im Gymnasium ist und sich dort gut eingelebt hat.«

Felicitas Ulmer konnte sich nur selten Zeit für Spaziergänge in den Park und zu Bänken am Spielplatz nehmen. Letztes Mal hatte sie innerlich seufzend gedacht: Weitere acht Jahre zu Hause? Gute Nacht Beruf! Zwecklos, mit diesen Müttern zu argumentieren. Anfangs hatte sie es noch probiert. Inzwischen wusste sie, es war ebenso vergeblich, wie jemanden zum Konfessionswechsel zu überreden. Diese Müttergespräche schienen mehr der gegenseitigen Selbstvergewisserung zu dienen. Die Frauen hatten ihre Entscheidung getroffen und dabei sollte es bleiben.

Hatten diese Frauen vielleicht recht? Manche hatte keine Arbeitsstelle oder auch keine solide oder markttaugliche Ausbildung. Bei anderen war ihr Zeitarbeitsvertrag abgelaufen oder es gab in ihrem Beruf einfach zu viele Mitbewerberinnen auf eine Stelle. Also, dann heim an den Kochtopf für Mann und Kind.

Was aber, wenn die Ehe nicht hielt? Also jetzt aber Schluss mit solchen Überlegungen! Sie würde es ihrer Mutter überlassen, zu entscheiden, da sie ja die Hauptbelastete war. Zugleich würde sie selbst die Augen offen halten für eine Tagesmutterbetreuung. Mal hören, was andere Familien damit für Erfahrungen gemacht hatten. Krippenplätze würde es in nächster Zeit in ihrem Wohngebiet noch nicht geben.

Der Schulleiter des Anna-Scheufele-Gymnasiums hatte schon wieder hohen Besuch. Dr. Grauerer hatte sich kurzfristig noch mal angemeldet. Seine Sekretärin führte den hohen Beamten mit achtungsvollem Blick in das Büro ihres Chefs.

»Der Herr Dr. Grauerer wäre jetzt da«, sagte sie und schloss die Türe hinter sich. »Mit Ihnen habe ich jetzt nicht gerechnet«, sagte der Schulleiter und begrüßte seinen Besucher.

»Wieso?«, fragte Dr. Grauerer.

»Ha, Sie wellet doch sicher wissen, was bisher rausgekommen isch bei dera Sach – oder net?«, meinte der Schulleiter schmunzelnd. Anscheinend hatte der Vorfall mit Frau Hartig nach weiter oben Wellen geschlagen.

»Das stimmt allerdings. Ich – ähm, das Regierungspräsidium möchte, dass alles sehr schnell erledigt wird, und vor allem – das möchte ich betonen – dass kein Aufsehen erregt wird. Das schadet nur dem Schulfrieden. Unsere Eltern und ihre Kinder müssen weiterhin Vertrauen zu uns haben können. Ähm! Sagen Sie, war es nun ein Unfall? Ist Frau Hartig gestürzt? Ist ihr vielleicht schwindlig geworden?«

»Wenn mr's no wüsst, Herr Grauerer, wenn mr's no wüsst! Die hat eine Kopfverletzung – so kann mr' gar net von selber gegen etwas fallen, heißt es. Do isch mit Schwindel und dergleichen nix zu machen. Die arme Frau! I möcht' bloß wissa, was doo passiert isch!«

»Ja, Sie sagen es: die arme Frau«, pflichtete ihm der Beamte vom Oberschulamt bei.

»Sie scheint des au' mitzunehmen, Herr Dr. Grauerer! Aber jetzt müsset m'r gucka, wie mr' die Sach einer totalen Aufklärung zuführe können. Des sind m'r der armen Frau Hartig schuldig. Und am eheschten so erhalten m'r uns des Vertrauen von Eltern und Schülern.«

»Ja natürlich! Aber schauen Sie, dass Sie die Presse noch im Zaum halten, Herr Strack. Aufklärung ja, aber nichts Übertriebenes! Sie verstehen, was ich meine?!«, sagte Dr. Grauerer mit ernster Miene.

»Klar, Herr Dr. Grauerer. Bloß müsset mir uns au gerade aus Sorge um die Schule um Aufdeckung bemühen, sonst verlieren m'r erscht recht den Reschpekt in d'r Öffentlichkeit.«

Schulleiter Strack schaute Grauerer direkt ins Gesicht. Der verzog keine Miene, wippte allerdings mit seinem linken Fuß unruhig auf und ab.

»Ja natürlich, Herr Kollege! Halten Sie mich auf dem Laufenden, vor allem, bevor irgendwelche Pressekontakte stattfinden, oder teilen Sie mir etwaige neue Ermittlungserkenntnisse bitte umgehend mit. Ich verlasse mich auf Sie. Wir können nur hoffen, dass diese schlimme Geschichte bald ein Ende findet. Es ist einfach furchtbar.«

»Ja ja, ich seh' scho, des geht Ihne au – wie m'r schwäbisch sagt – an d' Kuttel. Des lässt Sie au net kalt. Do müsset m'r durch. Nix für oguat, Herr Dr. Grauerer. Möchtet Sie vielleicht einen Kaffee?«, fragte der Schulleiter.

Dr. Grauerer zögerte einen Moment, dann schien ihm aber irgendwas wieder einzufallen. Er nickte.

»Gerne, Herr Strack, warum nicht. Mir fiel gerade ein, was ich noch mit Ihnen besprechen wollte«, sagte er.

Momentle, Herr Dr. Grauerer, »da muss ich kurz telefonieren, gell.« Er hob den Hörer seines Telefons ab, orderte zwei Tassen Kaffee, die auch gleich von seiner Sekretärin gebracht wurden.

»Also, jetzt, Herr Dr. Grauerer, um was geht es denn?«, fragte er.

»Mir geht da seit gestern immer wieder im Kopf herum, was wohl Frau Hartig unglückseligerweise passiert sein könnte. Dabei fiel mir ein, dass es in Stuttgart an prominentester Stelle den Fall gegeben hat, das eine erst dreißig Jahre alte, man müsste eher sagen, dreißig Jahre junge Frau, eine allseits im Land beliebte und bekannte Frau – ich meine die Königin des Landes – zu Tode kam. Sicher, da war vieles sehr anders als in unserem Fall heute! Es ist ja auch schon rund zweihundert Jahre her! Sie schauen jetzt verständlicherweise verwundert. Aber, wenn man Historiker ist und wie ich lange Zeit Geschichte unterrichtet hat, da lebt man mit den Erinnerungen an viele Schicksale auch früherer Zeiten.«

»Schießen Sie los, erzählen Sie mir, was Sie bewegt, Herr Dr. Grauerer. Ich bin gespannt.«

»Es gab da diese junge, so schöne Gemahlin des Königs Wilhelm I. von Württemberg, Katharina die Zarentochter aus Russland, Enkelin von Zarin Katharina der Großen. Das brachte Württemberg im Jahr 1816, einem Jahr mit unglaublich schlimmen Missernten und nachfolgender Teuerung und Armut, die rettende Hilfe.«

Dr. Grauerer warf Schulleiter Strack einen prüfenden Blick zu. Der sagte nichts. Er war offenbar bereit, ohne Zwischenfragen weiter zuzuhören. Also setzte der immer mehr in Fahrt kommende Besucher seine Erzählung fort.

»Im ganzen Land trauerte man 1819 um Königin Katharina, denn sie war in ihren drei Jahren als württembergische Königin zu einer weithin bekannten Wohltäterin geworden. Dann ereilte sie plötzlich dieser tragische Tod im Winter 1818/1819. Heutzutage nun hat man mehr medizinische Klarheit, wie es zu ihrem Tod kam. Man hat den Bericht ihrer Ärzte und den Obduktionsbericht und wesentlich mehr Kenntnisse über Krankheiten und man hat Antibiotika. Die junge Königin hat sich zu ihrer Erkältung hinzu eine bakterielle Infektion zugezogen, in deren Folge es zu einem Gefäßverschluss im Gehirn kam. Das habe ich kürzlich anlässlich ihres 200. Todestages gelesen. Somit ist sie letztendlich an einem Schlaganfall gestorben – klingt das nicht seltsam?«

»Hano, hano, ja freilich klingt das seltsam! Aber, Herr Dr. Grauerer, Frau Hartig ist nicht an einem Schlaganfall gestorben, sondern wie es heißt, an einem sehr heftigen Schlag auf den Kopf, wenn ich das richtig verstanden habe.«

»Sie fragen sich, warum mir das Schicksal der jungen Königin Katharina in den Sinn kam? Hätte diese nicht getrieben von Eifersucht auf die damalige Geliebte des Königs und aus Empörung über sein Verhalten, sich an einem kalten Januartag zu leicht bekleidet und eh schon erkältet, ja ernsthaft krank, wie man erforscht hat mit Gürtelrose, auf eine Kutschfahrt zum königlichen Privatgestüt nach Scharnhausen begeben, wo der König tatsächlich damals seine Geliebte traf, es hätte wohl nicht unbedingt für sie tödlich enden müssen. Oder doch? War das nicht ein selbstschädigendes Verhalten, Herr Strack? Im offenen Wagen sei sie gefahren, an einem eisigen Wintertag!«

»Oh Herr Dr. Grauerer, welcher Mann wäre nicht auch sozusagen von den Socken gewesen und wäre – Winterkälte hin oder her – losgestürmt, wenn er sein Ehegespons hätte in flagranti erwischen wollen?«

»Ja, ja! Aber die Dinge liegen doch anders: Die Geschichte spielte im Januar 1819, nicht in unserer Zeit. Für Frauen damals, gerade auch gekrönte Häupter, war es nicht unüblich, dass sie mit der Untreue ihrer Ehegatten rechnen mussten, ja damit zu leben lernen mussten. Warum nur hat sie so emotional gehandelt und ihre angeschlagene Gesundheit total außer Acht gelassen? Selbstschädigend wirkt das auf mich, ich kann es nicht anders sagen.«

»Ich bin ja längst nicht so bewandert wie Sie in Geschichte, und nur ein simpler Mathematiker, aber die Königin Katharina kennt ja fast jeder hierzulande, nicht zuletzt von ihren vielen segensreichen Stiftungen und natürlich wegen dem Grabestempel auf dem Württemberg, den ihr Mann dann bald nach ihrem Tod errichtet hat. Sie war doch als Zarentochter sicher stolz auf ihre Herkunft. Sie brachte ein immenses Vermögen mit, brachte es ein für das Land hier und war noch jung, schön, und temperamentvoll dazu! Da hätte der König sich vielleicht etwas achtsamer verhalten sollen und nicht erst voll Zerknirschung nach ihrem Tod ihr ein ganzes Mausoleum bauen lassen, hoch oben auf dem Berg, auf dem früher die Stammburg der Württemberger, seiner Familie, gestanden hat. Mir kommt die Inschrift über dem Portal immer etwas seltsam vor, deshalb habe ich mir sie gemerkt: ›Die Liebe höret nimmer auf‹. Zu spät – einfach zu spät, würde ich sagen, meinen Sie nicht auch?«

»Sie haben ja recht, Herr Kollege! Ich fasse es nur nicht, dass die Königin – wie berichtet wird – in einem offenen Pferdewagen, loskutschiert ist. Temperamentvoll nennen Sie das wahrscheinlich! Hm! Ja, das war es auch, aber in den Wintertagen und schon ernsthaft krank seit November, war das ja viel zu gefährlich für sie! Zeitgenossen haben über ihre so glückliche erste Ehe in noch jüngeren Jahren mit dem Herzog von Oldenburg berichtet. Als dieser sehr bald an Typhus gestorben ist, sei sie als ganz junge Witwe untröstlich und wie von Sinnen gewesen.«

»Sehen Sie, sie hat also erfahren, dass auch Männer ihrer Zeit verlässliche Gatten sein konnten! Aber wie bringt uns das weiter in unserem Fall, dem rätselhaften Tod der Frau Hartig?«

»Hm, vielleicht gab es da auch merkwürdige Umstände. Ich frage mich: War Frau Hartig vielleicht mitbeteiligt an dem unglückseligen Geschehen? Ich meine, wir kennen ja nicht den Täter und nicht sein Motiv, auch nicht, was dem allem in ihrem Privatleben vorausging.«

»Wir wissen es nicht. Es hilft uns auch nicht, zu mutmaßen. Wir, Herr Dr. Grauerer, können nur hoffen, dass dieser mysteriöse Fall schnellstens aufgeklärt wird.«

»Kann sein, das Schicksal der Königin Katharina verfolgt mich derzeit, weil all ihre Stiftungen, ja sogar Getreidelieferungen aus ihrem Heimatland Russland damals, Württemberg in einer ganz schlimmen Zeit wirklich geholfen haben. Im Jahr 1816 habe es kaum Sonne gegeben, liest man in Berichten von damals. Das habe dazu geführt, dass es Missernten und demzufolge entsetzlich viele Hungernde in Württemberg gegeben habe.«

»Kaum Sonne, sagen Sie? Hm, seltsam! Ich meine, ich hätte neulich einen Artikel gelesen, wo ein Vulkanausbruch am andern Ende unseres Globus dafür verantwortlich gemacht wurde. Der Vulkan, kann sein in Asien, habe derart viel Asche und Staub in die Atmosphäre gejagt und dass es rund um den Globus zu außergewöhnlichen Wetterverhältnissen gekommen sei. Kaum Sonne, ja so war es damals! Das hat ein Vulkan auf der anderen Seite unseres Globus verursacht. Kaum vorstellbar!«

Der Schulleiter seufzte.

»Und heutzutage sind die Sommer heiß und heißer und kommt es infolgedessen zu Missernten. So ändern sich die Zeiten. Was kommt da vielleicht noch auf uns zu!«

»Verglichen mit den Zuständen damals in der Zeit unmittelbar nach Napoleons Kriegen leben wir fast wie im Schlaraffenland. Oh, wir haben uns verplaudert, liebe Zeit, ich sollte schon unterwegs sein! Also, halten Sie mich bitte auf dem Laufenden, Herr Strack. Ich hoffe auf Sie – ganz besonders in puncto Umgang mit Pressevertretern«, verabschiedete sich Dr. Grauerer. Der Schulleiter schaute ihm mit zweifelndem Blick nach. Wie sollte er das mit der Presse, den Medien denn machen, fragte er sich. Da hatte der besorgte Behördenvertreter leicht reden.

Gegen sechs Uhr abends gelangte Felicitas Ulmer im Präsidium an. Gero Wolfer saß über die Akten gebeugt. Sie tauschten ihre Tagesergebnisse aus. Der Fall Patrizia Hartig stellte sich weiterhin unklar dar. Wer nur hatte Patrizia Hartig zu Tode gebracht? Gero hatte den Sohn des Handwerkers Schmidt aus der Elektrobranche gesprochen. Andreas, siebzehn Jahre alt und in Klasse 10b des Anna-Scheufele-Gymnasiums, der bekanntermaßen mit Frau Hartigs Notengebung total unzufrieden war, hatte zwar mit seinen Klassenkameraden das Abifest besucht. Den Jungs war es aber schon vor 23 Uhr zu langweilig geworden, sodass Andreas und ein paar seiner Kumpels miteinander, wie er sich ausdrückte, »einen saufen gegangen« waren, und dann in der Wohnung des einen mit Computerspielen bis morgens um fünf Uhr die Nacht gestaltet hatten. Auf dem Fest getanzt hatte Andreas nicht. »Das wäre ja wohl auch der Tanz mit dem Elefanten geworden, egal welche junge Frau sich dazu bereitgefunden hätte!«

»Oh Felix«, seufzte Gero Wolfer, »wenn du diesen jungen Mann, diesen Schüler gesehen hättest! Aber, da er das Fest laut Zeugen so früh verließ, können wir ihn zunächst mal abhaken. Der hätte auch gar nicht genug Initiative, um jemandem was anzutun, schätze ich.«

»Gut! Bleibt uns aus der Schülerschaft noch dieser Boris Wartuschek. Hat er sich gemeldet?«, fragte Felicitas Ulmer, bemüht, nichts zu übersehen.

»Bei mir nicht«, brummelte Gero Wolfer halb in Gedanken vor sich hin.

»Ich frage mich, was in dem ominösen Tagebuch stehen soll, um Alwin Hartig zu entlasten.«

»Tja, ich auch. Wie wäre es, wenn ich mit Barbara Sommersberg, das ist die Lehrerin, die mich offiziell betreut nach dem Tagebuch suche? Barbara Sommersberg war mit der Tagebuchschreiberin immerhin gut befreundet. Vielleicht hat sie eine Idee, wo das Tagebuch versteckt sein könnte. Sie hat mir erzählt, dass Patrizia ihr selbst verfasste Gedichte vorgelesen hat. Vielleicht hat sie dabei gesehen, wo diese streng privaten Aufzeichnungen lagerten. Uns ist ja nichts dergleichen untergekommen bei unserer Suche.

Den gestressten Jungwitwer Alwin knöpfst du dir sicher gern wieder vor. In seiner Verwandtschaft muss sich der Neffe befinden, der immer zur Lateinnachhilfe zu Patrizia nach Degerloch gekommen ist. Die Eltern und die Schwester der Toten habe ich heute angerufen. Alle drei kennen keinen jungen Mann aus ihrer Verwandtschaft, der da in Betracht käme.

Übrigens, Gero, sieh dir das mal in der Jahresbroschüre der Schule an: Alle Klassen mit Foto, desgleichen das Lehrerkollegium. Ach, da ist ja ein Bild von Patrizia Hartig. Hm. Schaut noch ganz fröhlich drein. Makaber?«, Felix blickte fragend zu ihrem Kollegen auf.

»Ja, gut aussehende Frau. Und dann in Trennung und Scheidung. Hat wahrscheinlich einen interessanteren Typ gefunden, als ihren Mann, den geschniegelten Jüngling mit Aktenkoffer und Lackschuhen, den wir kennengelernt haben. Und das hat der nicht verkraftet. Seine biedere Ingrid wird ihm auch nicht genug gewesen sein. Ich frage mich nur, wie er es angestellt hat, in die Schule zu kommen, falls er es war.« Gero lehnte sich in seinem Schreibtischstuhl weit zurück und schien sich eine Szene dieser Art in Gedanken gerade auszumalen. Felicitas dachte laut nach:

»Wenn der Lateinnachhilfeschüler am Anna-Scheufele-Gymnasium zur Schule ginge, müsste er auf einem der Fotos der Schulbroschüre zu sehen sein.«

Der Kommissar, der noch seiner Vision »rachsüchtiger Ehemann tötet seine untreu gewordene Frau und tröstet sich mit Krankenschwester« nachhing, bemerkte nebenbei:

»Dann hätte die Hartig dem Neffen doch gleich in der Schule nach dem Unterricht Nachhilfe geben können.«

»Vielleicht wohnte er in Nähe ihrer Wohnung. Es kann natürlich auch sein, dass er in eine andere Schule ging und gar nicht auf den Fotos zu sehen ist. Egal, morgen lege ich die Schulfotos in Degerloch der Hausbesitzerin dort, unserer Frau Dettinger, vor.«

»Okay, Frau Lehrerin, Sie suchen den Neffen und gehen auf Tagebuchsuche mit ihrer Mentorin Sommersberg, und ich knöpfe mir den letzten der Abiturienten vor, derjenige, von dem wir bisher nur gehört haben, dass er sich beim Handballtraining verletzt hat. Wie heißt er noch mal? Ach ja, Boris Wartuschek, okay. Sehen wir doch einmal in dieser Schulbroschüre nach, vielleicht finden wir dort diesen jungen Mann mit dem Abitur in der Tasche, der gestern bei der Befragung der Abiturienten nicht dabei war.«

Er blätterte in der Schulbroschüre und fand ein Foto des jungen Mannes.

»Zu blöd auch, dass die Kollegen von der Spurensicherung so wenig von dem zerstochenen Reifen am Auto der Patrizia Hartig ableiten konnten! Das hat uns bisher noch nicht weitergeholfen«, sagte gähnend der Kommissar.

»Deiner Theorie, dass der Ehemann der Täter war, hilft das auch nicht«, konnte sich die Jungkommissarin nicht verkneifen.

»Plattmachen wollte er sie im Affekt eben – ist ihm doch geglückt oder? Der zerstochene Reifen zeigt seinen Zorn.«

»Ach, und dann lässt er sie einfach im Klassenzimmer liegen …«

»Ja, spricht doch dafür, dass er total ausgerastet sein muss!«

»Aber keinerlei Spuren von ihm – keinerlei, wohl aber von einem dunkelblonden Typ.«

»Die müssen ja trotzdem nicht unbedingt vom Täter sein. Das Ganze ging wahrscheinlich unheimlich schnell vor sich.«

»Und gar keinerlei Spuren vom schwarzhaarigen Alwin Hartig? Gar nichts? Gero, du kannst ihn einfach nicht leiden. Hat das vielleicht etwas mit deinem früheren Leben zu tun? Hat vielleicht irgend so ein Lackaffe deiner Frau damals den Kopf verdreht?«

»Mein liebes Küken, du begibst dich auf gefährliches Terrain. Genieße es doch einfach, dass in deiner Ehe noch kein ultraschickes ›Model‹ aufgetaucht ist und deinem Rainer den Kopf verdreht hat.«

»Auf so was fährt der nicht ab! Aber ich sage dir, Gero, der Täter ist wer anderes als der blasse Alwin. Und wir werden ihn finden.«

»So, und warum hat dann der blasse Alwin seine Freundin in die Degerlocher Wohnung geschickt? Irgendetwas dort muss ihm unerhört wichtig gewesen sein. Wahrscheinlich, weil es ihn belastete, ob Tagebuch oder sonst etwas. Aber was nur?«

So, wie ich sie kenne…« – sie stockte – »…kannte, muss man jetzt ja sagen, hat Patrizia sicher Tagebuch geführt, sagen wir mal zumindest zeitweise«, bemerkte Barbara Sommersberg mehrmals nickend und ließ ihre Blicke wie zur Bestätigung ihrer Vermutung prüfend über die Bücherzeilen des hohen Wandregals in der Wohnung der Patrizia Hartig schweifen. Die Hitze des Tages war etwas zurückgegangen an diesem Dienstagabend. Jetzt, am Feierabend, wurde es erträglicher. Barbara Sommersberg war von Sillenbuch herüber nach Degerloch gekommen. Sie trug ausgebeulte alte Bermudajeans und ein T-Shirt mit der Aufschrift: »Gute Mädchen kommen in den Himmel – böse überall hin.« Gut, dass ihre Schüler sie so nicht sehen, fuhr es Felicitas Ulmer durch den Kopf. Auch die Kurzhaarfrisur der älteren Kollegin hatte sich quasi entspannt und lag fast platt am Kopf an, während sie morgens in der Schule noch mit fülliger Sprungkraft relative Jugendlichkeit und gepflegtes Aussehen signalisiert hatte.

»Den Schreibtisch und alles Übrige außer den einzelnen Bücherregalen haben wir und unsere Kollegen schon durchkämmt. Das Tagebuch müsste eigentlich irgendwo im Bücherregal stehen«, sagte Felicitas Ulmer.

»Wenn ich hier immer gemütlich mit ihr zusammensaß, ging Patrizia oft in diese Ecke«, sagte Frau Sommersberg nachdenklich und nahm dort Buch für Buch aus dem Regal. Kleine Tonfiguren, meist Tiere, aber auch kleine Vasen und Döschen, zum Teil mit Münzgeld gefüllt, standen im Regal. Auch eine Fotografie: offenbar der Oberstufenkurs Geschichte in Berlin vor dem Reichstag. Der Kurs musste ihr einiges bedeutet haben, folgerte die Kommissarin. Vielleicht hatte diese Reise ihr Spaß und nicht nur Vorbereitungsstress bereitet. Konnte man daraus mehr ableiten?

Die Kommissarin fragte ihre Mentorin Sommersberg und erhielt zur Antwort, sie leite daraus einfach ein gutes Verhältnis zu diesen Schülerinnen und Schülern ab, und dass es – wie immer bei Patrizia – eine mit viel Engagement geplante Reise war. Vielleicht hatte sie sich auch über die guten und sehr guten Noten dieser Schüler gefreut und war stolz auf sie und sich. Plötzlich fiel der Kollegin noch etwas ein.

»Ja, so ein Kurs tröstet einen in der Rolle des Lehrers auch über Ärger mit anderen in der Schule weg. Da war doch was, erst in den letzten Tagen. Was war das noch mal?«

Die Oberstudienrätin im Freizeitlook ließ sich in einen der weich gepolsterten hellen Sessel fallen und dachte konzentriert nach.

»Ja, das war's, jetzt erinnere ich mich. Sie hat Ärger mit einem der Schüler vom Abendgymnasium gehabt. Der konnte offenbar mit dem Text, den er in der mündlichen Abiprüfung erhalten hatte, nichts anfangen. Echt nichts, hat mir die Patrizia gesagt. Und sein Deutsch und seine schriftlichen Noten waren die Totalkatastrophe. Er war Grieche. Ja, so war's. Als sie nach der mündlichen Prüfung zu ihrem Auto gegangen war – seine Prüfung muss die letzte an diesem Tag gewesen sein – da stand er plötzlich neben ihr und zischte sie an, die Note sei total ungerecht, das nehme er nicht hin. Patrizia hat mir gesagt, sie habe sich richtig bedroht gefühlt und sei, als er noch näher trat, schnell in ihr Auto gestiegen, habe es verriegelt und sei losgefahren, wobei sie ihm fast über die Füße gefahren sei und selber verdammt Angst gehabt habe. Nun, sie habe es dem Prüfungsleiter am nächsten Tag, als wieder Prüfungen waren, zwar gesagt, dann aber wegen der vielen anderen Prüfungen, Termine und Schulvorbereitungsarbeiten, verdrängt.

»Um wie viel Uhr war das wohl, als er sie am Schulparkplatz bedroht hat? Und wissen Sie, wie er heißt?«, fragte Felicitas Ulmer.

»Den Tag müsste ich nachschlagen, es war einer der drei Abi-Prüfungstage, der zweite wahrscheinlich. Die Zeit? Am frühen Nachmittag. Das kann man in der Schule im Prüfungsplan nachsehen. Aber den Namen des Griechen weiß ich nicht. Keine Ahnung. Aber so schlecht, wie der in Deutsch und auch noch ein paar anderen Fächern war, findet man den schnell heraus. Er wäre ja um ein Haar durchgefallen.«

»Warum haben Sie uns das nicht früher erzählt, Frau Sommersberg?«

»Ja, warum nicht? Ich frage mich das auch. Ich hatte es total vergessen, es liegt ja auch schon eine Weile zurück. In diesen Prüfungstagen hat jeder selber so viel um die Ohren. Vielleicht kommt es daher. Tut mir echt leid. Aber den finden Sie leicht heraus. Ja, jetzt haben Sie einen Zeitverzug in ihren Ermittlungen wegen meines greisen Gedächtnisses. Ganz schön blöd! Tut mir leid, Frau Ulmer.«

»Fällt Ihnen vielleicht noch mehr ein, wenn Sie Ihr Gedächtnis aktivieren? Es kann Ihnen noch so unwichtig vorkommen«, bohrte die Kommissarin weiter.

»Ich glaube nicht. Höchstens, wenn Sie meinen, dass das von Bedeutung ist: Die Patrizia, also die Frau Hartig, wollte gleich bei Ferienbeginn im Juli nach Berlin fahren. Ich weiß es, weil sie sagte, die Fahrkarten seien schon gebucht. Nachmittags am letzten Schultag ginge es gleich los. Sie wollte mit jemand zusammen fahren. Mit wem hat sie mir nicht gesagt. Ich hatte mir gedacht: Lass' sie! Keine Fragen! Wenn die Fahrt näher rückt, wird sie es mir schon noch verraten.«

Die beiden Frauen verbrachten noch eine weitere halbe Stunde mit der Suche nach dem Tagebuch, wurden aber nicht fündig. Enttäuscht trennten sie sich. Barbara Sommersberg kehrte nach Sillenbuch heim, Felicitas Ulmer fuhr zum Präsidium und gab unterwegs Gero Wolfer die wichtigsten Informationen durch. Diesen griechisch-stämmigen Abiturient des Abendgymnasiums galt es jetzt ausfindig zu machen. Sie würden sich ihn vorknöpfen.

Der Dienstagabend schien unter keinem günstigen Stern zu stehen. In seiner Wohnung in der Bismarckstraße war der mit seiner Abiturnote unzufriedene Absolvent des »Abendgymmis« nicht anzutreffen gewesen. Alle im Moment möglichen und nötigen Maßnahmen waren getroffen worden.

Er rief seine Kollegin an.

»Felix, noch eine Frage: Wie gut kannte denn deine dich betreuende Lehrerin, diese Frau Sommersberg, ihre zu

Tode gekommene Kollegin Hartig? Es wäre gut, wenn wir mehr über ihr Leben in den Tagen vor ihrem Tod wüssten. Wir wissen einfach zu wenig über sie, über ihr Privatleben. Falls sich das Tagebuch nicht finden lässt, müssen wir trotzdem zu mehr Informationen kommen. Ihr Mann hatte eine Freundin, was hat das für sie bedeutet? Die beiden lebten nun getrennt. Suchte sie, die Noch-Ehefrau, Trost? Hat sie in dieser unguten Situation vielleicht jemand anders kennengelernt? Gab es dann unter Umständen mit einem neuen Freund Probleme?«

»Oh, ich staune. Ist es nicht mehr mit fast hundert Prozent Sicherheit der Ehemann, der die Gewalttat begangen hat? Interessant! Ganz neue Perspektiven! Der unbekannte Täter von außen. Aber dann die Gewalttat ausgerechnet in einem Klassenzimmer? Das ist doch sehr erstaunlich. Für mich weist das immer noch auf die Schule hin, auf jemand, der in den Schulbereich einzuordnen ist.«

»Wir werden es herausbekommen, da lasse ich nicht locker. Ich habe heute kurz bei ihrem Anwalt vorbeigeschaut. Seine Kanzlei ist praktisch gelegen im Westen der Stadt. Du hättest sehen sollen, wie sich in seinem großen Altbau-Büro die Akten türmen! Ich habe mich gefragt, wie er da den Durchblick behält. Leider kam nicht viel bei unserem Gespräch heraus. Erstaunt hat mich ein Foto von Frau Hartig, kein Passfoto oder dergleichen, eins in Wanderkleidung. Das lag auf einem der Schreibtische. Er hat dann gesagt, er kenne sie noch aus ihrer gemeinsamen Schulzeit. Na gut, wahrscheinlich hat sie ihn deshalb zu ihrem Scheidungsanwalt gemacht. Was meinst du?«

»Hm! Möglicherweise müssen wir ihm doch noch mehr Informationen aus der Nase ziehen. Bei Anwälten ist das ja nicht unbedingt einfach. Ich hoffe aber immer noch, demnächst das Tagebuch zu finden. Frau Sommersberg werde ich bitten, mir mehr von der Kollegin Hartig zu erzählen. Sie ist – das habe ich heute erfahren – die Betreuerin von Frau Hartig gewesen, als diese neu ans Anna-Scheufele-Gymnasium gekommen war.«

»Felix, Feierabend für heute. Deine Lieben zu Hause weinen nach dir. Ich gehe auch nur rasch noch beim letzten zu befragenden Abiturienten des Anna-Scheufele-Gymnasiums vorbei. Das ist ein Katzensprung für mich. Ob der wohl etwas beim Abifest beobachtet hat, das uns weiterhilft?«

Wartuschek – da stand der Name auf dem Klingelschild. Ziemlich verschmutzt war diese Klingelleiste des hohen Mietshauses, das gerade um die Ecke beim Marienplatz und drei Häuser weiter stadtauswärts Richtung Heslach stand. Keine ruhige Wohnlage.

Vierter Stock und wieder mal kein Aufzug! Diese Art Trimm-dich schätzte Kriminalhauptkommissar Gero Wolfer – obwohl gut durchtrainiert – nicht. Jede Fitness-Foltermaschine war ihm da lieber. Die ersten zwei Stockwerke hetzte er noch sportlich, je zwei Stufen auf einmal nehmend, hoch, dann machten sich die vier Lebensjahrzehnte und das Rauchen bemerkbar. Missvergnügt nahm er die ungepflegten Steinstufen wahr. Egal! Und jetzt klingeln!

Eine kleine Frau wohl um die vierzig mit dunkelblondem Haar, das sie mit einer Art runder Zopfkonstruktion hinten hochgesteckt hatte, öffnete. Sie schaute freundlich und erwartungsvoll zu dem Besucher auf.

»Guten Tag«, sagte sie in etwas hart klingendem Deutsch.

»Guten Tag, Sie sind Frau Wartuschek?«, fragte der doppelt so groß wie die Frau erscheinende Besucher knapp, wobei er, so gut es ging, zu verbergen suchte, dass er außer Atem war.

»Und?«, sagte sie in fragendem Ton mit einem Hauch von Unsicherheit. Was hatte dieser große, entschieden wirkende Mann mit den forschenden Augen vor? Wer war er?

»Ich komme zu Boris Wartuschek. Das ist Ihr Sohn?«

»Ja, das ist er. Was wollen Sie von ihm?«

»Nur ein paar Informationen zum Verlauf des Abifests seiner Schule am Samstagabend.«

»Warum das?«, fragte die gretchenhaft wirkende kleine Frau.

»Ich will ganz offen sein«, sagte er und hielt ihr seinen Dienstausweis entgegen, »ich brauche jede Hilfe, um den Tod einer Lehrerin des Anna-Scheufele-Gymnasiums aufzuklären. Ihr Sohn hatte sie doch als Geschichtslehrerin.«

»Wen? Er hatte die Frau Hartig. Das ist eine tüchtige, sie sagte »tichtige«, Frau. Was haben Sie gesagt ›Tod‹?«

»Darf ich hereinkommen, Frau Wartuschek?«

»Aber ja, ich habe mich ganz erschreckt. Es ist doch der Frau Hartig nichts passiert? Kommen Sie hier herein und setzen Sie sich – hier. Das ist mein Mann. Robert kannst du mal den Fernseher ausmachen? Ja? Gut. Das ist ein Kommissar von der Polizei.«

Der Hüne, der da im Unterhemd im tiefen Polstersessel saß, blickte Gero Wolfer mit geweiteten Augen an. Er hatte offenbar bisher keine guten Erfahrungen mit dieser Berufssparte gemacht. Noch einen Kopf größer als der Kommissar musste er schon sein. Der dicke runde Armsessel wirkte eher zierlich unter ihm, fast wie eine dicke Manschette um seinen Leib. Wie er wohl da heraus kam, wenn er aufstand, fragte sich Gero Wolfer, ging auf ihn zu, streckte ihm die Hand entgegen und sagte aufmunternd »Guten Abend, Herr Wartuschek.«

Der Riese aber blieb, wo er war, sitzen, wies mit einer Kopfbewegung zum Sofa und brummelte so etwas wie: »Nehmen Sie Platz!«

So einfach und klar wie nur möglich schilderte der Kommissar den Eltern Wartuschek den Grund seines Besuchs. Diese hatten nichts von den Geschehnissen am Anna-Scheufele-Gymnasium mitbekommen. Sie lasen keine Zeitung und ihr Sohn hatte nichts erzählt. Sie hatten ihn am Montag nicht gesehen. Er hatte bei einem Freund übernachtet. Sie beide hätten immer »viel Arbeit, immer viel schaffen« – wie sie sich ausdrückten – immer »früh aufstehen und viel Arbeit«. Boris habe alles selber machen müssen, alles, was die Schule betraf, selber machen, selber lernen. Aber jetzt »in Abitur«, wie sie sagten, habe er bessere Noten als bisher, in Geschichte und in Mathe »jetzt gut«. Die Mutter strahlte – aber rasch wechselte ihre Miene. Immer mehr habe er sich für Geschichte interessiert.

»Unterricht von Frau Hartig war gut«, sagte sie, bevor sie sich ein Taschentuch vor die Augen hielt, die ihr feucht wurden. Der Vater blickte finster und nachdenklich vor sich hin.

»Fast hätte Boris noch Geschichte studiert. Aber das ist nichts, glauben Sie mir! Ingenieur ist besser. Sagen Sie auch Herr Kommissar, nicht?«

»Hm – und jetzt?«

»Boris wird jetzt Ingenieurstudium machen. Ist gut so. Hat schon mit Praktikum auf Bau angefangen, gestern.«

Bevor der Kommissar noch seine Verwunderung darüber ausdrücken konnte, dass Boris trotz seiner Sportverletzung zur Arbeit ging, hörte man einen Schlüssel an der Wohnungstür und schon stand der erwähnte Sohn auf der Schwelle des Wohnzimmers. Mittelgroß, sportlich gebaut, mit etwas eigenwilligen Gesichtszügen, sehr vollen Lippen und männlicher wirkend als auf dem Foto der Schulbroschüre. Sein verwaschenes graues T-Shirt klebte am Rücken. Er hatte wohl einen Rucksack getragen.

Fragend schaute er auf die Versammlung, sagte schwach »Hallo« und ließ sich sichtlich ausgepowert auf den Polsterhocker fallen. Neben den Besucher schien er sich nicht setzen zu wollen. Die jetzt noch kleiner wirkende Mutter wieselte hinaus und erschien, bevor noch jemand etwas gesagt hatte, mit einem Glas Wasser.

»Sie auch, Herr Kommissar?«, fragte sie.

»Ja, bitte«, sagte der.

»Guten Abend, Herr Wartuschek – oder darf ich direkt Boris sagen?«

Der Angesprochene nickte kaum merklich und schaute den Besucher unentwegt an.

»Sie kommen direkt von der Arbeit – von der Baustelle. Harter Job sicher, besonders bei der Hitze! Ich will Sie auch nicht um Ihren verdienten Feierabend bringen. Vielleicht aber können Sie mir helfen, den Tod von Frau Hartig aufzuklären. Sie haben doch sicher über Ihre Schulkameraden davon gehört. Mit denen allen habe ich schon in der Schule gesprochen. Bitte schildern Sie mir Ihre Eindrücke von dem Abifest! Von wann bis wann waren Sie dort?«

»Mir ist nichts Besonderes aufgefallen, außer dass es eine lahme Veranstaltung war. Aber das war ja schon im Voraus klar, so, wie die das aufgezogen haben. Ich kam sowieso erst später.«

Er verstummte und schaute auf den in langen Jahren sichtlich strapazierten Teppichboden.

»Wann kamen Sie zu dem Fest?«, wiederholte der Kommissar geduldig seine Frage.

»Weiß ich nicht genau. Warum spielt das eine Rolle?«

»Ich muss mir ein möglichst detailliertes Bild von dem Abend machen. Da kann jede Kleinigkeit eine Rolle spielen. Nehmen Sie es nicht persönlich! Warum kamen Sie denn später?«

»Ich hatte noch für den Pizzadienst zwei Fuhren zu machen. Danach bin ich mit dem Fahrrad los zur Schule, aber dann hatte ich einen platten Reifen. Das hat Zeit gekostet.

Als ich an der Schule ankam, hatten sie schon die Zeugnisse und Preise ausgeteilt, und unser Geschichtskurs war schon auf der Bühne gewesen. War aber okay so.«

»Wann war das wohl?«

»Was weiß ich – so gegen zehn vielleicht.«

»Und dann?«

»Und dann ...«, die Unterhaltung schien ihm nicht zu behagen.

»Ja was dann?«, fragte der Kommissar unwirsch.

»Ich hab' dann was getrunken mit den andern und hab' dann geschaut, ob es die Show noch bringt. War aber nicht so.«

»Haben Sie Frau Hartig gesehen und vielleicht mit ihr gesprochen?«

»Ja gesehen schon. Die hat sich dem Schellfuß an den Hals geschmissen.«

»Boris!«, ermahnte ihn seine Mutter aus dem Hintergrund.

»Ha, die hättest du mal sehen sollen! Da hättest du dich gewundert«, stieß er hervor und schaute wieder zu Boden.

Scheint ihn gestört zu haben, das Verhalten seiner Lehrerin, registrierte der Kommissar bei sich und fragte äußerlich ungerührt weiter.

»Und was haben Sie dann gemacht?«

»Nichts. Nur rumgehangen, so halt – wie die andern. Dann bin ich weg.«

»Wann, mit wem?«

»Ich weiß nicht, wie spät es war, gegen zwölf – ich weiß es nicht. Ich bin heim. Ich war fertig von dem vielen Herumfahren beim Job und dem lahmen Programm beim Fest. Die andern wollten trotzdem noch bleiben. Die hingen dann in der Garderobe rum.«

»Haben Sie irgendetwas bemerkt, was mit dem Tod der Frau Hartig zu tun haben könnte?«

»Nee, echt nicht.«

»Und wie fanden Sie Frau Hartig?«

Er schaute verdutzt auf.

»Was soll das heißen, wie fand ich sie?«

»Sie war doch Ihre Lehrerin und Tutorin, zwei ganze Jahre lang.«

»Ja schon. Aber was soll ich da sagen? Sie war okay.«

Zu weiteren Äußerungen schien er nicht mehr bereit zu sein. Schweißperlen waren ihm frisch auf die Stirn getreten. Verständlich an solch einem Tag, der eh schon zu heiß war und erst recht für einen jungen Jobber auf dem Bau. Mehr hatten seine Mit-Abiturienten ja auch nicht gewusst. Schade! Eine letzte Frage noch.

»Kennen Sie das Auto Ihrer Lehrerin Hartig?«

»Ja, schon. Ein Astra, warum?«

»Haben Sie es an dem Abend auf dem Schulhof entdeckt? Ein Reifen ist zerstochen worden. Irgendeine Idee dazu?«

»Was?« Er schaute erstaunt, fast erschrocken.

»Ich war mit dem Rad da. Da habe ich nichts vom Parkplatz mitbekommen.«

Für einen Moment sah es so aus, als wolle er etwas fragen, dann aber senkte er wieder den Kopf und starrte zu Boden.

»Vielen Dank! Das war's. Einen erholsamen Feierabend noch!«, wünschte Gero Wolfer und verließ eilig und enttäuscht die Wohnung der Wartuscheks.

Warum nur war er so enttäuscht, fragte er sich beim Verlassen des düsteren Hauses? Was hatte er sich erwartet? War das nur ein Routinebesuch gewesen? Die anderen Abiturienten hatten auch nicht mehr zu berichten gewusst. Intuitiv hatte er Boris in Gegenwart seiner Eltern nicht auf seine Sportverletzung angesprochen. Ein vages Gefühl suggerierte ihm, dass etwas merkwürdig gewesen war. Ein Gefühl, na fein Gero, sagte er zu sich selbst. Das macht der tägliche Umgang mit Kollegin Ulmer. Felix, ja, die war es doch, die so manches Mal mit ihrem Gefühl weiter zu kommen suchte! Jetzt aber halt, Gero, jetzt mal ganz nüchtern die Fakten, das nur konnte der einzige Weg zum Ziel sein! Und überhaupt erst mal eine Zigarette, und dann so bald wie möglich ein kühles Helles. Das würde seine Stimmung aufhellen! Das Handy klingelte. Felix' Stimme! Fast leibhaftig sah er die gefühlvolle Nachwuchskommissarin vor sich. Jedoch: nicht viel Neues – beidseits!

Bei seinem Wagen angekommen fragte er sich, was er noch oben bei den Wartuscheks hatte fragen wollen. Etwas hatte er vergessen, so kam es ihm vor. Aber was nur? Herrgott, du wirst alt, Gero, sagte er sich schon wieder gefrustet und steckte sich eine Zigarette an.

Ich weiß nicht, was Sie wollen. Bloß, weil unsere Prüfungen vom Abendgymnasium am Anna-Scheufele-Gymnasium sein mussten, soll ich jetzt die Lehrerin da angemeckert und womöglich noch gekillt haben. Hört mal, Ihr tickt doch nicht richtig! Bloß, weil Ihr niemand Schuldigen gefunden habt, soll's jetzt einer von uns gewesen sein. Ausländer – natürlich! Das kennen wir schon.«

Georgios Matiopulos zog sich gerade den Gürtel seiner Hose zu. Vor Wut schnürte er sich zwei Löcher zu eng ein, so heftig vielleicht, wie er den zwei Besuchern von der Stuttgarter Krimi gern an den Kragen gegangen wäre, um sie hinaus ins Treppenhaus zu werfen. Frechheit so was! Einen am frühen Werktagmorgen – acht Uhr war es jetzt wohl – zu Hause zu überfallen! Gut, er war erst frühmorgens heimgekommen in sein Zimmer in der Bismarckstraße. Ja und? Er konnte doch seine Abende und Nächte verbringen wie und wo und mit wem er wollte, oder! Verdacht – du liebe Zeit!

Bloß, weil er der Lehrerin – kaltschnäuzige Zicke! – gesagt hatte, die Deutschnote sei ungerecht! Das kann man doch mal sagen, oder?

»Sie haben also Frau Hartig am Parkplatz abgepasst, und als sie zu ihrem Wagen ging, auf die Prüfungsnote angesprochen, Herr Matiopulos. Haben Sie gesagt, was Sie unternehmen würden?«, fragte Felicitas Ulmer betont neutral, um ja nicht etwa als ausländerfeindlich dazustehen.

»Ach Quatsch! Was soll ich denn unternehmen! Das war es ja, das haben die mir alle schon gleich nach der Prüfung gesagt, da hast du keine Chance. Scheiße!«

Mit Schwung fuhr sein linker Fuß gerade in einen schwarzen Halbschuh. Den rechten hätte er am liebsten auf die beiden Besucher geworfen.

»Scheiße! Das alles nach zwei Jahren Schule am Abend immer, so eine Scheißnote. Die hat doch keine Ahnung, wie das ist, wenn du Ausländer bist.«

»Was haben Sie dann unternommen, Herr Matiopulos?«, wollte Gero Wolfer nun wissen.

»Ja nichts! Sage ich doch!«

»Wie hat denn Frau Hartig reagiert?«

Die junge Kommissarin versuchte sich gerade vorzustellen, was sie selbst gesagt oder getan hätte, wenn dieser Typ hier sie beschuldigt – und sehr wahrscheinlich – bedroht hätte.

»Die ist einfach losgefahren. War ganz schön gefährlich. Ich konnte mich gerade noch in Sicherheit bringen, sonst wäre sie mir über die Füße gefahren. Ja, echt! Was sagen Sie da, hä? Das ist Ihnen wohl egal!«

»Kommen wir zurück zum Anfang unserer Unterhaltung, Herr Matiopulos! Sie sagten, Sie hätten nichts zu tun mit dem platten Reifen am Auto von Frau Hartig. Sie hätten ihn nicht zerstochen. Wollen Sie das ernsthaft weiter behaupten?«

Der Kommissar sah ihn lauernd an.

»Das war ich nicht, wie oft soll ich das noch sagen!«, stieß der in seinem Morgenschlaf Unterbrochene giftig hervor.

»Okay, dann fahren wir jetzt miteinander ins Polizeipräsidium. Es waren ja genug andere Leute da an dem Abend des Abifests, als es passierte. Da konnte sich keiner unsichtbar machen, auch Sie nicht, und auch nicht auf dem Parkplatz.«

»Was soll das heißen?«

Herr Matiopulos schaute forschend auf.

»Was ich sage. Geh'n wir!«

»Nein, ich will nicht. Ich will nicht noch mehr Ärger.«

Innerlich schien er zu schwanken.

»Ich will nicht noch mehr Ärger. Jetzt habe ich das Abitur – beschissene Note in Deutsch ja – aber immerhin das Abitur.«

Er ließ sich auf sein zerwühltes Bett fallen.

»Ich kann nicht noch mehr Ärger brauchen.«

Sein Deutsch wurde jetzt stockend:

»Ich will bessere Ausbildung machen. Was soll ich machen? Zwei Jahre lang nur Lernen und jetzt alles kaputt. Ich war so wütend, glauben Sie mir, ich wollte nichts Schlimmes tun! Als ich sie bei dem Fest gesehen habe, kam das noch mal hoch. Ich war wieder so wütend.«

Er raufte sich die Haare und stieß hervor:

»Ja, da habe ich, als ich auf dem Schulparkplatz war, einfach auf das Auto eingehauen. Ich weiß gar nicht, wie es dazu gekommen ist, das geschah wie von selber, wie im Film, dass ich plötzlich ein Messer in der Hand hatte und zugestoßen habe. Ich wollte gar nicht den Reifen zerstechen. Es ist einfach passiert. Ich hatte keinen Plan. Echt nicht! Echt keinen Plan. Erst als die Luft raus kam, war ich wieder voll da. Da habe ich Angst gekriegt und bin weggerannt. Ich war selber entsetzt. ›Jetzt ist alles kaputt, wenn man dich gesehen hat‹. Das war alles, was ich gedacht habe. Ich hatte so Schiss! Glauben Sie mir Herr Kommissar!«

»Na also, geht doch, Herr Matiopulos. Jetzt brauchen wir nur noch Zeugen dafür, wann Sie wo waren.«

»Meine Kumpels vom Abendgymmi haben mich vorher drinnen beim Fest gesehen und angesprochen. Nach dem Scheiß mit dem Reifen bin ich in meine Stammkneipe, ins Apollon. Das habe ich Ihnen ja schon am Anfang alles gesagt. Da waren genug Zeugen, die gesehen habe, wie ich mich zugetrunken habe. Was ist jetzt, werden Sie mir helfen? Ich habe alles gesagt. Ich schwöre es. Den Reifen kann ich ersetzen. Bitte lassen Sie mich das erledigen. Ich zahle das. Aber meine Berufsausbildung – jetzt nach dem Abi – Herr Kommissar, das darf nicht kaputt sein. Bitte!«

Er hob die Hände, wie ein Schauspielschüler, der auf der Schauspielschule zum ersten Mal vorspricht, schoss es Felicitas Ulmer durch den Kopf. Glaubhaft wirkte er. Die Zeugenaussagen würden es bestätigen. Das war zu spüren. Selbst Gero Wolfer schien nicht mehr auf seinem Anfangsverdacht zu beharren, dieser Abendgymnasiast habe Frau Hartig zu Tode gebracht. Armer Kerl eher, dem sein Temperament einen Streich gespielt hatte, und der die Zeit vor der Prüfung nicht genug gelernt hatte. Möglicherweise war das auch nicht zu schaffen gewesen für ihn, der die Sprache nicht zuverlässig genug beherrschte und die ganze Zeit Geld verdienen musste. Wie dem auch sei, sie würden sehen, was sie für ihn tun könnten. Das Kollegengespann warf einander einen Blick zu, belehrte den geständigen Reifenstecher über die weitere Vorgehensweise und strebte zur Wohnungstür. Felicitas sehnte sich nach einem richtigen Frühstück mit Kaffee und Butterbrezel. Das müsste doch zu schaffen sein, dachte sie.

Es war nicht zu schaffen. Gerade noch Brezeln im Vorbeifahren beim Bäcker konnten sie besorgen. Der Chef hatte sie zu sich beordert, auf dem schnellsten Weg. Als die verdeckte Ermittlerin Ulmer und ihr Kollege Wolfer, das Büro ihres »Chefs« – Herr Mägerle wünschte so und nicht anders, auch nicht mit Titel, angeredet zu werden – betraten, war klar, dass dieser die Unterredung nicht grundlos anberaumt hatte. Wer und was nur hatten ihn dazu veranlasst, dieses Mal seine schwarz-grauen buschigen Augenbrauen einander in so schrägem Winkel anzunähern! Seine Raubvogelnase hob sich im Profil so scharf ab, wie der Schnabel eines gefährlichen Vogels. Wortlos wies er sie an, vor seinem Schreibtisch Platz zu nehmen. Immerhin, dachte Felicitas Ulmer, bekommen wir nicht stehend den Grund dieses Termins entgegengedonnert.

»Leute«, legte er los, »so kann das nicht weitergehen! Zwei Tage sind vergangen. Wir haben jetzt Mittwoch! Was haben Sie für Ergebnisse in Sachen Hartig? Ich höre.«

»Ja, Chef, wir haben den Täter, der …«, begann Gero Wolfer.

Der Chef hob sich fast von seinem Schreibtischsessel.

»Ja – und wer?«, unterbrach er den Hauptkommissar.

»Den Täter, der den Reifen am Auto der Lehrerin Hartig zerstochen hat, Chef. Er …«

»Er ist hoffentlich identisch mit dem, der sie getötet hat, ja?«

»Nein, ist er nicht. Aber immerhin sind wir ein Stück weiter. Es war ein Schüler des Abendgymnasiums, gebürtiger Grieche.«

»Auch das noch! Ich kann mir einige ausländerfeindliche Schlagzeilen schon vorstellen! Nein! Und wer hat sie nun getötet? Wer sind die Verdächtigen? Was haben Sie ermittelt?«

Der Chef schoss die Fragen wie Pfeile ab.

»Als Hauptverdächtigen sehe ich immer noch den Ehemann«, sagte unbeirrt Gero Wolfer. Ich werde ihn mir noch mal vornehmen. Er hat sich in den Schutz von Weißkitteln geflüchtet. ›Fragiler Gesundheitszustand‹ und so. Er schaute missvergnügt über dieses Verhalten, das er als Strategie interpretierte, von einem zum anderen, so, als erwarte er Zustimmung.

»Und – die Kollegin? Frau Ulmer, Sie waren doch in der Schule im Einsatz. Was hat das gebracht?«

»Auch da gibt es eine Spur. Eine Kollegin der Toten, die eng mit ihr befreundet war, geht fest davon aus, dass Frau Hartig Tagebuch führte. Noch haben wir es nicht. Aber das wird nur eine Frage der Zeit sein. Im Übrigen sind Kollege Wolfer und ich dabei, sowohl das schulische wie das private Umfeld der Toten zu durchleuchten. Auch hier ist noch Geduld nötig.«

»Geduld! Geduld! Sie gefallen mir! Zwei Tage schon sage ich mir das hier selbst. Sie machen sich kein Bild, was hier los ist: die Presse, das Regierungspräsidium, die Schulleitung, das Kultusministerium …«

Der Chef war aufgestanden und schritt unruhig hin und her.

»Wenigstens hat der Schulleiter des Anna-Scheufele-Gymnasiums – ein vernünftiger Mann übrigens – mir die Eltern der Schule vom Hals zu halten verstanden. Die sind ganz schön in Wallung gekommen! Das Regierungspräsidium fürchtet Schlagzeilen wie ›Stuttgarter Schuldrama‹, ›Die Tote im Klassenzimmer‹. Die Presse giert genau danach. Lange ist das nicht mehr nieder zu halten, auch nicht mit dem Hinweis auf Gefährdung der laufenden Ermittlungen. Das Telefon steht hier nicht mehr still. Zwei Landtagsfraktionen haben mich schon kontaktiert. Als ob das unser einziger Fall wäre! Sie sehen, jetzt brauche ich Ergebnisse. Nichts mehr mit Geduld und Abwarten! Bis morgen sechszehn Uhr haben Sie den Täter. Klar?«

»Klar Chef! ›Der Gehorsam ist der Anfang aller Weisheit‹, steht schon bei Hegel«, ließ sich die frische Stimme der Kommissarin vernehmen.

»Bei Ihnen scheint das schulische Bildungsklima ja schon seine Wirkung zu tun!«

Seine Stirnformation begann sich zu normalisieren und auch in die schmale Mundpartie kam wieder Leben.

»Sagten Sie nicht, die Tote war gut aussehend – im Leben meine ich. Ist da nichts mit enttäuschter ›Lover‹? Gar nichts? Sie sagten doch, – um Ihre eigenen Worte zu wiederholen –, der Ehemann sei so ein karrieregeiler Streber vom Typ ›Workaholic‹… Da hatte sie doch Zeit…«

»Stimmt schon! Aber sie selber war beruflich anscheinend auch Perfektionistin. Zwei karriereorientierte Streber«, fügte Felicitas Ulmer hinzu.

»Wer bringt so eine Frau um?«, sagte nachdenklich der Chef.

»Ein Konkurrent? Und das im Schuldienst? Passt nicht.«

Er schüttelte den Kopf.

»Der sich in seiner Wichtigkeit zurückgesetzt fühlende Ehemann, sag' ich doch!«, flocht Gero Wolfer ein.

»Na, dann mal her mit ihm, wenn er es war!« Der Chef war unter diesen Worten aufgestanden und hatte die Tür seines Büros aufgestoßen. In voller Größe stand er da und blickte die beiden an wie ein General seine Offiziere vor der Schlacht. Dann wandte er sich seiner Sekretärin, Frau Nußhart, zu, die offenbar soeben wieder einen Anrufer beschwichtigen musste.

Den nehme ich mir aber jetzt noch mal vor!«, knurrte Gero Wolfer im Flur vor sich hin. Er konnte nur Alwin Hartig, den vom Schicksal geprüften Ehemann, meinen.

»Ja, tu', was du nicht lassen kannst, ich gehe noch mal in die Wohnung in Degerloch. Ich will unbedingt dieses Tagebuch finden. Und der Frau Dettinger will ich die Schülerfotos zeigen. Vielleicht entdeckt sie doch den Neffen der Frau Hartig. Aber erst mal einen Kaffee und die Brezeln! Dafür muss die Zeit noch reichen. Hier, nimm' dir, du Ehemann-Jäger!«

Felicitas Ulmer raschelte mit der Brezeltüte und kümmerte sich um Kaffee und Tassen. Kurze Zeit später hatte sich jeder der beiden auf seine Fährte gesetzt.

Felicitas Ulmer fuhr gerade die Neue Weinsteige hoch, als aus der Freisprechanlage im Auto die Stimme ihrer Mutter erklang. Ein familiärer Notruf. Nein, nicht schon wieder!, schoss es der Kommissarin durch den Kopf. Der kleine Benjamin sei mit seinem Brechdurchfall so übel dran, dass sie jetzt nicht weggehen könne, klagte die Mutter. Dem bettlägerigen Großvater im Olgahospital aber habe sie versprochen, wenigstens kurz vorbeizuschauen und ihm die benötigte Wäsche und Lektüre zu bringen. Die Nachbarin sei heute nicht da, Freundin Trude auch nicht. Die sei zu ihrer Tochter gefahren. Was jetzt? Sie habe so Angst um Benjamin. Wenn es nicht besser würde, müsse der kleine Kerl auch noch ins Krankenhaus.

»Oh, er übergibt sich schon wieder!«, sagte die Mutter der Kommissarin noch, dann brach das Telefonat ab.

Ja, also was jetzt? Rasch mal zu Hause nach dem kranken Baby schauen? Nur kurz wenigstens? Für das Kind konnten diese Brechdurchfälle lebensgefährlich werden. War ja allseits bekannt. Sie musste schnell hin – schon, um zu sehen, wie es ihm ging und um der Großmutter der Familie in ihrer Zwickmühlensituation zu Hilfe zu kommen. Bloß nichts falsch machen bei schweren Brechdurchfällen! Sie erinnerte sich genau, wie der Kinderarzt ihr das eingeschärft hatte.

Sie hätte sich ja auch heute Morgen schon krankmelden können. Das stand ihr zu, wenn ihr Kind sehr krank war. Ja, ja, das Kollegengeschwätz, das dann losgegangen wäre, wenn sie deswegen gefehlt hätte! Das konnte sich jeder leicht ausmalen. Wie diese Kollegen wohl dergleichen Familienprobleme bewältigten? Das liebe Frauchen kümmerte sich dann um die Kinder, so musste es wohl sein. Zu dumm, dass ausgerechnet heute Rainer seinen Termin in Tübingen hatte! Es musste ja auch immer alles besonders blöd zusammenkommen! Inzwischen überwand ihr Auto schon den Botnanger Sattel. In zwei Minuten würde sie durch das Gartentor stürmen.

Ja, sie war schon empfindlich …!«, sagte Alwin Hartig, den Gero Wolfer während dessen kurzer Mittagspause in seinem Büro in der Silberburgstraße aufgesucht hatte. Er schien wieder leidlich genesen zu sein. Das hatte den Kommissar tief aufatmen lassen. Im Moment aber schien der Hinterbliebene in die Vergangenheit abzutauchen.

»Sie werden es ja eh' erfahren, Herr Wolfer – von der Schule vielleicht. Der Alkohol war ein Problem für meine Frau. Für ein paar Jahre – nach der Kur damals – hatte sie nichts mehr angerührt. Da war sie konsequent geblieben. Aber dann, vor über einem Jahr, da fing es wieder an. Wenn sie Probleme hatte, dann trank sie gern. Ich fühle mich so schlecht! Ich hätte ihr das nicht zumuten sollen, die Sache mit Ingrid.«

Er vergrub den Kopf in den Händen. Wie vernichtet saß er auf dem schwarzen Ledersofa im hinteren Besprechungszimmer seines Chefs. Die weißen Wände, die lamellenartigen

Bürovorhänge, die modernen Grafiken an den Wänden. Alles wirkte kalt, unglaublich sachlich und letztlich trostlos.

»Meine Freundin Ingrid – Sie haben sie ja kennengelernt – hat mich gedrängt, die Karten offen auf den Tisch zu legen. Sie meinte, ich könne so nicht weiterleben in einer Ehe, die so einseitig nur auf Verständnis für eine Seite ausgelegt sei, eine Ehe mit solcher Schieflage, meinte sie. Ich solle doch auch an mich denken, nicht nur immer an Patrizia, sondern an meine eigenen Interessen. Na ja, und da habe ich es eben getan.«

»Was haben Sie getan?«, fragte der Kommissar rasch.

»Ich habe es ihr gesagt, das mit Ingrid und so.«

»Was meinen Sie damit?«

»Ja, dass Ingrid mich halt versteht, und dass es für mich zu viel geworden ist, mich immer auf Patrizia, ihre Gefühle, ihre Gesundheit und ihre Wünsche einzustellen.«

»Was waren das für Wünsche?«

»Ihre Ruhe. Das war etwas ganz Wichtiges. Ich musste ihr oft ihre Ruhe lassen. Das passte fürs Erste ganz gut. Ich hatte selber tierisch viel zu tun. Aber, als ich dann mehr Routine im Beruf hatte, und als ich Ingrid kennenlernte, da habe ich es anders empfunden.«

»Wie denn?«

»Patrizia hatte immer seltener Lust und Zeit, etwas zu unternehmen. Immer Korrekturen, oder Kopfweh oder Müdigkeit. Nur manchmal, da war sie dann wie aufgekratzt. War vielleicht der Alkohol. Ich weiß es nicht. Sie konnte das auch gut verheimlichen. Ich hätte mich mehr darum kümmern müssen!«

Es war nichts zu machen. Wie auch immer Gero Wolfer fragte, Alwin Hartig antwortete deprimiert und voller Selbstvorwürfe. Entweder war das der perfekte Schauspieler oder wirklich der besorgte Ehepartner. Gero Wolfer war unbehaglich zumute. Einige der Erfahrungen, die ihm gerade erzählt wurden, hatte er in den zurückliegenden Jahren seiner eigenen Ehe auch gesammelt. Die Wünsche, Gefühle, Gesundheit seiner Frau – das hatte zu seinem Beruf jedenfalls nicht gepasst. Er hatte gar nicht die Zeit gehabt, auf all das einzugehen. So war das eben! Da hätte es eben eine andere Frau gebraucht. Alwin Hartig hatte eine solche gefunden. Es sah jedenfalls so aus.

Und er selbst? Da fiel ihm auf, seit dem Wochenende hatte er sich nicht mehr bei Mirella gemeldet. Jetzt war Mittwoch. Dabei hatte er ihr, die ja selber ständig unterwegs war, versprochen, ein Lebenszeichen zu Beginn der Woche zukommen zu lassen. Wo Mirella jetzt wohl herumrecherchierte? Wieder mal keine Ahnung! Sie hätte ihn ja auch zurückrufen können. Er brachte das Gespräch mit Alwin zu seinem fast ergebnislosen Ende und verabschiedete sich mit den berufsüblichen Hinweisen und Bemerkungen. Erschöpft erhob sich sein Gesprächspartner von dem schwarzen Sitzmöbel und schickte sich an, wieder seine Arbeit aufzunehmen, in gewohnt kompetenter und möglichst dynamisch erscheinender Weise.

Kriminalhauptkommissar Gero Wolfer schüttelte den Kopf. Er verstand diesen Menschentypus nicht und auch nicht diesen Fall. Es fehlte eine zentrale Figur auf diesem Schachbrett. Gab es ein Geheimnis, das die Tote zu Lebzeiten geschickt verborgen hatte?

Inzwischen an seinem Schreibtisch angekommen, riss ihn das Telefon aus seinen Grübeleien. Nein, nicht schon wieder Sabine! Zu spät, sich zu verleugnen!

»Paps, sag' mal, was würdest du tun, wenn du Ungeziefer in der Wohnung hättest, ich hab da an drei Stellen hier was gefunden.«

»Herrgott noch mal, Sabine! Ist das schon wieder so ein ›Notruf‹ wie am Sonntagnachmittag und am Montagvormittag? Ach, das hast du vergessen? Aus meinem lebenserhaltenden Tiefschlaf hast du mich gerissen wegen des verstopften Abflussrohrs in eurer Gemeinschaftsküche. Ja bin ich denn der Vize-Hausmeister im Studentenheim! Und dann, als der alte Vater doch noch angedackelt kam, da hatte dein derzeitiger Lieblingsfreund, der Herr Studiosus der Elektrotechnik, es doch geschafft, die 27 Teile wieder richtig zusammenzuschrauben. Und dann am Montag die Sache mit dem Bußgeld wegen Fahrradfahrens auf dem Gehsteig. Hör' mal Prinzessin, nicht noch mal so was! Nicht mit mir!«

»Aber Paps, ich brauche doch nur einen Gedankenblitz aus deinem Kriminalistenhirn, mehr nicht!«

»Ungeziefer? Frag deine Mutter!«

»Du kannst es dir doch denken: Die ist wieder verreist und nicht erreichbar. Ich habe doch nur dich, Paps! Bitte! Warum bist du überhaupt so sauer? Ich hab's: Du kommst mit deinem Fall nicht weiter. Oder es ist was mit Mirella, stimmt's?«

Schweigen. Dann ein geknurrtes »Erraten.« Da er allein im Büro saß, konnte er sich ja geschlagen geben.

»Also beides! Verstehe. *Ich* helfe dir ja immer gern! Hochzeitstag vergessen kann es ja nicht sein, vielleicht ihren Geburtstag?«

Stille auf der anderen Seite.

»Also was ist jetzt?«

»Mensch, warum bin ich da nicht drauf gekommen. Du hast's, Sabinchen! Das ist es, warum sie gar nicht abhebt, wenn ich anrufe oder aber sofort auflegt. Seit über einer Woche macht sie's so!«

Er schwieg und seufzte dann auf:

»Lässt sich wohl nichts mehr machen, auch nicht mit Blumen, das war schon beim letzten Mal schwierig!«

»Dich zum Freund! Welche Frau soll das aushalten? Aber gib' nicht auf! Sag' mir lieber, was hätte Sie denn gern gehabt?«

»Wie meinst du das?«

»Na, dann anders herum: Was hat sie kritisiert an dir – außer deinen berufsbedingten vielen Abwesenheitszeiten, meine ich.«

»Kritisiert? Ach, nur Unwichtiges.«

»Na was denn?«

»Dass ich mir die Haare nach hinten kämme und nicht ganz kurz schneiden lasse. Das ist ja wirklich unwichtig.«

»So. Und warum hast du sie dann nicht kurz schneiden lassen? Ist doch viel praktischer und das trägt man jetzt. Sei doch froh, dass sie sich keine moderne Kahlkopf-Frisur gewünscht hat!«

»Also, das ist doch trotzdem echt unwichtig. Jetzt halt mich nicht auf mit so was!«

»Na ja, ob du auf mich hörst oder nicht, damit hättest du ihr schon eine Freude machen können, mit einem zeitgemäßen Outfit. Denk' mal, wie viel jünger sie ist! Und was hat sie noch gestört?«

»Hör mal, studierst du jetzt nicht mehr Sprachen, sondern Psychologie mit Schwerpunkt Paartherapie?«

»Ich will dir nur helfen, und das, obwohl *du* mir gerade deine Hilfe abgeschlagen hast. Wie ist es nun? Wie viel ist dir an Mirella gelegen? Willst du kapitulieren, oder um sie kämpfen?«

Stille.

»Na, also! Sie fehlt dir. Wie wäre es, wenn du ihr, die ebenso wenig Zeit hat wie du, in ein paar freien Stunden oder einem freien Tag, was kochtest?«

»Die geht doch auf mich gar nicht mehr ein, hab' ich doch gesagt.«

»Dann locke sie eben indirekt an mit der Aussicht auf einen spannenden Bericht in einem Kriminalfall. Lass' dir was einfallen! Das kann jemand in deinem Beruf doch nicht schwerfallen!«

Wieder Schweigen. Er schien zu überlegen.

»Weißt du was, sobald du was ausgeklügelt hast und weißt, wann du sie triffst, rufst du mich an und ich besorge dir im Schnellgang ein fast fertig gekochtes ›selbst gemachtes‹ Essen. Das kannst du in einer Viertelstunde warm auf den Tisch bringen.«

»Fertiggerichte kann ich mir selber wärmen, wird sie sagen.«

»Das meine ich nicht. Ich bringe dir in einem Korb alles Nötige: Maultaschen, fertigen ›selbst gemachten‹ Kartoffelsalat vom Metzger, desgleichen Sellerie-Möhrensalat und bereits gewaschenen grünen Salat. Du dünstest dann Zwiebeln – das lässt Appetit aufkommen, – machst die Maultaschen in einer Brühe warm und gibst Essig und Öl sowie die von mir vorbereiteten frischen Kräuter über den grünen Salat. Wo ist das Problem? Kochen kannst du ja! Es fehlt dir nur immer die Zeit dazu.«

»Ich weiß nicht so recht.«

»Du musst wissen, was dir Mirella wert ist. Mein Angebot steht. Ruf' mich an! Und übrigens, Paps, danke für das Geld! Du hast mich mal wieder gerettet. Ciao! Ach halt! Bist du noch dran? Bitte noch einen Moment! Ja Paps! Klar, so kurz wie möglich! Nur eine Frage: Was macht man, wenn einem der Freund das Rad, das man ihm geliehen hat, ohne zu fragen eines Tages in die Pfandleihe schleppt und nichts davon erzählt?«

»Sabine, ich muss jetzt arbeiten und muss gleich weg. Ich kann nicht immer als dein Sorgentelefon einspringen. Du wirst doch nicht so blöd sein, dir einen so unzuverlässigen Freund zuzulegen?«

»Nein, ich habe ja auch immer noch kein E-Bike, meine beste Freundin aber schon! Tom, ihr Freund, hat es ausgeliehen. Der ist ein ganz schräger Typ, von der Schule geflogen wegen viel zu viel Schwänzens und auch anderem! Dann hat er gejobbt als Essenslieferant per Rad. Aber das Bergaufradeln war nichts für ihn. Er raucht ja auch alles Mögliche und Unmögliche! Da hat Conny ihm ihr E-Bike, genauer gesagt ihr Pedelec, ausgeliehen. Sie liebt ihn halt!«

»Deine Freundin Conny hat sicher Eltern. Die muss man dann eben einspannen bei so was.«

»Au nein, Paps, das geht gar nicht!«

»Okay. Ich muss jetzt Schluss machen, tut mir leid, Sabine.«

»Halt, jetzt kommt's, warum ich dich frage: Der Typ, Tom heißt er übrigens, hat Conny bedroht, als sie gesagt hat, sie geht zur Polizei, wenn er ihr nicht bis zur gesetzten Frist das Rad zurückbringt. Da hat er ganz gereizt reagiert. Es reicht ihm jetzt, hat er gesagt. Sie bringe sich in Gefahr, wenn sie so weiterdränge.«

»Ja, dann muss sie halt wirklich die Polizei einschalten. Ich kann das jetzt nicht beurteilen.«

»Aber Paps! Tom hat eine Pistole. Ich habe Angst um Conny und nicht nur um sie. Diese Knalltype kommt bei Frauen an, man glaubt es nicht. Jetzt will er anscheinend jemand erpressen, eine Lehrerin, die was mit einem Schüler hat. Das weiß er seit Neuestem von einem Kumpel. Hallo! Bist du noch dran? Nein? Aufgelegt, einfach aufgelegt! Na toll!«

Gero Wolfer hatte tatsächlich aufgelegt. So ging das nicht, bei aller väterlicher Sympathie, auch wenn ihm war, als sei seine Tochter gerade in Wirklichkeit vorbeigeeilt, hochgewachsen, grazil und flink, und als hätte sie ihn im ersten Teil des langen Gesprächs, als es noch um ihn selbst ging, mit ihren großen Rehaugen amüsiert angeblickt, erstaunt darüber, warum er sich nicht ebenso flink an die Lösung seiner Probleme machte. Er ging zum Spiegel und fuhr sich unschlüssig durch sein Haar. Dann zuckte er mit den Achseln und ging zurück zum Schreibtisch.

Ein Blick auf die Uhr – und schlagartig war ihm klar, dass er jetzt beim Schulleiter des Anna-Scheufele-Gymnasiums sein wollte. Er selbst hatte ja um ein Gespräch gebeten! Also nichts wie los! Unterwegs nahm er Kontakt mit dem Gymnasium auf. Die Sekretärin versprach, sein verspätetes Kommen anzukündigen.

»Da sind Sie ja, Herr Kommissar!«, begrüßte ihn jovial der Schulleiter.

»Was gibt es Neues? Spannen Sie mich nicht auf die Folter! Haben Sie eine Spur?«

»Ich brauche vielmehr Sie, Herr Strack, Ihr Wissen! Nachdem ich mit dem Ehemann der Frau Hartig ein sehr intensives Gespräch hatte, und auch unsere polizeilichen Informationen noch mal durchgegangen bin, scheint mir doch wichtig zu sein, was es mit dem Alkoholproblem der Frau Hartig auf sich hatte.«

»Herr Wolfer, ich erkläre es Ihnen gleich ohne Umschweife, aber vorweg: ich fände es aber gut, wenn es nicht gleich in Polizeiakten oder dergleichen einginge.«

Wolfer nickte.

»Also, die verstorbene Kollegin Hartig hat sich bei uns hier von Anfang an als ausgezeichnete Lehrerin erwiesen, und das schon in ihrer Referendarzeit! Sie war zu hundert Prozent zuverlässig und hat es verstanden, unserer Schülerschaft was beizubringen. Als Privatschule schätzt man das besonders. Dann – ich müsste nachsehen wann – hat sie den Führerschein wegen Alkohols am Steuer abgeben müssen. Schulisch hatten wir nicht bemerkt, dass sie ein Problem hatte. Sie war, als ich darüber informiert wurde, zerknirscht und geradezu super-einsichtig, ja sie fürchtete sehr um ihr berufliches Fortkommen. Ehrgeizig wie sie war, hoffte sie auf eine Karriere.«

Er seufzte und sah kurz zum Fenster hinaus.

»Ich habe ihr dann geraten, in den großen Ferien das Problem unter sachkundiger medizinischer Betreuung anzugehen. Das hat sie dann getan. Mir war wichtig, dass es fürs Erste unter uns beiden blieb, vorausgesetzt natürlich, dass es ihr gelingen würde, das Problem bleibend zu bewältigen. Und so geschah es.«

Wieder eine kurze Pause, so als überlege er, wie er die Lage zutreffend einschätzen könne. Anscheinend war ihm das nun klar, denn er fuhr fort:

»Wenn Frau Hartigs Ehemann jetzt in Scheidungszeiten sie vielleicht als mehr oder minder labil oder rückfällig in Sachen Alkohol schildert, verwundert mich das nicht. Ihren Dienst hat Frau Hartig weiterhin korrekt versehen. Das ist in solch einer Situation, in Trennungs- und Scheidungszeiten, ja nicht gerade jedem gegeben! Mehr brauche ich, glaube ich, wohl kaum zu sagen.«

Gero Wolfer überlegte. Der Bericht schien ihm doch etwas zu glatt und unproblematisch. Er hatte sich mehr erhofft – irgendwelche neuen Ansatzpunkte für seine Ermittlungen. Sicherheitshalber fragte er nochmals nach:

»Sie, Herr Strack, hatten also nicht den Eindruck, Frau Hartig sei rückfällig geworden, sei stimmungslabil oder habe Gesundheitsprobleme ernsterer Art?«

»Mir ist nichts dergleichen zu Ohren gekommen und ich selbst habe sie korrekt ihren Dienst tun sehen. Natürlich sah sie nicht an jedem Tag aus wie das blühende Leben. Das ist doch verständlich – noch dazu in solchen Zeiten! Da kann man sich eher wundern, wenn jemand so fit und dynamisch auftritt – wie sie beispielsweise an unserem Sporttag. Wir als Schule haben durch ihren Tod einen herben Verlust erfahren. Frau Hartig hinterlässt eine Lücke. Eine tüchtige Lehrkraft wie sie ist nicht so einfach zu ersetzen.«

Das Gespräch neigte sich bald dem Ende zu. Gero Wolfer bat den Schulleiter noch einmal, ihm nachträglich aufkommende Beobachtungen und Informationen unverzüglich mitzuteilen und machte sich mit langen Schritten auf den

Weg in den Schulhof und zu seinem Wagen. Das vertraute Geräusch seines Telefons unterbrach seinen Gedanken.

»Sabine? Nicht schon wieder! Ist was passiert?«

»Mir ist nichts passiert, aber bei meiner Freundin Conny hat der Typ, der Tom, von dem ich dir erzählt habe, furchtbar Ärger gemacht. Er habe seine Pistole heute, als er bei ihr war, zuletzt bei sich gehabt, und jetzt sei sie weg. Sie habe sie wohl versteckt. Inzwischen aber ist er weg – Gott sei Dank!«

»Und die Pistole?«

»Ja die hat Conny dann anschließend zum Glück gefunden – draußen in dem Klo, das sich neben ihrem Studentenzimmer befindet, genauer gesagt auf dem Klokasten. Dort lag das blöde Stück. Conny wollte, dass Tom dort aufs Klo geht und nicht ihn ihrem Zimmer. Er wirkt manchmal – na ja, so als hätte er im Park oder einer Unterführung übernachtet, auch wenn er seinen Kopf total kahl rasiert hat, bis auf ein winziges Haarbüschel oben in der Mitte. Conny war so froh, dass die Pistole niemand anders in die Hände gefallen ist. Hätte ja leicht passieren können.«

»Jetzt wäre es aber doch Zeit, die Polizei einzuschalten. Oder handelt es sich vielleicht um eine Faschingspistole?«

»Conny hat ihren Bruder gerufen, der ist in einem Schützenverein. Der ist gleich gekommen und hat die Pistole mal mitgenommen. Er hat gemeint, das müsse eine Gaspistole sein. Er wird sich um die Sache kümmern, sagt Conny.«

»Sabine, bitte lass dich da in nichts hineinziehen, versprochen? Deine Freundin sollte zumindest dafür sorgen, dass überprüft wird, was es mit der Pistole auf sich hat.«

»Ja, Paps! Das habe ich ihr auch schon gesagt. Ich verstehe nicht, warum sie so an diesem verpeilten Typ, dem Tom, hängt. Der bekommt nichts auf die Reihe, aber auch gar nichts! Noch nicht mal mit dem Transportrucksack für den Essenszubringerdienst kam er klar. Er hat sich einmal so weit vorgebeugt, dass vom Essen was raus geschwappt ist.

Jetzt will er sich einen neuen Job suchen. Bis er den hat, will er in der Not seine Oma bitten, ihm Geld zu geben. Die hat ihm öfter schon geholfen.«

»Sabine, Schluss für heute. Halt dich gut!«

Gero Wolfer schüttelte den Kopf. Kam es ihm nur so vor, oder waren Jugendliche früher anders? Selbstständiger, reifer? Wenn nur bald die Mutter seiner Tochter wieder im Lande wäre! So ging das jedenfalls nicht weiter mit diesen vielen Anrufen.

Wenn ihre Mutter nur endlich wieder käme! Das wurde zu lang jetzt. Verflixt noch mal! Das würde Ärger geben, wenn sie jetzt nicht wieder sofort ihrem Dienst nachginge, stellte sich Kriminalhauptkommissarin Ulmer vor. Ungeduldig schaute sie zum etwa siebenundsiebzigsten Mal auf die Garageneinfahrt unten an der Sommerhalde. Wo ihre Mutter nur blieb! Wenigstens Benjamin, dem Winzling in seinem Kinderbett, schien Felicitas' Anwesenheit Ruhe und Entspannung gebracht zu haben. Er schlief jetzt fest. Ein Anblick himmlischen Friedens, die Ärmchen rechtwinklig nach oben gelegt. Sie seufzte erleichtert auf. Dem »Butzele«, wie die Nachbarin Frau Häberle immer sagte, ging es wieder besser. Das war das Allerwichtigste. Dafür würde sie, wenn nötig, Spott oder eine Rüge in Kauf nehmen.

Felicitas Ulmers Blicke schweiften das Bücherregal entlang. Kinderbücher, alte Bilderbücher, eins davon mit festem rot-weißem Papier eingebunden, damit es nicht zerfiel ob seines hohen Alters. War es die »Häschen-Schule« oder war es… Ja, was war es denn? Wie hieß es doch? Man müsste nachsehen. Ein Gedanke durchzuckte sie: Der äußere Einband verbirgt den Titel. Ja, das war es! So konnte es vielleicht mit dem Tagebuch der Patrizia Hartig sein. Wer will denn schon, dass sein eigenes Tagebuch von anderen gelesen wird! Noch nicht mal vom Ehepartner soll es gelesen werden. Sie selber hatte nie ein Tagebuch geführt. Im Bücherschrank der Patrizia Hartig war ihnen bisher bei der Suche aber gar kein schulbuchartig eingebundenes Buch aufgefallen. Egal. Sie würde sich die Bücherwand in Degerloch noch einmal unter diesen Gesichtspunkten vorknöpfen.

Endlich! Da bog der rote VW Golf ihrer Mutter gerade in die Garage ein. Das wurde aber auch Zeit! Felicitas Ulmer spurtete los, verständigte sich kurz mit ihrer Mutter und saß auch schon in ihrem Auto. In Gedanken kam sie von dem Thema Bücher und Einband nicht mehr los. Wie eine Rätselnuss, die zu knacken war, erschien ihr das Problem. Gleichsam wie ein rotes Eichhörnchen sprang sie in großen Sätzen in der Reutlinger Straße durch den Garten auf das Haus der Frau Dettinger zu. Diese, zurück von ihrem Verwandtenausflug, und jetzt wieder voll auf dem Posten, erschien sogleich in der Haustür. Kommissarin Ulmer beschwichtigte sie mit den Worten, man wolle polizeilicherseits alles tun, um Herrn Hartig zu helfen. Sie selbst werde sich »gleich« wieder bei Frau Dettinger melden und auch gerne den angebotenen selbst gebackenen Kirschkuchen – »Kirschplotzer« im mundartlichen Fachjargon – zu sich nehmen, sehr gern sogar, aber jetzt müsse sie erst noch etwas nachsehen.

Nur zwei Büchereinbände erspähte sie beim ersten Überfliegen der Regale, doch beide aus Klarsichtfolie. Tarnen und Täuschen – darum ging es doch. Felicitas Ulmer reckte den Kopf vor und las »Geflügelte Worte« , wahnsinnig dick, »Literatur im deutschen Südwesten«, ziemlich dick, aber hier »Geschichte der deutschen Literatur«, kleiner, wohl ein Kurzüberblick oder Studienpaukbüchlein in schnuckeligem Format. Weg also mit der Hülle! Geknackt die Rätselnuss!

Das Tagebuch lag in ihren Händen. In sauberer Handschrift Gedichte, Textseiten, Stichworte – und alles mit Datum! Sie blätterte, aber es blieb dabei: alles vom vergangenen Jahr. Ja geht es denn nicht ein bisschen aktueller? Wo bleibt die Gegenwart? Es musste einen oder weitere Bände geben. Viel anders können sich die Goldsucher in Kalifornien zur Zeit des »Wilden Westens« nicht gefühlt haben, dachte die schwitzende Kommissarin. Ihre Ausdauer wurde belohnt. Drei Tagebuchbände, geführt bis kurz vor ihrem Tod, hatte Patrizia Hartig, in ihrem Bücherregal verborgen.

Frau Dettinger klopfte. Mit frisch gebackenem duftendem »Kirschplotzer« und einer Tasse Kaffee, hübsch angerichtet auf einem Tablett, schnaufte sie im Honoratiorenschwäbisch:

»Sie müsset sich jetzt erscht einmal stärken, Frau Ulmer. Machet Se's gemütlich mit Ihrer Suche! Ich hab' Zeit. Ich bin unten. Tun Se nur net hudle, des bringt eh nix. Ach übrigens, mir isch no äbbes eig'falla: Sie hent mi doch g'frogt, ob äbber zur Frau Hartig komma isch, gell?«

Die Kommissarin fragte sich, wie viel Nachtragsinformationen noch im Lauf der Zeit zu erwarten wären.

»Ja, Frau Dettinger?«

Frau Dettinger stellte sich in Positur und gab sich hörbar Mühe in dialektfreiem Deutsch oder zumindest in »Honoratiorenschwäbisch« zu berichten.

»Also«, sie holte tief Luft, »vorigen Freitag, g'rad, als ich an d'r Haltestelle vom Bus gewartet hab' – Sie wisset ja, ich fahr hie und da zu meiner Schwester ins Remstal übers Wochenende – also do isch mir eine Frau aufgefallen, die ihr kleines Auto, so a schwarzes war's, ganz schräg geparkt hat und dann auf mei Haus zugegangen isch. Ich kenn' die net. Des könnte vielleicht eine Kollegin von der Frau Hartig sein, hab' ich denkt. Aber die ischt sehr eilig auf's Haus zu marschiert und hat irgendwie komisch guckt, finschter, dät ich sagen. Aber ich hab' ja auf mein Bus g'wartet und hab' auf mein Zug nach Schorndorf pressiert.«

»Können Sie die Frau beschreiben, Frau Dettinger? Und wie alt war die ohng'fär?«

»Ha, so um die fuffzig oder so. Und a bissle ›sterch‹ isch se gwäa.«

»Sterch, was heißt des, Frau Dettinger?«

»Ha no, halt eher wie so a Bohnestang'. Aber net so groß. Und eher blonde Hoar hot se g'habt. Mehr woiß i net, Frau Ulmer.«

»Danke, Frau Dettinger. Ich schreib' mir des glei' auf, des war jetzt wichtig.«

»Also i hab' des nur no sage wollen, weil die Frau gar so schnell glaufa isch, so komisch halt.«

Sprach's und stieg bedachtsam ob ihrer Leibesfülle die Treppe hinunter. Felicitas Ulmer machte es sich nun wirklich gemütlich am Esstisch der Tagebuchautorin. Sie verschlang nicht nur alles, was auf dem Tablett geboten war, sondern noch gieriger die Zeilen, notiert in der regelmäßigen und säuberlichen Handschrift der Schreiberin.

Die letzten Wochen über schien Patrizia Hartig bis über die Ohren in Arbeit gesteckt zu haben: Korrekturen über Korrekturen. Geschichte und Deutsch schienen wirklich ungünstige Schulfächer zu sein! Oder erschien es nur so, weil Frau Hartig so viel Oberstufenunterricht erteilt hatte? Und dann hatte sie auch noch seit einem halben Jahr in Vertretung einer Kollegin im Mutterschaftsurlaub Latein unterrichtet. Da hatte sie es zwar mit nur kleinen Schülergruppen zu tun, also auch dementsprechend weniger Korrekturen zu leisten, aber die zusätzliche Belastung und Verantwortung machte ihr ganz offensichtlich schwer zu schaffen.

Und dann noch die Vorbereitung für das mündliche Abitur! Das hatte sie anscheinend noch den allerletzten Nerv gekostet. Hätte ich nicht gedacht, sagte sich die jugendliche

Leserin der Zeilen und schüttelte den Kopf. Und die vielen Notizen über Kopfschmerzen, Bauchschmerzen und das Raisonnieren darüber. Oh Gott! Eingeschobene Kurznotizen *»beim Arzt«* oder *»Dr. S.: Abklärung Donnerstag 8 Uhr nüchtern.«* Und wieder *»Dr. S.: Laborbefund positiv!!«* Das klang nicht gut, arme Frau! Felicitas Ulmer nahm sich die allerletzten Tage genauestens vor. *»A. wieder da, plant Reise, besorgt die Tickets, ist echt happy. – Alwin unerreichbar. Anwalt wird Brief schreiben und Frist setzen, lebt selber in Trennung. Interessanter Typ!«* Freitag: Es folgten wieder Gesundheitsnotizen – eher die Fortsetzung einer Krankengeschichte. Vielleicht hatte deshalb der Alkohol vermehrt herhalten müssen. Am Freitag: *»Morgens widerliche Kopfschmerzen. Erst zur dritten Stunde in die Schule. Nachmittags A. versteht nicht, dass ich abends nicht mit ausgehen will. Wieder Zoff.«*

Unter dem Datum des Samstags, ihrem letzten Tag, war nichts eingetragen. Das las sich ja alles nicht gut in Band 3! Puh, so ein Leben, seufzte die Kommissarin, die sich je länger desto mehr, wie eine heimliche Beobachterin fühlte. Indiskret so etwas, fuhr es ihr durch den Kopf. Muss aber sein, egal, wie peinlich es wirkt.

Wie blumig hatte sich demgegenüber Band 1 und auch noch Band 2 der Tagebücher ausgenommen. Sie hatte bisher nur kurz hineingeschmökert. Wer war »A.«? Alwin konnte es nicht immer sein. Waren da nicht in Band 2 längere Ausführungen über »A.« zu lesen gewesen? Sie blätterte in dem sorgfältig geführten Buch. Damals schien die Lehrerin mehr Zeit gehabt zu haben. Kein Wort auch über ihren Gesundheitszustand oder gar Kranksein.

Sie schmökerte in den Juli-Einträgen des vergangenen Jahres. *Berlin: Die Vorbereitungen zur Love-Parade faszinieren die Schüler. Sie erkunden Kneipen. Kollege K. und ich suchen Kabarett. Für Theaterkarten zu spät, also Gang durch die Hackeschen Höfe und verdammt langer Fußmarsch zum Nikolai-Viertel. Abendessen. Kollege K. verwechselt sympathischer Weise auch U-Bahn-Fahrtrichtung! Zurück ins Hotel. Party im Mädchen-Zimmer 77. Sogar Kollege K. trinkt Alkohol.*

Oh, ein Gedicht auf einem Zettel notiert in kleinerer, eng gedrängter fremder Handschrift:

»Länger kann mein Herz ich nicht bezähmen –
Ach du lieber Gott, ich tat es nie! –
Doch Sie dürfen es nicht übel nehmen,
Aber ich gesteh's, ich liebe Sie …

Felicitas Ulmer übersprang ein paar Zeilen und las dann weiter:

Ob ich gehe, stehe, liege, sitze,
Ob ich meinen Aufsatz schreiben soll,
Ob ich über der Grammatik schwitze,
Stets erscheint Ihr Bild verheißungsvoll …«

Auf der Rückseite war in derselben Handschrift vermerkt: *Für Frau Hartig – abgeschrieben bei Frank Wedekind.*

So, so! Ein Verehrer aus der Schülerschaft! Schwärmer vielleicht. Das musste einer Deutschlehrerin doch das Herz erwärmt haben. Neugierig blätterte die Leserin um. Da, der Tagebuchtext nahm das Thema auf:

»Hättest du das gedacht, Patrizia, mit deinen über 33 Jahren? Einem Schüler den Kopf verdreht! Und noch nicht mal bemerkt! Ganz schön lächerlich hast du doch immer gesagt, wenn es um Lehrer und Schülerinnen ging. Jetzt bist du selber dran. Und? ›Schön! Einfach schön‹ – ganz unter uns gesagt. Wie er das angestellt hat! Nein, nicht das Gedicht überreichen – das war nicht schwer. Nein, wie er gestern an der Tür geklopft hat – es war immerhin Mitternacht – und wie er mich an meinen Spruch vom Abend vorher erinnert hat: »Ich bin immer für Sie alle da«, dabei war das doch halb Spaß gewesen, Nachäffen des Chefs und seines so oft im Schulhaus

gesprochenen Satzes. Ja, da stand er nun vor meinem Hotelzimmer und meinte: »Ich nehme Sie beim Wort, Frau Hartig. Kann ich Sie in einer dringenden Angelegenheit sprechen?« Mutig, was! Drinnen hat er mir das Gedicht überreicht und mich dann nur angesehen – aber wie!!! Ich war erst mal völlig verdattert, etwa so, wie in meiner frühesten Mädchenzeit, aber geschmeichelt war ich auch. Stimmt schon! Wohl so geschmeichelt, wie gewisse männliche Kollegen, wenn die schönsten unserer Mädchen an ihnen ihre neu erworbenen Verführungskünste ausprobieren. Alles ganz schön albern, ist ja wahr! Aber… Und es kam noch schöner.

»Und jetzt?«, sagte ich. Mir fiel einfach nichts Besseres ein.

»Jetzt könnten wir von dem Wein in Ihrem Kühlschrank trinken, den Sie gestern erwähnt haben«, meinte der Herr von Welt.

»Aha, na ja«, sagte ich. Mein Gehirn war ähnlich wie ein Computer bereits heruntergefahren – oder wie es das Fotokopiergerät in solchen Fällen von sich vermeldet »Im Ruhemodus«. Wir tranken erst mal.

»Eine Lehrerin und ihr Schüler, das ist ja heiter!«, hörte ich mich sagen.

»Finde ich auch«, sagte er forsch.

»Hör mal Junge, ich bin fünfzehn Jahre älter. Du könntest ›Mutter‹ zu mir sagen.«

»Wenn Sie darauf bestehen«.

»Nun nimm' aber mal Vernunft an! Mich freut es, dass du die Literatur, die Poesie bemüht hast. Echt, das finde ich toll.« Meine Äußerungen wurden immer anspruchsloser. Wahrscheinlich wirkte das Bier, das ich in meiner Einsamkeit, bevor er klopfte, getrunken hatte, und jetzt der Wein. Ich hörte mich sagen »Wie stellst du dir das vor!?«

»Schön«, sagte er und strich mit seiner Hand doch tatsächlich über mein Haar, das ich – im Unterschied zu tagsüber – offen trug. Ich war ja im Begriff gewesen, ins Bett zu steigen.

»Schön«, wiederholte er und rückte näher. Ich muss ziemlich beschwipst gewesen sein, ich fand alles Weitere ganz selbstverständlich. Meine Hand verirrte sich zu seinem T-Shirt. Er fühlte sich so an, wie er aussah, sportlich, anders als mein lieber Alwin zu Hause. »Weiter so«, sagte er und fummelte selber ›weiter so‹. Und es dauerte nicht lang, da sagte ich doch – beduselt, wie ich war – mit einer mir fremden Stimme: »Du bist schön, wirklich.«

»Du bist noch viel schöner, als ich dich bisher gesehen habe«, sagte mein Jungmacho in ernstem Ton. Der hatte den total richtigen Ton drauf. Der küsste mich, als käme auch er direkt aus Bolivien, um die Frauen in Deutschland kennenzulernen, wie der Austauschschüler, von dem die Mädchen in der 10a so schwärmten, es von sich behauptet hatte. Ich habe mich sicher nicht anders verhalten als die drei Mädchen der 10a (die den jugendlichen Lover näher kennenzulernen begehrten), nur erfahrener, denke ich. Das Schlimme ist, jetzt sitze ich da, mit eigentümlich verklärtem Blick, ein bisschen kuhäugig, gerade so wie jene jungen Damen in meinem Unterricht.

Was Wunder, wenn das Schicksal einer verlassenen und beschwipsten Noch-Ehefrau so etwas wie den Sportler des Jahres, eine Art jugendlichen Apoll, in die reifen Arme spielt!

Wie hätten wohl die Zehntklässlerinnen das am nächsten Morgen formuliert? Hätte die eine der anderen vielleicht – verblüffend unverkrampft, wie sie sind – zu getuschelt »Ich sage dir, der hat einen ›Body‹!«

Aber das allein ist es ja nicht gewesen! Nein, mit jeder schriftlichen Arbeit mehr, die ich von diesem Kurs und von ihm zu korrigieren hatte, habe ich mich über seine Ausführungen gefreut. Die waren so grundvernünftig! Das kam mir wahrscheinlich so vor, weil ich derselben Ansicht war. Richtig erwachsen erschien er mir und innerlich mir nahe. Als ein junger Mann mit Sachverstand und eigener Urteilskraft ist er mir in diesen schriftlichen Arbeiten aufgefallen, unter all den Jugendlichen. Das war nicht mehr der unscheinbare Schüler, als den ich ihn zu Beginn des Schuljahres betrachtet habe.

Tja, Patrizia, hättest du dir das je träumen lassen? Jetzt verstehst du vielleicht die älteren Kollegen, denen nach oder eher vor ihrer Ehescheidung eine jüngere Frau den Verstand geraubt hat. Auf jeden Fall: Mach' dich bloß nicht zum Gespött wie sie! Fang' bloß nicht an zu reden, ja womöglich zu schwärmen. Doch das genau, das wäre es jetzt, wonach dir zumute ist. Gib es ruhig zu! Dir fehlt die Freundin, der man schildern könnte, wie fantastisch es war – und wieder sein kann mit ihm.

Kann sein, es ging damals Silke so, als sie mir die Bettfotos von ihrem geschickt eroberten einzigartigen Lover vorlegte, und ich nicht wusste, wo hinschauen und was sagen vor Verlegenheit über die Fotos von Körperteilen in Natur pur und in Großaufnahme. ›Superman‹ im wirklichen Leben, so muss es Silke vorgekommen sein. Und sie hatte ihn gefunden! War das nicht toll? Sie musste die Trophäe zeigen. Dahinter bleiben selbst Friseur-Illustrierte zurück.

Aber zurück zur Wirklichkeit! Was soll jetzt geschehen? Mir kommt nichts anderes mehr in den Sinn als – typisch Deutschlehrerin natürlich! – das Gedicht von Brecht, das von den Kranichen und den Liebenden:

»So unter Sonn und Monds wenig verschiedenen Scheiben
Fliegen sie hin, einander ganz verfallen.
Wohin, ihr? – Nirgends hin. – Von wem davon? – Von allen. …«

Ja, Patrizia, so ist es, so und nicht anders. Was soll daraus nur werden?

Die rein beruflich bedingt in die Lektüre vertiefte Leserin Felicitas Ulmer konnte sich nur schwer aus dem Bann der Erzählung lösen. Das Tagebuch diente seiner Schreiberin offenkundig wie eine Ansprechpartnerin dazu, ihre Gefühle und Gedanken zu sortieren und sich über sich selbst klar zu werden. Daher aber auch die Scheu der Leserin, sich quasi in die »inneren Angelegenheiten« der Verfasserin einzumischen. Die Kommissarin schaute auf, holte tief Luft und beschloss, sich möglichst nur noch der Eruierung von Fakten statt der Gefühlswelt der Patrizia Hartig zuzuwenden. Einfach war das nicht! Patrizia Hartig hatte es also erwischt. Kitschroman-Leserinnen wären in diesem Tagebuchband immer erneut fündig geworden. Über die Monate hin zog sich die Romanze mit dem jugendlichen Helden »A.«. Wer war A.? War die Abkürzung willkürlich gewählt? Hätte es auch B. sein können oder C.? Stand das Kürzel für einen wirklichen Namen oder einen Spitznamen? Oder sollte es nur ein Verwirrspiel für Alwin sein? Das würde sie noch klären. Sie las weiter. Der Verlauf der Liebesgeschichte – für die beiden ungleichen Liebenden eine sehr ernst gemeinte Liebe – gestaltete sich wechselhaft. Der Gesundheitszustand der Patrizia Hartig musste damit auch in Zusammenhang gestanden haben. Aber es ging ihr, der Kriminalistin, ja um den Schüler »A.« und weniger um die Höhen und Tiefen der Gefühlswelten. Wichtig allerdings in der Endphase, die spürbar werdende Diskrepanz der Gefühle: er wie am Anfang Feuer und Flamme, sie immer schwieriger werdend. Felicitas Ulmer zögerte, sollte sie weiterlesen oder vielleicht das Tagebuch vollends mit nach Hause nehmen? Das wurde jetzt doch ziemlich zeitintensiv.

Doch Halt! Da schienen aus neuester Zeit Passagen, die vielleicht Aufschluss geben konnten über Patrizias Gefühle für »A.«. Möglicherweise gäbe das doch einen Hinweis für die Ermittlungen.

Ein Gedicht – offenbar unvollständig abgeschrieben – leitete den Tageseintrag ein:

Seit ich ihn gesehen,
Glaub ich blind zu sein;

Wo ich hin nur blicke,
Seh ich ihn allein …

Beruflich, wie nun auch persönlich, aufs Höchste interessiert und angespannt las Felicitas Ulmer weiter:

Ja, so ist es! Treffender kann ich es nicht sagen. Was soll ich nur tun? Mit dir zusammen fühle ich mich eins. Wenn du mich sanft und bestimmt zugleich in die Arme schließt, weichen alle Zweifel. Deine Hände – sie berühren mich liebevoll – wie wohl jemand sein vertrautes Musikinstrument aufnimmt, um darauf zu spielen. Du bringst mein Inneres zum Mitschwingen mit dir. Ich vergesse alles um uns herum, fühle deine Hände, deine Haut, deinen Atem und bin so glücklich wie mit niemandem zuvor.

Woher nur kommen dann, wenn du nicht bei mir bist, die Zweifel? Wie kann ich sie nur verscheuchen? Es gelingt mir nicht. Warum? Ob sie weichen, wenn wir endlich länger zusammen sind, ohne immer wieder nach kurzer Zeit schon Abschied nehmen zu müssen wie bisher? Ich lebe auf unsere Reise zu und sehne mich nach dir.

Morgen werde ich dir das Gedicht von Rilke präsentieren, vielleicht kennst du es schon:

»Ja, ich sehne mich nach dir. Ich gleite
mich verlierend selbst mir aus der Hand,
ohne Hoffnung, dass ich das bestreite,
was zu mir kommt wie aus deiner Seite
ernst und unbeirrt und unverwandt.«

Trifft es das nicht haargenau, »ernst und unbeirrt« – ja, das bist du! Und ich? Warum gelingt es mir nicht, so zu sein?

Leider wieder keine Fakten, keine Hinweise darauf, was Patrizia im Anschluss an den Abiball geschehen war. Enttäuscht schloss die angespannt überlegende Kommissarin das Tagebuch. Sie verharrte einen langen Moment in Gedanken. Dann wandte sie sich wieder der Gegenwart zu. Sie war froh, dass sie für Frau Dettinger die bebilderte Jahresbroschüre der

Schule mit dabei hatte. Wo war doch das Foto des Kurses, der nach Berlin gefahren war? Laut Tagebuch war »A.« sehr sportlich, dunkelblond, mit vollen Lippen und ursprünglich besonders ungünstiger Frisur für sein dünnes Haar. Hm! Übrig blieb im Ausschlussverfahren von »zu groß, zu klein, zu dick, zu mager, zu dunkel, zu hell« nur ein Einziger. Er musste es demnach sein: Boris Wartuschek. Es war ja eine kleine Gruppe gewesen. Felicitas Ulmer rief den Kollegen Groß an. 12.30 Uhr. Mit etwas missmutiger Stimme meldete er sich. Schnell änderte sich der Ton: Er werde sich sofort auf den Weg zu Boris Wartuschek machen, sagte er geradezu verlebendigt, ja wie beflügelt. Sie fragte: »Soll ich noch schnell Herrn Buchhorn das Foto von Boris zeigen? Vielleicht erinnert er sich dann genauer, wen er da nachts hat weghuschen sehen, und ob es dieser Boris war?«

»Gut! Mach' das!«, kam die Antwort. »Wir bleiben in Kontakt.«

So, Frau Dettinger, das hat toll geschmeckt. Vielen Dank auch«, sagte die Kriminalkommissarin artig und gab das Tablett mit dem Geschirr zurück.

»Und jetzt noch meine Frage an Sie …«

»Kommen Sie doch herein, Frau Ulmer!«

Frau Dettinger übernahm während dieser Worte das Tablett und ging voran in ihre Wohnung.

»Bitte!«

Sie wies der Besucherin den Platz am Esstisch an, wackelte kurz in die Küche, um das Geschirr loszuwerden und setzte sich dann neben die Kommissarin.

»Frau Ulmer, nehmet Se mir' s net übel, aber i wollt no oins sagen …«

Innerlich stöhnte die Angesprochene auf: Wahrscheinlich noch ein später »Nachtrag«, dann aber hoffentlich ein ergiebiger!

»Also, Frau Ulmer, mir wär' es arg recht, wenn ich jetzt bald die Wohnung von d'r Frau Hartig putza könnt'. Sie wisset ja, i bin auf die Miete ang'wiesa wega meiner Witwenrente. Do muss natürlich älles sauber sein, Sie verschtehet? Gell, Frau Ulmer! Jetzt dät i saga, i fang' emool an mit de Fenschter ond mit deene Rolläda. Hent Se g'säa wie wüscht die von inna aussehet? Verheerend sag' i Ihne! Also die g'höret dringend nass abg'wascha, gell! Denket Se dra, ja? Bitte! Also gut!«

Die Kommissarin nickte. Sie hatte die Jahresbroschüre des Anna-Scheufele-Gymnasiums schon bereitgelegt und das Bild des Geschichtskurses auf der Berlin-Fahrt aufgeschlagen. Frau Dettinger setzte umständlich ihre Lesebrille auf.

»Sodele, Frau Dettinger!«, klang es ermunternd vonseiten der Kommissarin, »gucket Sie sich des mol an! Kennen Sie vielleicht jemand von diesen jungen Leuten?«

»Frau Ulmer, wie kommen Se do drauf? Des sind doch lauter Schüler. Wie soll ich do jemand kennen?«

»Schauen Sie trotzdem mal genau hin, sehen Sie sich mal die Jungs an, besonders in der hinteren Reihe!«

»Ja, hm, d'r Dritte von links, der kommt mir bekannt vor. Isch des net der Neffe von der Frau Hartig?«

»Eben, das frage ich Sie!«

»Ja doch! Des isch er! Tatsächlich, so hot der ausg'säa. Ha so was! I hab' gar net g'wusst, dass der au am Anna-Scheufele-Gymnasium war. Des hot mir d' Frau Hartig net g'sagt.«

»Ist schon gut, Frau Dettinger. Sie hören von mir. Ich muss jetzt ganz schnell weg. Wenn je dieser ›Neffe‹ hier auftaucht, sagen Sie gar nichts von den Fotos und meinem Besuch heute, ja? Auf Wiedersehen, Frau Dettinger. Machen Sie's gut!«

Sie ließ ihren Wagen an. Hoffentlich war Herr Buchhorn zu Hause! Mittagszeit. Das könnte passen!

Wieder einmal spurtete Kommissar Gero Wolfer die Treppen des Mietshauses Ecke Böblinger Straße/Tannenstraße, ganz nahe beim Marienplatz, in dem die Wartuscheks wohnten, hoch. Heute keuchte er noch heftiger, als er oben angelangt auf den Klingelknopf drückte. Er hatte Glück. Wieder öffnete die schmächtige Frau Wartuschek und wieder schaute sie ihn aus ihren blauen Augen intensiv forschend an. »Herr Kommissar, Sie …?«

»Ja, Frau Wartuschek, ist Ihr Sohn Boris da?«

»Nein, natürlich nicht. Der arbeitet auf dem Bau. Er will sich doch die Berlin-Reise mit einem Kumpel verdienen. Boris kommt erst am späten Nachmittag. Warum fragen Sie nach ihm?«

»Ich muss ihn noch etwas fragen, Frau Wartuschek, wo arbeitet er und wie heißt die Baufirma?«

»Lassen Sie mich nachdenken. Ich glaube, die Firma heißt ›Süd-Bau‹. Diese Woche sind sie in Ruit, oben auf den Fildern. Das ist ein ganzes Stück zu fahren. Boris fährt immer mit dem Moped.«

»Wissen Sie genauer, wo die Baustelle dort ist?«

»So ganz genau nicht. Aber er hat gesagt, es ist nicht weit vom Krankenhaus. Man muss in den Ort hinein fahren, hat er gesagt und dann zum Krankenhaus abbiegen.«

»Okay. Danke! Wenn er je früher heimkommt, sagen Sie ihm bitte, dass er mich gleich anrufen soll. Wir brauchen seine Hilfe.«

Er hoffte, diese Formulierung würde unverfänglich genug klingen. Und schon eilte er die Treppe wieder hinunter und schwang sich in sein Auto. Unruhig versuchte er, den Fahrer vor sich in dem grünen Daimler ein bisschen auf Trab zu bringen. »Jetzt fahr doch zu, du Grasdackel!«, stöhnte er auf, als sein Vordermann vor der Kurve noch langsamer wurde. Vielleicht wäre er besser mit Blaulicht gestartet. Na, endlich bog der lahme Daimlerfahrer ab. Jetzt ging es zügig weiter.

In Ruit bog er im Ortskern links ab, fuhr in Richtung Kreiskrankenhaus, und erspähte, gerade, als er Passanten nach der Baustelle fragen wollte, einen riesigen Kran. Also nach rechts abbiegen, an den vielen schmucken Einfamilienhäuschen vorbei, deren blühende Gärten verrieten, dass ihre Bewohner schon eine ganze Weile hier wohnten. Er parkte seinen Wagen und ging zum unfertigen Rohbau eines Doppelhauses. Gerade schob ein Mann mit nacktem Oberkörper und kurzer grauer Hose eine Schubkarre über ein Brett herunter. Gero Wolfer schritt auf ihn zu und fragte nach Boris Wartuschek.

»Der, ja der Boris, hat heute länger Mittagspause. Er wollte weg zu einem Termin. Soll ich was ausrichten?«

»Nein, nein! Wann kommt er denn wieder?«

»Weiß nicht! Hat er mir nicht gesagt. Fragen Sie den Mario, der muss das wissen.« Er deutete nach rechts um die unfertige Hausecke. Ein Mann mit schwarz-grau meliertem Lockenkopf und breitem Oberkörper zündete sich gerade eine Zigarette an.

»Hallo, Sie sind der Mario?«

»Si, ja, was ist los?«

»Ich suche den Boris Wartuschek, wann kommt der denn wieder?«

»Boris – warum suchen Sie ihn?«

»Ich muss ihn etwas fragen.«

Gero Wolfer trat näher und zeigte seinen Dienstausweis.

»Oho, die Polizei. Was hat er denn ausgefressen?«

»Er soll mir etwas erzählen, also, wann kommt er?«

Der kräftige Mario schaute auf seine Armbanduhr, kalkulierte im Kopf die Zeit, wiegte dann seinen Kopf und meinte: »Kann in einer Stunde sein oder auch schon früher. Er wollte was erledigen – scheint ihm ziemlich wichtig gewesen zu sein, – sagte aber nicht was. Wir haben ausgemacht, er holt die Zeit nach. Ist ein guter Arbeiter. Wenn alle so wären …!«

Er warf seinen Zigarettenstummel weg, legte zwei Finger der rechten Hand einen Gruß andeutend an die Schläfe und rief grinsend »Tschüssle« und dann »Ciao Commissario!«.

Der so Angesprochene ging zu seinem Wagen und beschloss zu warten, bis Boris auf seinem Moped angeknattert käme.

Da es auch an diesem Tag wieder gute 35 Grad Celcius im Schatten hatte, mindestens unten im Talkessel von Stuttgart, suchte er auf der gegenüberliegenden Straßenseite etwas entfernt von der Baustelle, aber doch so, dass er einen guten Blick auf die Einfahrt hatte, einen schattigen Parkplatz und fand ihn auch. Gut, dass er neuerdings immer Mineralwasser im Auto mit sich führte. Schlecht allerdings, dass dieses lauwarm geworden war! Schreckliches Gesöff bei dieser Temperierung! Er schob den Fahrersitz weit nach hinten, kurbelte ihn etwas flacher, und versuchte nachzudenken.

Was wohl Wichtiges führte den Verdächtigen Boris aus der Mittagspause weg? Wie überhaupt hatte der wohl die Zeit seit Samstagnacht und Sonntagfrüh verbracht, als seine von ihm offenbar heftig geliebte Lehrerin starb? War er der Täter? Eifersucht vielleicht? Enttäuschte Liebe? Oder hielt er sich nur bedeckt, damit niemand von seiner Beziehung zu ihr erfuhr und niemand ihm die Schuld an ihrem Tod gab? Er rief die Kollegin Ulmer an. Komisch, die meldete sich nicht. Was war denn das? Seltsam! Hatte sie nicht gesagt, sie wolle noch den »Buchwurm« aufsuchen, der Samstagnacht im Schulhaus eine Gestalt vorbeihuschen gesehen hatte, um vielleicht seiner Erinnerung auf die Sprünge zu helfen, indem sie ihm das Foto mit Boris Wartuschek aus der Schulbroschüre zeigte?

Die Mittagshitze lag wie eine Decke über Kaltental. Kein Lüftchen rührte sich. Wie in der Sauna – man sollte sich einfach hinlegen und relaxen, ging es Felicitas Ulmer durch den Kopf. Sie atmete erschöpft aus, als sie vor der Haustür des verschachtelt gebauten Eigenheims von Oberstudienrat Buchhorn stand. Sie klingelte. Nichts, aber auch gar nichts rührte sich. Es war Viertel nach ein Uhr. Siesta. Die Zeit schien still zu stehen. Sie klingelte nochmals. Nichts. Jetzt im kühlen Schatten sitzen, mit einem kalten Getränk und die Beine hochlegen! Könnte es sein, dass Herr Buchhorn genau das auch gedacht hatte und auf seiner Terrasse lag? Sie ging zwischen den Berberitzen und Zwergkiefern in Richtung Rückseite seines Häuschens. Ein großer Buchsbaumbusch trennte die Sitzecke ab, über die sich das Holzgestell einer Pergola wölbte, von Wildem Wein überwachsen. Schön hier, dachte sie. Stimmen waren vom Haus her zu vernehmen. Die Kommissarin blieb unschlüssig an der obersten Stufe des Gartenzugangs stehen. Die Balkontür stand weit offen. Die Stimmen wurden lauter, zwei Männerstimmen, jetzt heftig und gut vernehmbar. Ein Streit schien sich hochzuschaukeln. Sie schlich zur Ecke des dichten Buchsbusches. Ihr Mobiltelefon schaltete sie aus. Es sollte sie nicht im dümmsten Moment verraten.

»Hören Sie zu, ich will da nicht reingezogen werden. Ich mach' Sie fertig, wenn Sie was sagen.«

»Das hätte ich verdient, lange schon verdient«, antwortete der jungen drohenden Stimme eine brüchige alte.

»Wieso verdient? Was hatten Sie denn mit ihr?«

»Ich hatte nichts mit ihr. Ich habe meine Frau in den Tod getrieben. Das ist schon lange her. Pass' auf Junge, dass du nicht in so ein Leben gerätst wie ich!«

»Wieso?«

»Ich war eifersüchtig auf meine Frau, sie war schwanger – ach, das ist eine zu lange und zu alte Geschichte! Aber als wir damals im Auto saßen – sie fuhr – da brach es aus mir heraus. Ich habe sie bedrängt. Ich war so aufgebracht. Sie kam von der Straße ab. Ich allein überlebte. Kannst du dir das vorstellen, wie es einem da geht? Und danach, all die Jahre? Es lohnt sich nicht, zu vertuschen oder abzuhauen, glaub' mir! Ich bin nicht losgekommen davon.«

»Jedenfalls halten Sie die Klappe ab jetzt, verstanden!«

Ein röchelnder Laut war zu hören. Felicitas Ulmer hechtete in großen Sätzen durch die Pergola in das Wohnzimmer, dessen Tür nach draußen offen stand. Sie hielt die Waffe in beiden Händen.

»Halt! Stehen bleiben! Polizei!«, rief sie und zielte auf den jungen Mann. Boris Wartuschek. Tatsächlich, fuhr es ihr durch den Kopf. Durch ihr unvermitteltes Eindringen war sie in dem erstaunlich kleinen Wohnzimmer sehr nahe neben ihm zu stehen gekommen. Noch bevor sie einen weiteren Gedanken fassen konnte, spürte sie einen heftigen Schmerz in ihrem Fuß und in ihrem rechten Arm. Boris war ihr mit voller Kraft auf den Fuß getreten und hatte zugleich – sich blitzartig nach links wegduckend – ihren Arm nach unten gerissen. Ihre Hände lösten sich, die Pistole fiel zu Boden. Er bückte sich und ergriff sie. Als er sich aufrichtete und auf die Kriminalkommissarin zielte, rief Herr Buchhorn gellend laut:

»Boris! Nein!« und stürzte von der Seite her auf Boris' Arm zu, wohl um dessen Hand, welche die Waffe hielt, wegzuschlagen. Ein Schuss löste sich. Der Oberstudienrat ging zu Boden. Boris verschwand durch die zweite Wohnzimmertür, die Dienstwaffe mit ihm.

Felicitas Ulmer hastete ihm nach, sah ihn am Ende der kurzen Treppe unten die Haustür aufreißen und verschwinden. Es hatte keinen Sinn, ihn unter diesen Umständen zu verfolgen, sagte sie sich, eilte ins Wohnzimmer zurück, wo der Verletzte sich auf dem Teppich wälzte. Blut strömte aus seinem rechten Arm. Gott sei Dank! Er hat das überlebt, dachte sie bei sich und laut: »Verbandszeug – wo?«

»Im Flur«, ächzte Herr Buchhorn. Sie fand das Wandschränkchen mit dem Verbandszeug schnell. Zum Glück herrschten hier nicht dieselben Zustände wie in der Schulbibliothek, die er betreute.

»Das wird wieder«, sagte sie aufmunternd zu dem sehr blassen am Boden liegenden Oberstudienrat, riss das Verbandszeug auf und leistete Erste Hilfe. Dann wählte sie das Mobiltelefon ihres Kollegen Gero Wolfer an. Er war sofort am Apparat, hörte sich ihren hastigen Bericht an und schloss mit den Worten:

»Keine Aktion jetzt deinerseits, Felix! Ich veranlasse die Fahndung, auch dass Kollegen sofort seine elterliche Wohnung überwachen. Ich will dort selber auch noch mal hin. Wir bleiben in Kontakt.«

Felicitas Ulmer veranlasste, dass der verletzte Herr Buchhorn ins Krankenhaus abgeholt wurde. Während des Wartens bis dahin und während der Betreuung des Verletzten ratterte ihr Gehirn. Wohin würde Boris Wartuschek fliehen? Was würde er mit ihrer Dienstwaffe unternehmen? Andere bedrohen? Erpressen? Geiseln nehmen? Oder würde er sich selbst erschießen? Sie kannte ihn ja nur aus der Perspektive des Tagebuchs von Patrizia Hartig, sie kannte auch seine Lebensumstände nicht gut genug, um sich seine Reaktion vorstellen zu können.

Was sie sich leider nur zu gut vorstellen konnte, war,

was ihr Chef zu ihrem Verhalten sagen würde. Unvorsichtig, übereilt, inkompetent und so weiter und so weiter. Das musste ihr gerade noch passieren! Das hatte gerade noch gefehlt! Wenn sie nur wüsste, wie sich Boris verhalten würde und wo man ihn demnach fassen könnte. Der war bestimmt nicht unintelligent, nach allem, was sie über ihn gehört und gelesen hatte. Gelesen, ja das war es! Das Tagebuch der Patrizia Hartig gab doch vieles über ihn preis. Wie war »A.« denn dort skizziert? Als ein schwärmerischer junger Mann, dem Sport, aber erstaunlicherweise auch Poesie etwas bedeuteten, ein mutiger junger Erwachsener, strebsam im Grunde, entschlossen, sich in der Schule gezielt anzustrengen und glücklich über die große Liebe, die er mit Patrizia Hartig gefunden hatte.

Schwärmerisch insofern, als er offenbar Zukunftspläne schmiedete, die Patrizia Hartig mit einbezogen. Das war Patrizia Hartigs skeptischen Zeilen bei den Eintragungen der vergangenen Monate zu entnehmen gewesen. Sie, kränklich und zweifelnd, er, zukunftsorientiert und voller Hoffnungen. Wie würde er sich jetzt verhalten? Was hatte ihr Tod in ihm ausgelöst? Wie überhaupt war es zu diesem Tod gekommen?

Sie zwang sich zur Ruhe, um nüchtern überlegen zu können. Wo würde er jetzt hingehen? Nach Hause? Er konnte sich ja denken, dass er dort der Polizei am schnellsten in die Hände fallen würde. Zu irgendwelchen Kumpels? Die hatten wohl alle inzwischen von dem »Schul-Unfall« der Lehrerin Hartig gehört, vielleicht auch von den Mutmaßungen darüber. Ob er da sicher war bei einem von ihnen? Kommt darauf an, wie sie zu ihm und zu der Schule stehen. Sportsfreunde vielleicht oder andere Jugendliche, vielleicht aus Polen oder Russland. Der scharfe Ton, in dem er mit dem »Buchwurm« gesprochen hatte, schien eher dorthin zu weisen.

Andererseits musste ihn der Tod von Patrizia Hartig wahrhaft hart getroffen haben. Wenn ein anderer sie getötet hatte, würde er doch alles daran setzen, den Täter in die Hände zu bekommen oder der Polizei auszuliefern. Sein Glück war zerbrochen durch den Tod der Patrizia, selbst im Fall, dass er es selbst gewesen war, der sie getötet hatte – im Affekt vielleicht. Der Schmerz über den Verlust würde ihn zermartern. Das Entsetzen über seine spontane Tat – falls es so war – würde ihn, auch wenn er als Täter gefasst wäre, nicht loslassen. Da hatte der alte Oberstudienrat, Herr Buchhorn, schon recht gehabt. Das Schuldgefühl ließ sich nicht bei jedem einfach so wegstecken.

Was also würde Boris tun? In welcher Verfassung befand er sich? War das Panik vorhin, oder kalt überlegtes Kalkül, als er die Pistole gepackt und auch noch gezielt hatte? Hatte er wirklich schießen wollen? Hatte er vor Tagen Patrizia Hartig töten wollen? Felicitas Ulmer, der oft als »gefühlvoll« bewitzelten Kommissarin, kam das unglaubhaft vor. Eher würde er wohl sein Leben als zerstört ansehen. Und was dann? Was, wenn er keine Perspektive mehr für sich sah? Wie sehr hatte er doch – laut Tagebuch – die gemeinsame Reise nach Berlin ersehnt und dafür geschuftet! Nur noch zwei Wochen waren es bis dahin. Ein Traum musste es für ihn gewesen sein …

Eine Idee begann sich in ihrem Kopf zu konturieren. Zunächst schien das Bild noch wie umwölkt. Dann gewann die Vorstellung an Klarheit. Wie eine Vision stand ihr die Szene jetzt vor Augen. Sie schaute auf die Uhr: Viertel vor zwei Uhr. Die Rettungssanitäter klingelten an der Haustür. Die Kommissarin ließ sie herein. Sie kümmerten sich um den Verletzten. Der schaute matt zu ihr auf. Sie drückte ihm die unverletzte Hand.

»Das wird wieder. Bis bald«, hörte sie sich sagen. Dann wählte sie die Nummer ihres Kollegen Gero Wolfer. Der war noch unterwegs zum Marienplatz, hatte aber alles Nötige zur Fahndung nach Boris veranlasst. Man werde die Freunde von Boris unter die Lupe nehmen. Vielleicht werde er ja dort zu finden sein. Nein, er selber könne sich nicht vorstellen, wie Boris reagieren würde. Sie sehe das zu romantisch, wenn sie glaube, der junge Mann sei jetzt total verzweifelt. Der wolle doch sicher seine Haut retten, vor allem nach dem Schlamassel von vorhin.

»Felix, keine unüberlegten Taten, ja! Und vergiss nicht, er ist jetzt bewaffnet und du nicht, okay?«

Mit Waffe oder eben ohne – die Vision hatte sich in ihrem Kopf festgefressen. Sie warf sich in ihr Auto und gab Gas. Ab zum Bahnhof. Den Versuch wollte sie wenigstens unternehmen, um festzustellen, ob es sich um eine fixe Idee oder um mehr handelte. Sie musste sich konzentrieren. Keine weiteren Fehler jetzt! Die Hitze lag brütend über dem gesamten Talkessel von Stuttgart. Von Vaihingen her aber baute sich eine blauschwarze Wolkenfront auf. Drohend schob sie sich heran. Das ersehnte Gewitter?

Der Straßenverkehr wälzte sich zäh durch die Stadt. Viele Bewohner schienen im Schwimmbad zu sein, so wenig belebt – im Vergleich zu sonst – erschien ihr dieser Mittwochnachmittag. Vorbei an der Staatsgalerie und jetzt links abbiegen. Sie erspähte eine knappe Lücke zwischen den Baufahrzeugen am Südausgang des Hauptbahnhofs. Zum Glück reichte der Platz. Aber jetzt, wie zu den Gleisen gelangen? Früher ging es hier die Treppe hoch. Aber jetzt: Der ganze Bahnhof war ja teils in Abriss teils in Umbau begriffen. Also schnell um die Ecke zum Haupteingang. Die massive hohe Steinfront des historischen Bahnhofsgebäudes erhob sich wie eh und je zum Himmel, oben auf dem Bahnhofsturm drehte sich wie gewohnt der Mercedes-Stern. Sie tigerte die breiten Treppen hoch, inspizierte die große Abfahrtstafel, die oben im Gewölbe hing. 14.05 Uhr ICE Abfahrt nach

Mannheim, Gleis 8. So, was jetzt? Aha, zwischen Baubretterwänden ging es einen breiten provisorischen Gang entlang zu den Gleisen. Sie witschte zwischen den Passanten hindurch.

Der Zeiger der Bahnhofsuhr sprang gerade auf 13.58 Uhr. Oh, wenn das nur nicht wieder eine Pleite wurde! Felicitas Ulmer wurde es noch heißer, als eh schon bei dieser Hitze und nach dem hastigen Treppenspurt. Draußen verdunkelte sich der Himmel zusehends. Windstöße fegten über die Bahnsteige. Die Kommissarin dachte an den Verlust ihrer Dienstwaffe. Das würde ein böses Nachspiel geben. Und das hier jetzt: Wenn ihr Gefühl sie jetzt trog, ginge diese Unternehmung ein in die Schublade »die sensiblen Ermittlungsmethoden unserer Jungkommissarin im Alleingang«. Sie seufzte und raste auf Gleis 8 zu.

Eine Menge Leute wollten anscheinend nach Mannheim starten. Da, zwei Mütter mit Kinderwagen und ganz vorne mit viel Gelächter und Geschrei eine größere Gruppe von Jugendlichen, die in den ICE einstiegen. Na, diese Fahrt konnte hübsch gefährlich werden. »Was haben Sie sich denn dabei gedacht, Frau Ulmer, das Risiko, das der bewaffnete junge Mann darstellte ...« Ja, ja! Aber erst musste er ja mal kommen, der junge Mann, dem jetzt vielleicht alles egal war, ja der eher, wie im Traum als in der harten Wirklichkeit leben wollte. Sie postierte sich hinter einem Pfeiler, um von Boris, falls ihre Eingebung richtig war und er wirklich käme, nicht sofort gesehen zu werden.

Weit und breit nichts zu sehen von ihm. 14.03 Uhr: Jetzt gingen mit schnellem Schritt einige gut gekleidete Herren mit Aktenkoffer auf den Zug zu. Zwei ältere Damen stiegen pustend und keuchend in den hintersten Wagen ein. Ein junges Mädchen mit einer Riesenreisetasche, schräg umgehängt, schleppte sich mühsam zur offenen Tür des Zuges. Da, eine Gestalt, die sich mehrmals umsah, in verschiedene

Richtungen, ja, das konnte er sein, der von ihr erwartete junge Mann. 14.04 Uhr: Boris Wartuschek, tatsächlich, er war es, leibhaftig ging er den Zug entlang und stieg – sich nochmals umschauend – in den vorletzten Wagen ein. Ihr Gefühl hatte sie also nicht getrogen. Aber, was jetzt? »Ja, Frau Ulmer, wie hatten Sie sich das gedacht?« Sie musste sich jetzt entscheiden.

»Meine Damen und Herren am Gleis 8«, tönte die Stimme aus dem Lautsprecher. »Bitte steigen Sie ein! Vorsicht an den Türen …!«

Sie war während ihrer Überlegungen beim letzten Wagen angelangt und warf sich bei der Durchsage hinein, knapp, bevor die Türen zugingen und der Abpfiff ertönte. Und jetzt? Gero Wolfer anrufen. Es klappte. Er war gleich dran.

»Hör' zu Gero. Ich bin gerade in den ICE nach Mannheim eingestiegen. Er fährt schon los. Unser Boris ist drin. Ich glaube, er will nach Berlin. Lass' den Schaffnern eine Nachricht zukommen, und veranlasse auch sonst alles Nötige. Aber bitte kein Aufhebens und keine Gewalt! Ich werde mich auch zurückhalten. In Mannheim wird man sich ja dann um ihn kümmern können.«

Die Antwort kam prompt.

»Pass auf dich auf, Küken! Keine Alleingänge, ja!«

Mehrere Blitze, gefolgt von krachenden und dröhnenden Donnerschlägen, ließen sie zusammenzucken. Der Gewitterregen prasselte herunter. Auch mehrere Reisende zuckten erschrocken zusammen. Eine Schaffnerin schob sich eilig durch den schmalen Gang zwischen den Sitzen. Von draußen klatschten die Wassermassen gegen die Fensterscheiben. Es war düster geworden. Blitze zuckten auf. Die krachenden Donnerschläge rollten drohend aus. Ein Kind weinte.

Vorsichtig den Gang entlang spähend ging Felicitas Ulmer durch den Wagen nach vorne. Kein Boris in diesem Wagen. Wollte er wirklich nach Berlin? War er so verzweifelt, dass er quasi nach Fantasia-Land flüchtete, versunken in Erinnerungen an die so schönen Tage mit seiner Geliebten. Vielleicht hatte er sie ja auf dem Gewissen, gewalttätig, wie er sich vorhin gezeigt hatte. Gewalttätig, hitzköpfig, kurz entschlossen. War ihm da auch der Film gerissen, als er in der Nacht des Abifests Patrizia in das Schulhaus gefolgt war? Was wollte er in Berlin? Wie sah er seine Lage? Aussichtslos? Wie würde er reagieren, wenn er sie sah? Würde er die Waffe auf sie richten oder einfach weglaufen?

Die Antwort erübrigte sich. Der Schaffner, ein kräftig gebauter und resolut aussehender älterer Vertreter seines Berufsstandes, stand im Gang. Das Gespräch, das er mit einem jüngeren Fahrgast führte, von welchem sie allerdings nur eine blonde Haarsträhne und den rechten bloßen Arm sehen konnte, wurde lauter. Ja, wenn er seine Fahrkarte zu Hause habe, müsse er jetzt eben erst mal zahlen, wiederholte der Schaffner seine Ansprache. Patrizia ging vorsichtig auf die Kontrahenten zu. Sie hörte sich – wie in einem Film plötzlich sagen: »Ich übernehme das. Kein Problem. Lassen Sie es mich auslegen. Wie viel macht das?«

»Gehören Sie zusammen?«, fragte der Schaffner erstaunt und in weniger heftigem Ton. Er schien froh über die positive Wende des Falls zu sein.

»Irgendwie schon. Das geht so in Ordnung.«

Boris hatte sich umgedreht – und während der Schaffner das Geld entgegennahm, sprang er auf und rannte in Fahrtrichtung weg.

»Eilt es ihm so zur Toilette, oder was ist?«, fragte der Schaffner kopfschüttelnd.

»Sie zahlen?«, fragte er noch mal prüfend. Felicitas Ulmer nickte und blickte noch einmal in Fahrtrichtung durch den Wagen. Sie wartete die Zahlungsprozedur nicht ab, sondern hielt dem Schaffner ihren Dienstausweis unter die Nase. Noch bevor er vor den Fahrgästen etwas sagen konnte, nahm sie ihn am Arm und wisperte sich vorbeugend in sein Ohr: »Kripo Stuttgart. Bitte kommen Sie kurz mit mir hier weg! Er folgte ihr, wenngleich mit weit aufgerissenen Augen und einem leise gestotterten »Aber …«

Der Schaffner konnte noch nicht wissen, was hier vorging. Geros Hinweise gingen vielleicht gerade erst im Dienstabteil des Zuges ein, oder es hatte nicht geklappt mit der Warnung. In ihrer Nähe standen zwei Fahrgäste. Felicitas Ulmer zog den Schaffner in die glücklicherweise freie Behindertentoilette. Innerlich widerstrebend trat er mit ihr ein.

»Ich wollte Ihnen das hier nur mal zeigen zum Thema Sauberkeit im Zug«, sagte sie noch laut, dann schloss sie schnell die Tür und fuhr in normalem Tonfall fort.

»Mein Kollege, Kriminalhauptkommissar Wolfer, wird Ihnen die nötigen Informationen bereits in ihr Dienstabteil übermittelt haben.«

Sie gab ihm ihre Mobiltelefonnummer und desgleichen die ihres Kollegen.

»Wir suchen den jungen Mann, dem Sie gerade eine Fahrkarte verkaufen wollten. Lassen Sie es gut sein! Ich werde mich um ihn kümmern und nehmen Sie Kontakt zu Ihren Kollegen im Zug auf. Hauptsache keine Panik. Wir bleiben in Kontakt.«

Damit verließen sie beide den Ort ihrer ungewöhnlich diskreten Besprechung. Fragende bis misstrauische Blicke der beiden Mitreisenden folgten ihnen.

Im Zug waren inzwischen die Lichter angegangen. Draußen war es dunkel wie sonst am Abend. Blitze am verfinsterten Himmel und immer noch rollende Donner sorgten für eine gespenstische Szene, wie sie die Maler früherer Jahrhunderte zur Darstellung des Jüngsten Gerichts zu nutzen wussten.

Felicitas Ulmer setzte sich kurz auf einen freien Platz und versuchte verbissen, sich Klarheit zu verschaffen: Es musste ihr gelingen, eine gefährliche Szene zu vermeiden. Wer wusste schon, was Boris einfiel, und wer wusste, wie das Zugpersonal auf die Hinweise der Polizei reagieren würde! Als der Schaffner wieder in ein Gespräch mit Reisenden vertieft war und genug Platz schien, ohne Aufhebens an ihm vorbeizukommen, ging sie ruhigen Schrittes nach vorne. Nur nicht auffallen! Einzig und allein wenn der Zug ruckelte, musste sie sich an den Kopflehnen festhalten und sich ungewollt rasch balancierend bewegen. Sie pirschte sich auch durch den folgenden Wagen. Von Boris nichts zu sehen. Als sie den nächsten Wagen durchschritten hatte, sah sie ihn hinter der Ecke vor der Toilettentür stehen. Er zischte sie an: »Lassen Sie mich in Ruhe! Sie wissen, ich habe Ihre Waffe.«

»Boris, ich habe eine Botschaft von Patrizia Hartig an Sie.«

Aber er war schon weg, in Richtung weiter nach vorne. Ob er sie verstanden hatte? Sie hangelte sich ebenfalls weiter in Fahrtrichtung, vorsichtig voraus spähend.

Der Zug war proppenvoll hier. Selbst im Gang saßen Passagiere, jüngere vor allem, auf dem Boden. Felicitas Ulmer, total verschwitzt, arbeitete sich weiter vor. Ein Kinderwagen tauchte als Hindernis auf. Wenn Boris hier nur keinen Quatsch machte! Nicht auszudenken, wenn er auf erpresserische Gedanken käme! Felicitas wurde es wieder heiß. Trotzdem folgte sie dem Flüchtigen weiter. Noch ein Kinderwagen und Kindergeschrei. Nur nicht die Nerven verlieren! Hoffentlich blieb er vernünftig! Zu sehen war nichts von ihm.

Es hatte ja schon genug gewalttätige Vorkommnisse mit durchgeknallten Jugendlichen gegeben. Und es waren ja nicht immer nur die Pubertierenden mit ihren 13, 14 oder 15 Jahren gewesen. Nein, 19-Jährige wie Boris mitunter auch. Sie wollte an all die erschütternden Beispiele gar nicht denken.

Nach zwei weiteren Wagenmärschen stieß sie auf ein fröhliches Gelage – Sit-in hätte man früher gesagt – von jungen Leuten. Laute Musik, manche klopften den Takt mit, andere wiegten sich im Rhythmus. Boris musste auch sie hinter sich gelassen haben. Der Speisewagen war schon zu erschnuppern. Ob alles gut gegangen war? Sie ging es vorsichtig an. Nichts. Ein Schaffner kam ihr entgegen. Er schaute sie unsicher, fast verängstigt an, ging aber weiter. Sie passierte das Dienstabteil. Keiner drin. Und weiter nach vorn. Jetzt musste sie bald den Kopf des Zuges erreicht haben. »Wagen 27« las sie. Sie durchschritt gerade die erste Klasse. Nur vereinzelt saßen hier gut gekleidete Passagiere, Damen und vor allem Herren mit Laptops, auf deren Tasten sie emsig klimperten. Wenige nur schauten auf, als die junge Kommissarin, der keiner ihren Beruf ansah, vorbei schritt. Wagen 28, die Spitze des Zuges. Da, wieder um die Ecke mit blassem wie erstarrtem Gesicht Boris. Sie sagte schnell: »Boris ich habe eine Nachricht von Patrizia Hartig für Sie.«

»Alles Bluff! Lassen Sie mich in Ruhe, habe ich gesagt.«

»Sie sind verzweifelt. Patrizia hätte gewollt, dass Sie keine Dummheiten machen.«

»Dummheiten! Ha! Genug der Dummheiten, mir reicht es!«

Offenbar wollte er die Tür öffnen. Es ging nicht. Verzweiflung und Panik schienen ihn gepackt zu haben. Er zog ihre Dienstpistole und schickte sich an, das Fenster einzuschlagen, sah aber, dass das Schwierigkeiten bringen werde, falls er sich hinausstürzen wollte.

»Sie werden mich jetzt in Ruhe lassen!«, schnaubte er sie an und richtete die Pistole auf sie.

»Nehmen Sie die Hände hoch! Los!«

Zögernd leistete sie dem Folge, sagte aber langsam und mit beherrschter Stimme:

»Machen Sie nicht alles schlimmer! Sie haben immer noch eine Chance. Selbst, wenn Sie Patrizia auf dem Gewissen hätten. Das geschah vielleicht im Affekt. Boris, bitte hören Sie mir zu! Herr Buchhorn hat nur einen Streifschuss. Patrizia hätte nicht gewollt, dass Sie ihr Leben verspielen.«

Er richtete stur weiter die Dienstpistole auf sie und starrte sie mit einem unwirklich erscheinenden Gesichtsausdruck an.

»Mein Leben ist sowieso verspielt. Ich habe nichts mehr zu verlieren.«

»Doch, haben Sie. Schauen Sie her, Boris!«

Ganz langsam senkte sie ihre Rechte und fischte einen Band von Patrizias Tagebuch aus ihrer Umhängetasche. Sie hielt ihn hoch.

»Kennen Sie das?«

Er antwortete nicht, schien aber angespannt nachzudenken. Seine Augen verengten sich.

»Es ist der erste Band von Patrizias Tagebüchern. Sie hat darin beschrieben, wie sie Sie, Boris, kennenlernte, und was Sie ihr bedeuteten. Sie muss Sie sehr geliebt haben. Ich kann Sie verstehen, Boris. Patrizia fehlt Ihnen furchtbar. Sie haben das sicher nicht gewollt. Sie haben Sie geliebt …«

Sie machte eine Pause. Boris schien die Waffe unsicherer zu halten. Er sah aus, als werde er in sich zusammenfallen.

»Ja, ich habe sie geliebt«, stieß er heftig hervor, »aber sie hat mich betrogen. Wie sie da getanzt hat mit dem Schellfuß, dem eingebildeten Affen. Und das nach all den Ausreden mir gegenüber an den Abenden davor! Ich habe sie geliebt!«

Er hielt die Waffe wieder fester.

»Patrizia hat Sie nicht betrogen, Boris. Sie hat Sie an dem Abend vermisst. Den Schellfuß hat sie stehen lassen. Sie wollte nach Hause und dann muss sie Ihnen begegnet sein.

Sie haben sich das falsch zusammengereimt. Patrizia wollte heim. Sie hat wirklich nur Sie geliebt.«

»Ach was! Sie hat gesagt: ›Ich kann tanzen, mit wem ich will‹.«

»Ja, kann sie ja wohl auch. Trotzdem, Boris, lesen Sie ihre Tagebuchnotizen. Den Schellfuß können Sie vergessen. Das haben Sie vollkommen missverstanden.«

Ungläubig schaute er sie an. Felicitas Ulmer sprach mit ruhiger Stimme weiter:

»Ich habe darin gelesen. Patrizia hatte eigene Probleme, aber sie hat Sie wirklich geliebt, Boris. Sie wollte, dass Sie Ihr Leben unbeschwert von ihren Problemen führen könnten. Von niemand anderem ist in Patrizias Notizen die Rede. Sie hat niemand anders geliebt. Lesen Sie es selbst nach!«

Unvermittelt verzerrte sich sein Gesicht. Er ließ die Waffe fallen, nahm die Arme hoch, zog beide Fäuste vor die Augen und schluchzte auf. Die Waffe schlitterte einen guten Meter weg. Boris rutschte neben der Toilettentür zu Boden. Die Hände weiter zu Fäusten geballt, saß er auf dem Boden, die Beine angezogen. Er schien weiter zu schluchzen, jedenfalls schüttelte es ihn. Schließlich blickte er sein Gegenüber wieder an. Felicitas Ulmer ging in die Hocke und hielt ihm das Tagebuch hin. Er ergriff es zögernd und sagte wie abwesend:

»Ich war mir sicher, dass sie mich nicht mehr will. Sie war so abweisend zuletzt. Und als ich sie dann tanzen sah!! Ich konnte nicht mehr anders denken. Ich war mir sicher … Ich wollte sie nur noch zur Rechenschaft ziehen. Ich wollte, dass sie es gesteht.«

Er starrte nur noch düster vor sich hin.

»Sie waren wütend …«, versuchte die Kommissarin ihn zum Weitersprechen zu bewegen.

»Ja, ich war wütend, wie noch nie in meinem Leben. Ich habe sie dann zur Rede gestellt. Sie hat alles abgestritten, ja sogar gelacht. Da habe ich sie gepackt und geschüttelt. Ich wollte es wirklich wissen. Aber sie hat immer weiter gesagt: ›Boris, da ist nichts.‹ Und da ist es dann passiert. Ich habe nicht gedacht, dass das so schlimm ist: nur gepackt habe ich sie und geschüttelt. Ihr Kopf ist gegen die Wand geschlagen. Ich habe das nicht gewollt. Und habe es doch getan! Die Wut hatte mich einfach voll gepackt. Als ich weglief, hätte ich nie gedacht, dass ihr etwas passiert ist. Von so was stirbt man doch nicht. Wer denkt denn so was!«

Er schaute trostlos zu Boden. Felicitas Ulmer richtete sich halb auf, schnappte sich sachte ihre Dienstwaffe, steckte sie verwirrt in ihre Umhängetasche und sagte:

»Ihre Freundin, die Frau Hartig, war krank und alkoholabhängig. Das ist der Grund, warum sie sich so verändert hatte, Boris. Lesen Sie es nach. Es wird ihnen wehtun. Aber fest steht: Sie hat Sie sehr geliebt. Und wenn Sie noch etwas für sie tun wollen, so machen Sie etwas aus ihrem eigenen Leben.«

Er stierte weiter wortlos vor sich hin.

»Patrizia hätte gewollt, dass Sie einen Neuanfang machen, und das ohne sie selbst. Das konnte sie Ihnen nicht klar machen. Ihre eigenen Schwierigkeiten waren zu groß, als dass sie beide sie zusammen hätten bewältigen können, jedenfalls erschien es ihr so.«

Sie machte eine Pause, Boris stierte immer noch schweigend vor sich hin, als habe ihn ein Hammerschlag getroffen.

»Sie haben sie nicht töten wollen. Sie haben im Affekt gehandelt. Jeder Richter wird das berücksichtigen. Kommen Sie, stehen Sie auf, nehmen Sie Ihre Chance wahr, Boris.«

Er stand tatsächlich auf. Sie war fast erstaunt darüber. Wie jemand, der sich auf brüchigem Eis bewegt, sagte sie: »Wir setzen uns jetzt in dieses leere Abteil, kommen Sie!«

Auch das klappte. Wie geistesabwesend folgte er ihr. Sie setzten sich.

»Ich werde mich für Sie einsetzen. Man wird Ihnen die Strafe mildern, wenn Sie alles offen schildern, so, wie mir.«

Er schwieg. Nicht mehr Wut, sondern eine tiefe Niedergeschlagenheit breitete sich auf seinem Gesicht aus. Sie sah nach draußen. Bis Mannheim war noch Zeit, etwas zu trinken.

»Ich bestelle uns zwei Kaffee – oder lieber eine Cola für Sie?«

Er nickte. Sie griff zum Handy und wählte – mangels passender Nummer im Zug – die Nummer des Kollegen Wolfer. Er meldete sich sofort mit angespannter Stimme. »Gero, hier ist alles okay. Boris und ich hätten gern was zu trinken. Schick' uns bitte den Schaffner mit Kaffee und Cola. Und bitte sage den Schaffnern und den Kollegen in Mannheim, er stellt sich freiwillig. Keine Aufregung, kein Zirkus, du verstehst?«

Sie schaute prüfend auf Boris. Der widersprach nicht.

»Bis dann!«

Wenig später erschien der anscheinend Jüngste des Schaffnerteams. Ihn hatten die anderen wohl dazu verdonnert. Er brachte tatsächlich Cola und Kaffee und hatte es eilig, den Rückmarsch anzutreten. Felicitas betrachtete ihr Gegenüber. Wie er da so saß in seinem verwaschenen T-Shirt, dem noch etwas feuchten Gesicht und den flatterigen kurzen Hosen. Armer Kerl! Sie hoffte, die anderen Beteiligten würden auch so empfinden, bei allem Entsetzen über seine Tat.

Die Landschaft draußen schien unter dem nun gleichmäßig niedergehenden und die Natur erfrischenden Regen aufzuatmen. Wie eine Erlösung empfanden auch die Reisenden den frischen Luftzug, der trotz der geschlossenen Fenster zu spüren war. Nur von Ferne noch war leises Donnergrollen zu hören.

»Ich muss Patrizia noch mal sehen«, sagte Boris. Er schüttelte den Kopf, als ob er etwaige Einwände dagegen, alle als unerheblich abtäte.

»Ich muss sie sehen«, sagte er mit fester Stimme. »Wo ist sie jetzt?«

»Es hängt davon ab, ob die Staatsanwaltschaft sie schon zur Bestattung freigegeben hat.«

Felicitas Ulmer zuckte die Achseln. Es herrschte eine Weile Schweigen. »Ich muss zu ihr«, wiederholte Boris hartnäckig.

»Das müsste mit den Angehörigen geklärt werden. Nur die haben Zutritt.«

Sie sprach nachdenklich vor sich hin.

»Ihr Mann sagte was – nicht Metzingen, sondern Stuttgart, Pragfriedhof, glaube ich.« Und lauter, direkt zu Boris gewandt, sagte sie:

»Boris, tun Sie sich das nicht an! Sie werden sich noch schuldiger fühlen nach diesem Anblick. Behalten Sie Ihre Freundin so im Gedächtnis, wie im Leben! Man wird Sie sowieso nicht zu ihr lassen.«

»Mannheim Hauptbahnhof.« Die Lautsprecherstimme draußen tönte laut über die Köpfe der Reisenden hinweg. Boris schulterte seinen Rucksack. An mehreren Stellen des Bahnsteigs standen Polizisten. Kaum ausgestiegen, waren Boris und Felicitas Ulmer flankiert von zwei von ihnen. Es näherten sich jedoch zwei Passanten im Eilschritt, ein Mann und eine Frau.

»Kripo Mannheim, Boris Wartuschek? Kollegin Ulmer? Kommen Sie mit uns!« Boris spürte, wie sein Oberarm umfasst wurde und sah, wie die Frau Handschellen hervorzog mit den Worten: »Sie stellen sich freiwillig, Herr Wartuschek. Trotzdem müssen wir unsere Pflicht tun.«

Plötzlich ging alles rasend schnell: Boris kam ihr zuvor und riss sich los. Er sprang wie gehetzt über zwei Bahngleise und verschwand in großen Sprüngen über den Bahnsteig rennend im Menschengetümmel dort. Die Menschenmenge, die dort dicht gedrängt auf ihren verspäteten Zug wartete, hatte ihn geradezu verschluckt.

Die uniformierten Polizisten rannten durch die Unterführung in seine Richtung. Die Mannheimer Kollegin riss ihr Handy hoch, ihr Kollege zischte erst mal: »Scheiße!« Dann verschwand auch er raketenschnell in der Unterführung.

»Verdammt! Könnt ihr nicht aufpassen!«, rief entsetzt Felicitas Ulmer.

»Der wäre Euch nicht weggelaufen, wenn Ihr ihn nicht gleich wie einen Verbrecher empfangen hättet. Ihr habt ihn kopfscheu gemacht.«

Die Kollegin, eine Frau um die vierzig mit kurzem blondem Haar, hörte den Vorwurf gar nicht. Sie gab die nötigen Informationen an Kollegen durch. So nah am Ziel, dachte Felicitas Ulmer, und nun das! Alles war vermurkst. Und Boris? Für ihn wurde es jetzt gefährlich. Sie wählte die Nummer des Kollegen Gero Wolfer und schilderte in kurzen Worten, was geschehen war. Sie musste gut durchatmen, damit sie nicht vor Enttäuschung aufschluchzte. Er merkte es sicher.

»Kopf hoch, Küken! Die Kollegen machen das schon, Felix. Du musst dich mit ihnen verständigen. Die kriegen ihn schon noch. Ist nur eine Frage der Zeit. Schau, dass du bald wieder hier bist!«

»Na, was ist? Kommen Sie mit?«, fragte die Kollegin die sichtlich enttäuschte Stuttgarter Jungkommissarin. Die nickte und folgte ihr durch die Unterführung nach draußen. Auf dem Bahnhofsvorplatz wartete der Kollege im Wagen mit angelassenem Motor. Auch er telefonierte. Kaum waren die beiden Frauen eingestiegen, ging es ab zur Dienststelle der beiden. Unterwegs schon war zu erfahren, dass es der Polizei nicht gelungen war, sich auf Boris' Fersen zu setzen. Er war spurlos verschwunden.

»Den kriesche wir schon. Wir ham noch fast alle gekriescht«, brummelte der Mannheimer Kollege vor sich hin. Die große Pleite schien ihn nicht sonderlich zu berühren.

»Die Fahndung läuft. Ich denke, wir schaffen das«, pflichtete die Kollegin ihm bei.

»Ich kann hier wohl im Moment nicht behilflich sein«, fasste Felicitas Ulmer die Lage zusammen. »Fahren Sie mich doch bitte wieder zum Bahnhof. Da kann ich ja noch mal mein Glück versuchen, für den unwahrscheinlichen Fall, dass er dort auftaucht. Ich fahre dann mit dem nächsten Zug. Halten Sie mich auf dem Laufenden, ja? Die Nummer haben Sie.«

Schnittig wendete der Kollege das Auto, ohne die Fahrt zu verlangsamen, und schon fuhren sie wieder auf das Bahnhofgebäude zu.

»Okay. Danke!«

Schon war sie draußen und konnte nun nach Herzenslust fluchen.

»Volle Pleite, so was!«, schnaubte sie vor sich hin und stapfte zum Bahnhofsgebäude. Wäre ja ein Wunder, wenn ich Boris träfe. Herrgott noch mal! Was musste er auch weglaufen! Er brachte sich doch nur in Gefahr! Wenigstens ihre Dienstwaffe hatte sie wieder. Wo war sie nur gleich? In der Tasche, aha! Sie unterließ es, sie jetzt an ihren Platz zu stecken, um die Mitmenschen nicht zu irritieren. Und wo war jetzt das Tagebuch von Patrizia Hartig? Klar, das musste er haben. Sie erinnerte sich, wie er es in seinen Rucksack gesteckt hatte. Na, da hat er ja Lektüre! Mal sehen, was das mit ihm macht. Sie versuchte es sich vorzustellen, auch wohin er wohl geflohen war und in welcher Absicht. Wahrscheinlich planlos, panisch, völlig durchgedreht. Das sah sich jedenfalls nicht gut an.

Sie nahm den ICE um 15.54 Uhr nach Stuttgart. Im Bistrowagen bestellte sie ein Mineralwasser. Nach mehr war ihr nicht. Enttäuschung und Zorn nagten an ihr. Sie versuchte, sich zu beruhigen und klar zu denken. Noch mal 37 Minuten Fahrtzeit. Was würde der Chef sagen, und was die Kollegen? Mit dem Kollegen Gero hatte sie Glück. Der hatte nur in den ersten Wochen ihres Dienstes den Macho gegeben. Das war dann vorbei. Wenn er sie jetzt »Küken« nannte, so war das eher väterlich, nicht spottend. Sie war aufgestanden und ging den Gang entlang in Fahrtrichtung, brachte auch den nächsten Wagen noch hinter sich, um in Stuttgart dann schnell in die historische Bahnhofshalle des Noch-Kopfbahnhofs zu gelangen.

Sie schämte sich der Niederlage. Sie hätte dem ungeduldigen Chef und natürlich auch den spöttelnden Kollegen so gerne den Täter präsentiert. Dabei tat ihr der Täter inzwischen fast leid. Merkwürdig! Hatte er sie nicht zwei Mal in Gefahr gebracht? Was hätte nicht alles passieren können in der Wohnung des »Buchwurms« und dann im Zug! Und er war es ja, der seine Lehrerin, seine Geliebte zu Tode gebracht hatte.

Mit etwas weichen Knien ließ sie sich von der Rolltreppe zum Ausgang befördern, bog links um die Ecke und setzte sich in ihren Wagen. Sie fuhr schnurstracks ins Präsidium.

»Na, war das Jagdglück unserem Rotfuchs doch nicht hold!«, grinste Gero Wolfer. Er klang eher erleichtert als spöttisch.

»Jetzt bleibst du mal besser im Bau, statt weiter auf Hähnchenjagd zu gehen. Überlass' das mal lieber den alten Grauwölfen!«

Felicitas Ulmer lächelte leicht schief:

»Ja, ja, wer den Schaden hat, braucht für den Spott nicht zu sorgen. Ich bin auf alles gefasst.«

»Halb so wild. Der Chef hält heute wieder einmal einen seiner bewährten Vorträge auswärts. Morgen sieht die Welt schon wieder anders aus, auch, wenn das Wetter uns vielleicht wieder Hitze bescheren wird.«

Er strich sich das feucht geschwitzte Haar mit der Hand nach hinten.

Es war kurz vor fünf. Keine Nachrichten von den Mannheimer Kollegen. Gero Wolfer hatte die Mobiltelefonnummer von Boris ermittelt. Der Junge meldete sich nicht und konnte nicht geortet werden. Gero berichtete von seinen Ermittlungen am Nachmittag. Seine Besuche bei den Kumpels von Boris hatten keinerlei Hinweise auf dessen Verbleib gebracht. In der elterlichen Wohnung, die er als Erstes angesteuert hatte, war niemand da gewesen, zumindest war ihm auf sein Klingeln hin nicht geöffnet worden, und auch das Telefon hatte keiner abgenommen. Gero Wolfer sah, wie deprimiert und müde die Kollegin Ulmer drein sah, obwohl sie ganz Ohr war. Im Moment machte sie ihrem Namen keine Ehre.

»Felix, gönn' dir eine erfrischende Dusche zu Hause und entspanne dich erst mal! Du kannst derzeit nichts tun in Sachen Boris Wartuschek. Also, ab nach Hause! Ich halte die Stellung.«

Sie sah ein, dass er recht hatte, stand von ihrem Bürostuhl auf und schlappte zur Tür. Dort blieb sie nachdenklich stehen.

»Gero, auf die Gefahr hin, dass ihr mich jetzt für völlig übergeschnappt haltet: Wir sollten vorsorgen für den Fall, dass der verzweifelte Boris sich an die Brust seiner toten Freundin werfen will. Im Zug hat er zu mir gesagt, er müsse sie unbedingt noch einmal sehen. Seine Idee, nach Berlin zu flüchten, quasi in eine Traumwelt, nach all dem Schlamassel, den er hier angerichtet hatte, war ja ähnlich diffus. Wenn die Staatsanwaltschaft die Leiche schon freigegeben hat, müsste man bei der Friedhofsverwaltung sicherstellen, dass er uns nicht entwischt. Ich meine, Herr Hartig hätte was von Pragfriedhof gesagt. Kannst du dich erinnern?«

»Ja, das stimmt so. Okay, ich kümmere mich darum, dass er, falls er überhaupt so reagiert, uns nicht noch mal entkommt.«

Er schüttelte den Kopf und sagte zum Kollegen Günther Bratner, der gerade hereinschaute:

»Sie kann's nicht lassen, unsere einfühlsame Jungkommissarin!« – und wieder zu ihr:

»Jetzt aber ab nach Hause, Felix!«

Sie fügte sich und verschwand. Um 17.35 Uhr kam der Anruf von der Friedhofsverwaltung: Marcus Rechinger, ein Neffe der Frau Hartig, wolle diese sehen.

»Haltet ihn hin! Ich komme sofort«, rief Gero Wolfer, legte das Telefon unsanft ab und rief im Aufspringen: »Kommst du mit, Eugen? Es ist ja nicht zu glauben, unser Küken hatte Recht.«

Der angesprochene Kollege stürmte ihm nach, und los ging es zum Pragfriedhof, zum Glück keine weite Strecke. Im Feierabendverkehr jedoch kein leichtes Unterfangen – sie schalteten Blaulicht und Sirene ein, um überhaupt voranzukommen. Als sie sich dem Ziel näherten, schalteten sie beides wieder aus.

Mehr als zehn Minuten dauerte das Warten nun schon. Boris sah auf die Uhr. Nein, länger. 17.40 Uhr war es bereits. Der junge Mann im Dienstzimmer der Friedhofsverwaltung hatte ihm erklärt, ohne Einwilligung des Ehemanns der Frau Hartig ginge es nicht. Er werde ihn gleich anrufen. Theoretisch könne sich ja jeder als Verwandter ausgeben und Zutritt verlangen.

»Anfänger, der!«, ärgerte sich Boris Wartuschek über ihn. Er hatte sich als Neffe der Toten ausgegeben und ihren Mädchennamen gewählt: Rechinger. Seinen Ausweis habe er heute nicht dabei. Er hatte auf seine hochsommerliche Kleidung verwiesen und verärgert nachgeschoben: Woher solle er wissen, dass man für solch einen Familienbesuch einen Ausweis dabei haben müsse.

Allmählich gewann er den Eindruck, etwas laufe hier schief. Aber war nicht alles eh schon schief gelaufen? Kam er sich nicht sowieso vor wie in einem üblen Film? Der Gedanke an Patrizia hatte sich in seinem Hirn festgekrallt, seit er in ihrem Tagebuch gelesen hatte. Am Rand eines Grünstreifens an einer verkehrsreichen Straße in Mannheim, wohin er planlos vom Bahnhof aus gerannt war, hatte er sich das Tagebuch vorgenommen. Ihre Schrift, ihre Worte … Es war zu viel. Die Tränen hatten ihn übermannt. Was hatte er nur getan! Nie hatte er das gewollt. Und jetzt war sie tot. Wie sollte er nur ohne sie leben und wie mit der Schuld, sie getötet zu haben? Aber sehen wollte er sie noch, bevor dann alles aus war, wenigstens noch einmal sie sehen! Allein deshalb war er hierhergekommen. Der Autofahrer, der ihn beim Trampen von Mannheim nach Stuttgart mitgenommen hatte, hatte ihn sogar angesichts seines verweinten Gesichts bis zum Friedhof gefahren.

Die Tür öffnete sich. Zwei Männer erschienen, der junge Mann von vorhin und ein schwarzhaariger Mann, wohl um die Dreißig, im leichten Sommeranzug.

»Das ist Herr Rechinger, der Neffe«, sagte der Vertreter der Gerichtsmedizin, »Sie kennen sich?«

»Noch nicht«, sagte der Schwarzhaarige düster und stürzte sich auf Boris.

»Du hast Patrizia umgebracht!«, brüllte er und riss ihn zu Boden, schüttelte ihn und schlug ihm ins Gesicht. Du hast sie umgebracht!«

Der junge Friedhofsbedienstete versuchte, den Angreifer wegzuziehen, geriet aber selbst in Gefahr, denn Boris hatte sich freigekämpft, und das Blatt schien sich zu wenden. Das Seidenhemd seines Gegners ratschte auf, Boris kam auf die Beine. Durch die geöffnete Tür streckte eine entsetzt drein blickende Putzfrau ihren grau gelockten Kopf. Resolut rief sie:

»Lassen Sie das! Schluss!«, wagte aber ebenso wenig wie der Friedhofangestellte einzugreifen.

»Halt, loslassen! Polizei!«, tönte es jetzt den Gang entlang.

»Boris, lassen Sie los!«, rief Gero Wolfer.

Sein Kollege hatte ihn jedoch schon im Griff. Gero Wolfer sprang ihm bei und zückte die Handschellen. Es klickte, während der junge Friedhofangestellte kopfschüttelnd bemerkte: »Das war knapp! Ich hatte alle Mühe, ihn hinzuhalten.«

»Ich muss sie sehen«, rief Boris gellend laut und dann – wie irr geworden – plötzlich leise und wimmernd unter Tränen, »bitte Herr Kommissar, lassen Sie mich zu ihr! Danach ist sowieso alles aus.«

Unschlüssig blickte einer zum anderen. Alwin Hartig, der inzwischen wieder auf die Beine gekommen war, keuchte: »Das erlaube ich nicht. Er hat sie umgebracht. Sie könnte noch am Leben sein. Er war es.«

Er setzte an, sich erneut auf Boris zu stürzen.

»Kommen Sie«, sagte mit ruhiger Stimme der Kollege Eugen Walter, »kommen Sie!«

Es gelang ihm, Alwin ein paar Schritte wegzuführen. Die Putzfrau schob ihren Zubehörwagen zur Seite.

»Hören Sie«, bemerkte Gero Wolfer mit gedämpfter Stimme zu dem Friedhofangestellten, »es würde der Beruhigung dienen, wenn dieser sogenannte Neffe die Tote kurz sehen könnte.«

Unschlüssig schaute dieser erst den Kommissar, dann den erregten Boris Wartuschek an, dessen gerötetes Gesicht von den Schlägen, die er verpasst bekommen hatte, anschwoll.

»Ich nehme das auf meine Kappe«, schob Gero Wolfer nach.

Er hatte kurz zu seinem Kollegen geblickt, der ihm unauffällig zugenickt hatte und dann Alwin Hartig mit beruhigenden Worten weiter weg geleitete.

»Also gut, auf Ihre Verantwortung. Ich werde den Sarg in den Aufbahrungsraum schieben. Geh'n Sie schon mal vor.«

Er wies ihnen mit der Hand die Richtung. Gero Wolfer und Boris Wartuschek setzten sich in Bewegung.

Als er den Sarg in den Raum gebracht hatte, schaute der Angestellte Boris fragend an und nahm dann die Abdeckung weg, sodass der Kopf freilag. Boris näherte sich. Er schaute ausdruckslos und schweigend auf die Tote. Dann legte ihm Gero Wolfer die Hand auf die Schulter. Mit gesenktem Kopf ließ er sich nach draußen, wo es sich nach dem Gewitter abgekühlt hatte, zum Polizeifahrzeug führen. Dicke Tropfen fielen von den Zweigen. Die Natur dampfte, als atme sie auf. Eine Stimmung von gelöster Trauer breitete sich aus.

»Kann ich dich mit diesem Knaben kurz allein lassen, Eugen?«, fragte Gero Wolfer seinen Kollegen Eugen Walter.

»Ich lasse ihn schon nicht entwischen, Gero. Der soll erst mal auslöffeln, was er sich eingebrockt hat. Mir kommt er nicht davon.«

Mit langen Schritten ging Gero Wolfer zurück zum Friedhofsgebäude. Er fand Alwin Hartig im Gespräch mit dem jungen Friedhofangestellten in dessen Dienstzimmer.

»Herr Hartig, ich habe Sie lange im Verdacht gehabt«, er seufzte, »und das zu Unrecht. Sie haben Ihre Frau verloren. Ich kann Ihnen Ihre Reaktion von vorhin nachfühlen.«

Er gab ihm die Hand.

»Mein Beileid noch einmal, Herr Hartig.«

Er wandte sich dem Friedhofsangestellten zu und gab ihm seine Karte.

»Wenn irgendetwas ist, rufen Sie mich an. Guten Abend!«

Damit verließ er das Friedhofsgebäude. Es roch nach Erde und nassem Grass.

Zu Hause in seiner Dachwohnung in der Hasenbergsteige angekommen, traute er kaum seinen Augen: War es eine Fata Morgana oder war es wirklich seine Freundin Mirella, die ihm da in seinem alten dunkelblauen Bademantel mit noch etwas feuchtem Haar verführerisch duftend entgegenkam? Sie war es. Er nahm sie fest in die Arme, ließ sich glückstrahlend mit ihr zusammen auf sein breites Bett fallen und küsste sie. Wiedersehensfreude packte sie beide. Doch dann machte sie sich vorsichtig los, richtete sich auf.

»Allerhöchste Zeit, dass du mir aktuellen Stoff zum Schreiben lieferst. Dein Fall ist ja anscheinend gelöst, habe ich läuten hören.«

»So, so – deswegen bist du hier, und ich dachte schon, die Sehnsucht nach mir hat dich endlich hergetrieben.«

»Ja das ist doch der Gipfel von Unverfrorenheit! Schon vergessen? Ich hatte Geburtstag. Und von wem hat man nichts gesehen oder gehört? Vom ach so beschäftigten Oberkriminalist Wolfer, der versprochen hatte, mich in Frankfurt am Wochenende zu besuchen. Ich musste in anderer Begleitung feiern. Hat zum Glück dann doch Spaß gemacht. Ja tatsächlich!«

Sie warf ihm einen prüfenden Blick zu. Sein Gesicht hatte sich verändert. Ernst und stirnrunzeld sah er sie an. Auch er hatte sich aufgerichtet. Es schien ihr, als wollte er ihr ins Wort fallen. War es ihr gelungen, ihn eifersüchtig zu machen? Doch er beherrschte sich und schwieg.

Unvermittelt aber heiterte sich seine Miene plötzlich auf. Er machte einen Satz zur Tür.

»Da fällt mir etwas ein. Lass dich überraschen, Mirella! Ich bin gleich wieder bei dir. Mach es dir schon mal echt bequem!«

Eilig begab er sich in sein Wohnzimmer, schloss achtsam die Tür zum Schlafzimmer und wählte die Handynummer seiner Tochter. Zum Glück war sie gleich dran.

»Sabine, Notfall hier in der Hasenbergsteige. Du hast mir doch deine Hilfe versprochen. Mirella ist da – ganz überraschend! Jetzt wären die Maultaschen mit Kartoffelsalat und allem angekündigten Zubehör sehr willkommen für das nachträgliche Geburtstagsmahl. Ich hoffe auf dich.«

»Da hast du aber Glück, Paps! Ich setze mich sofort in Bewegung. Aber stell dir vor, was mit dem Tom, du erinnerst dich, dem Freund von Conny, inzwischen los war! ... Nein, nein Paps, nichts mit der Pistole! Das hat sich alles geklärt. Ja, ich bin schon unterwegs und schon fast bei meinem Auto. Aber hör' dir das doch noch an:

Tom war tatsächlich bei seiner Oma in Sonnenberg. Die bewohnt da im ersten Stock von einem Mehrfamilienhaus eine schöne Wohnung mit Aufzug. Niemand hat Tom auf seinem Mobiltelefon erreichen können – stundenlang. Beinahe einen halben Tag war er nicht erreichbar. Gut Akku aus oder Handy verlegt oder sonst was ... Eigentlich nichts Ungewöhnliches. Drei seiner Kumpels haben Conny angerufen und sie genervt. Sie dachten, er sei vielleicht wieder nach Holland gefahren. Conny ist es dann schließlich gelungen, seine Oma zu erreichen, die sagte, er sei bei ihr gewesen aber schon lange wieder weg. Nicht zu glauben, aber Tom war im Aufzug stecken geblieben! Er hatte keine Lust gehabt, die Treppen hinunterzugehen, und das vom ersten Stock aus! Nein, ich verplaudere mich nicht, Paps! Bin schon beim Auto und fahre jetzt los. Wenn ich schon mal helfen kann, dann mach ich das doch. In einer Stunde frühestens bin ich mit meinem Essenslieferdienst bei dir. Stell dich mal lieber notfalls auf etwas länger ein. Du kannst schon mal den Tisch decken und in der Küche alles Nötige bereitstellen. Ich bin mir sicher, die Zeit wird euch schnell vergehen.«

Zwei Stunden später setzten sich der Kommissar und die wissbegierige, mittlerweile gut gelaunte Reporterin an den Tisch, den er eilig gedeckt hatte. Biergläser standen bereit, wenn auch keine Geburtstagskerzen. Seine Tochter hatte Wort gehalten und sich sofort wieder empfohlen, wie ein professioneller Essens-Zubringer-Dienst. Er hatte sich in die Küche gestellt, den Salat angemacht, sodass Mirella und er den schon mal vorweg essen konnten. Mit den dreierlei wirklich frischen Kräutern schmeckte er knackig und würzig. Mittlerweile hatte er, während Mirella im Bad verschwunden war, die Zwiebeln geschnitten, sie langsam in der Pfanne goldgelb und leicht braun geschmälzt und währenddessen die Brühe für die Maultaschen aufgesetzt. Schließlich bat er seine langjährige Freundin zum verspäteten Geburtstagsmahl.

Während des wirklich perfekt gelungenen Essens gelang es Gero, seiner Freundin statt eines Berichts über den nun gelösten Fall Hartig ein viel umfangreicheres Projekt schmackhaft zu machen. Er habe jetzt so viel Einblick und Kontakte zum Thema Leben Jugendlicher und junger Leute in Stuttgart, gerade auch zu Schule, dass sie daraus unschwer eine Fortsetzungsserie machen könne. Er hoffte, sie würde anbeißen. Müsste sie sich dann doch umso öfter in Stuttgart aufhalten!

Es ist nicht zu glauben, Günther, sie hat es kommen sehen. Unsere abenteuerliche Gefühlsspezialistin Felicitas Ulmer, die Frau, die mal die Dienstwaffe, mal die Handschellen und auch mal begleitende Kollegen weglässt. Die hat sich das einfach schon mal so vorgestellt – verrückte Idee oder nicht! Und so kam's dann auch. Aber der Junge, dieser Boris, der ist ja völlig durchgeknallt!«

»Jetzt kann sie jedenfalls ihren Schützling wieder in Empfang nehmen«, fügte Gero Wolfer hinzu. Er rief sie an. Schneller war sie wohl kaum je von zu Hause aus in ihrem

Dienstzimmer erschienen. Wenig Zeit war vergangen seit ihrer Heimfahrt und doch schien sie erholt. Oder war es der Erfolg, der sie so aufbaute? Den Täter letztendlich doch noch gefasst, trotz der Pannen! Am liebsten hätte sie die Mannheimer Beamten noch eine Weile weiter fahnden lassen. Aber die Kollegen hatten die Erfolgsnachricht schon durchgegeben.

Im Vernehmungszimmer saß Boris. Er tat ihr leid. Trotz allem.

»Warum sind Sie weggelaufen, Boris?«

Er schwieg eine Weile, dann setzte er an: »Ich dachte … Es sah aus wie eine Falle. Ich dachte, Sie haben mich in eine Falle gelockt, schon als ich die Polizisten sah, und als mich Ihr Kollege am Arm packte. Als dann seine Kollegin die Handschellen zückte, um mich ganz wie einen Verbrecher abzuführen, das war zu viel.«

Laut und trotzig stieß er hervor: »Ich bin kein Mörder!«

Felicitas Ulmer sagte in ruhigem Ton: »Ich werde mich für Sie einsetzen, Boris. Wichtig ist: Erzählen Sie alles so, wie mir, so, wie es gewesen ist. Sie sind noch jung. Es geschah im Affekt. Der Richter wird das berücksichtigen.«

Boris sah sie unsicher an.

»Bitte Boris, drehen Sie nicht noch mal durch! Ich baue auf Sie. Machen Sie etwas aus Ihrem Leben!«

»Nein, wie sich unsere Jüngste um ihren Schützling sorgt«, flüsterte Kollege Günther Bratner im Hintergrund. »Ich baue auf Sie, hat sie gesagt, ho, ho! Ich baue auf Sie. Könnte sie ruhig auch mal zu mir sagen.«

»Du bist nicht ihr Typ, Günther, da lässt sich nichts machen, und für Gedichte interessierst du dich ja auch nicht, der da drinnen schon.«

Gero und der Kollege hatten sich während dieser Worte wieder in ihre Büroräume verfügt. Der Kollege Bratner lehnte sich in seinem Sessel weit zurück.

»Der junge Mann sitzt jetzt erst mal eine Weile ein, mit oder ohne Gedichte und Mitgefühl. Bis der rauskommt, ist er auch eine Ecke älter. Ich bin ein freier Mann und gönne mir jetzt ein frei gewähltes ausgezeichnetes Abendessen, Herr Kollege.«

An was nur erinnerte ihn diese nüchtern-behäbige Art, sinnierte Gero Wolfer. Hm! Ach ja, jetzt fiel es ihm wieder ein, das Gedicht und Lied »Oh Anna Scheufele von Kaltental! Tochter vom Bürstenbinder …«

Seine Kollegin Ulmer hatte ihn bald während ihrer gemeinsamen zähen Ermittlungen neugierig gemacht, was es mit der Anna Scheufele von Kaltental auf sich hatte. Also hatte er sich den Text im Internet angesehen. Der dort unnachahmlich humorig beschriebene urige Typ eines Schwaben, der erst total verliebt, dann wild eifersüchtig, schließlich doch zu einer Art stoischer Gelassenheit gefunden hatte, und das in seiner naiv selbstzufriedenen und immer wieder ungewollt komischen Denkweise! Das war es. Bodenständig und gelassen, behäbig. Der Fall von Eifersucht in Kaltental, wie er im Gedicht und Lied verewigt wurde, dieser Fall jedenfalls hatte nicht tödlich geendet; ein Schwabe der geschilderten Art, der schimpfte und bruddelte fürchterlich, wurde dann aber doch nicht tätlich! Und das war ja auch wirklich vernünftiger oder, wie es im Gedicht hieß »gesünder«!

Zu Herrn Buchhorn wollen Sie?«, fragte die rundliche Schwester im Gang der Chirurgiestation des Marienhospitals.

»So! Ha der isch schon wieder unterwegs auf dem Gang. Sehen Sie da hinten, des isch er.«

Die weißhaarige große Gestalt näherte sich etwas unsicher und vorsichtig über den langen hellen Gang schlurfend, den Arm dick verbunden und in einer der Heilung günstigen Position fixiert, als ihm die rothaarige kleinere Gestalt mit flottem Schritt entgegenkam, einen bunten Blumenstrauß in der Hand. Felicitas Ulmer strahlte ihm entgegen.

»Herr Buchhorn, schon wieder aktiv. Wie geht's?«

»Oh, die Frau Kommissarin!«, sagte er und versuchte, sich leicht zu verbeugen. Mit dem bandagierten Arm schien ihm das aber Schmerzen zu bereiten. Er verzog sekundenschnell sein Gesicht und reckte sich rasch wieder hoch.

»Das ist schön, Sie zu sehen. Es geht schon wieder.«

Sie waren fast bei seinem Zimmer angelangt.

»Halt, ich hole noch schnell eine Vase!«

Schon lief die Besucherin zum Schwesternzimmer. Als sie wiederkam, die Vase mit Wasser gefüllt hatte, und die Blumen an sein Bett stellte, leuchteten seine blauen Augen.

»Ich weiß nicht, wie lange es her ist, dass mir eine Dame Blumen gebracht hat. Muss schon sehr lange her sein.«

»Ebenso wenig kann ich mich erinnern, wann sich jemand so für mich in die Bresche geworfen hat, wie Sie. Das war unglaublich. Danke!«

Sie legte ihre Hand auf seinen gesunden Arm.

»Sie sollten sich kein Gewissen mehr machen, wegen früher, und der Geschichte mit Ihrer Frau. Entschuldigung, ich habe das, als ich von der Gartenseite her kam, zufällig gehört.«

Er sah sie nachdenklich mit ernstem Blick an.

»Ihre Frau hätte das nicht gewollt. Leben Sie Ihr Leben, Herr Buchhorn! Schauen Sie nach vorne. Ich weiß, das sagt sich leicht, aber ich glaube, Sie schaffen das! Ach, und noch was, allerdings ganz anderes: Boris Wartuschek hat alles erzählt und gestanden. Mit ein wenig Unterstützung wird auch er wieder ins Leben finden.«

»Da bin ich echt froh.«

Er sprach den Satz, wie alles Vorherige, ohne zu stottern. Auch bisher war ihr nichts aufgefallen an seiner Sprache. Er hatte sich bisher noch nicht verheddert oder festgebissen.

»Ich bin auch froh«, seufzte die Kommissarin ehrlich erleichtert auf.

»Machen Sie's mal weiter so gut, Herr Buchhorn. Und gute Genesung vollends! Ade!«

Also ein richtig gutes Gutachten meine ich. Das schreiben Sie ihm doch, dem Boris, Herr Strack?«

»Warum nicht. Wir haben nie Anstände mit ihm gehabt. Ein super Sportler war er auch, Frau Ulmer, haben Sie das gewusst?«

»Ich habe davon gelesen und eine Kostprobe habe ich auch davon erlebt«, entgegnete Felicitas Ulmer und dachte daran, wie Boris ihr die Pistole aus den Händen gerissen hatte und auf dem Mannheimer Bahnhof in die Menschenmenge geflüchtet war.

»Dann möchte ich mich hiermit von meinem Dienst an dieser Schule abmelden«, sagte sie spaßend.

»Halt, halt! Überlegen Sie noch, ob Sie Mitglied in unserem Schulförderverein werden wollen. Frau Kindermann, die Vorsitzende des Vereins, hat mir bereits aufgetragen, Sie zu fragen.

»Na, die ist aber schwer auf ihrem Posten, die Dame. Ich denke, ich schicke Ihnen lieber eines Tages meinen Sohn. Mal sehen!«

Sie verabschiedete sich und verließ mit viel zu großen Schritten das Zimmer des Chefs. Durch dessen zweite Tür komplimentierte Frau Blättle – ganz amtierende Schulsekretärin – fast gleichzeitig Herrn Dr. Grauerer vom Regierungspräsidium hinein. Oberstudiendirektor Strack setzte zu einem breiten Amtslächeln an und ging dem Besucher entgegen.

»Herr Dr. Grauerer, willkommen. Wie geht's Ihnen?«

Die Frage erübrigte sich: Dr. Grauerers leidgeprüftes Gesicht wirkte nicht nur aschgrau, es schien neuerdings von Sorgenfalten zerfurcht das Elend der Welt zum Ausdruck zu bringen.

Nach Grauerers kurzer blasser Bemerkung, er sei froh, dass das Drama vorbei sei, sprach der Schulleiter gleich weiter:

»Ja, ja, Sie glauben nicht, wie froh ich bin, dass nichts noch Schlimmeres dahintersteckte, als diese missglückte Liebesgeschichte.«

»Was sagen Sie da? Missglückte Liebesgeschichte? Wie das?«

»Ja, ja die Jugend, Herr Kollege, die Jugend und die Liebe! Das können wir zwei Alten schwer nachvollziehen. Jedenfalls ist der Fall jetzt klar, so entsetzlich er ist. Wir sind ja als Schule noch mit einem blauen Auge davongekommen, oder?«

»Das war knapp«, murmelte der gestresste Vertreter der Kultusverwaltung Dr. Grauerer vor sich hin. Er lockerte seinen Krawattenknoten und öffnete den obersten Hemdknopf, ihm war plötzlich heiß geworden. Besorgt blickte der Schulleiter ihn an.

»Ich meine, seien wir froh«, setzte Dr. Grauerer nach, »dass der Fall einem so kompetenten Kriminalhauptkommissar übergeben worden ist!«

Auf den weiterhin forschenden Blick des Schulleiters bemerkte er weiter:

»Das war wirklich eine große Leistung, die dieser Kommissar – wie hieß er noch? – ach, Wolfer, ja, ja, passt ja« – er lachte etwas trocken – »vollbracht hat, und noch dazu in so kurzer Zeit.«

»Hano! Herr Grauerer«, warf der Schulleiter in prononciertestem Schwäbisch höchst erstaunt ein, »des war doch des Mädle! Die hat den Kerle erwischt!«

»Ach?«, war in ungläubigen Ton der Vertreter der vorgesetzten Schulbehörde zu vernehmen.

»Ein gutes Team also«, fuhr er fort, »der Kriminalhauptkommissar Wolfer und – wie Sie sagen – ›dieses Mädle‹. Eine gute Mitarbeiterin hat er da ja!«

Er wirkte immer noch etwas desorientiert.

»Oh, Herr Grauerer, des Mädle, ich meine diese Kriminalkommissarin Ulmer, die sollten wir abwerben. Da käme frischer Wind bei uns herein!«

Die beiden unterschiedlichen Schulmänner setzten sich nun zusammen, um einen gemeinsamen Text für die Presse auszutüfteln und zu überlegen, wie eine Trauerfeier zu gestalten sei. Die Unabänderlichkeit des Geschehenen, des Todes von Patrizia Hartig, lastete auf allen im Bereich des Anna-Scheufele-Gymnasiums. In den vergangenen Tagen hatte die Spannung Trauergefühle nicht voll hochkommen lassen. Jetzt aber breiteten sich diese aus. Die Tragik des Geschehenen wurde Lehrern wie Schülern und allen anderen Beteiligten bitter bewusst.

Draußen war die eilige Kommissarin fast mit einer die Treppe heraufstürmenden Lehrkraft zusammengestoßen. Frau Sommersberg, leicht verspätet aus der im Sportvereinsheim verbrachten Mittagspause zurück, und wie oft in höchster Eile, freute sich, ihr in die Arme zu laufen.

»Ich habe noch was für Sie. Das muss ich Ihnen gleich geben. Kommen Sie mit, Frau Ulmer! Es liegt im Lehrerzimmer bereit für Sie.«

Sie überreichte ihr ein gefaltetes Blatt.

»Hier, stimmt zwar nicht ganz für unsern Fall, aber zum

Teil halt doch. Machen Sie's weiter gut und lassen Sie sich nicht unterkriegen. Vielleicht sieht man sich mal wieder. Würde mich freuen. Tschüssle.«

Felicitas Ulmer sah sie vier dicke Bücher, zwei DVDs sowie zwei schmale Ordner und ihren Schlüsselbund kunstvoll aufeinander packen. Na, hoffentlich hat sie alles dabei für ihren Kurs, dachte sie, und nichts verwechselt, unsere oft fast atemlose Frau Sommersberg. Auf dem Weg nach draußen entfaltete sie das Blatt und las:

EIN JÜNGLING LIEBT EIN MÄDCHEN,
Die hat einen andern erwählt;
Der andre liebt eine andre,
Und hat sich mit dieser vermählt.
Das Mädchen heiratet aus Ärger
Den ersten besten Mann,
Der ihr in den Weg gelaufen;
Der Jüngling ist übel dran.
Es ist eine alte Geschichte.
Doch bleibt sie immer neu;
Und wem sie just passieret,
Dem bricht das Herz entzwei.

Heinrich Heine

Dieser Kriminalroman spielt an realen Schauplätzen.
Alle Personen und Handlungen sind frei erfunden.
Sollten sich dennoch Ähnlichkeiten mit lebenden oder
verstorbenen Personen ergeben, so sind diese rein zufällig
und nicht beabsichtigt.

Titelbild: © Markus Niethammer
Gestaltung: PMP Agentur für Kommunikation, Reutlingen
Lektorat: Bernd Weiler
Korrektorat: Sabine Tochtermann
Satz: Uhl + Massopust, Aalen
Druck und Bindung: CPI books GmbH, Leck
Printed in Germany
ISBN 978-3-96555-048-3

Dr. Christine Bütterlin

hat in ihrem ersten Kriminalroman viele Jahre Berufserfahrung als Lehrerin verarbeiten können. Auch das Stuttgarter Lokalkolorit kommt in ihrer Schilderung nicht zu kurz.

Mein Dank
… gilt dem Stadtarchiv Stuttgart, das zusammen mit dem Stadtmessungsamt mit seinem »Stadtlexikon Stuttgart« die Grundlagen für jedermann geschaffen hat, sich verlässlich über die Geschichte Stuttgarts zu informieren. Siehe: https://www.stadtlexikon-stuttgart.de